「大唐懸疑録《だいとうけんぎろく》」シリーズ

蘭《らん》亭《てい》序《じょ》之謎《コード》 上

著者　唐隠《とういん》

監訳　立原透耶《たちはらとうや》

訳者　立原透耶《たちはらとうや》　大恵和実《おおえかずみ》

根岸美聡《ねぎしみさと》　柿本寺和智《かきもとじかずとも》（漢詩部分）

主な登場人物

裴玄静《ペイ・シュエンジン》

本書のヒロイン。女探偵、女道士。大唐の宰相、裴度《ペイ・ドゥー》の姪、唐の有名詩人。李賀《リー・ホー》の許婚《いいなずけ》。中国古代神仙伝記『続仙伝』の中に「五雲旋回し、仙女音楽を奏でる。玄静は白鳳にのって昇天し、西北にむかって立ち去る」とある。古代の伝説における著名な仙女のひとりである。

崔淼《ツイ・ミアオ》

本書のヒーロー。江湖で郎中（医師）の身分を名乗るが、秘密めいた行動をとり、何やら複雑な背景を持っているようである。

李純《リー・チュン》

唐の憲宗、唐朝第十一代目皇帝。在位期間中に藩の削減に成功し、中央集権を確固たるものとし、「元和の中興」を実現した。彼は唐朝中後期、最高の君主として歴史的に評価されている。

武元衡《ウー・ユエンホン》
唐朝の宰相、詩人、女帝武則天の曾侄孫《そうてっそん》（男兄弟のひまごの男の子）。生涯をかけて藩鎮《はんちん》の勢力を削ぐことに尽力し、大唐を立て直して統一させ、唐の憲宗李純の藩削減に最も力を貸した助手である。元和十年（八一五）六月、長安の街頭で藩鎮の刺客に刺殺される。

聶隠娘《ニエ・インニアン》
魏博藩鎮代将軍、聶鋒《ニエ・フォン》の娘。超絶技巧を身につけた、中国古代で最も有名な女刺客。

李賀《リー・ホー》
字は長吉《チャンジー》。唐代著名詩人、裴玄静の許婚。「詩鬼」と呼ばれ、「詩仙」の李白《リー・バイ》、「詩聖」の杜甫《ドゥー・プー》、「詩佛」の王維《ワン・ウェイ》らと名を並べる。李白、李商隠《リー・シャンイン》とあわせて「唐代三李」と並び称される。終生うつうつとして志を得ることなく、二十七歳の若さで早逝する。

裴度《ペイ・ドウー》

唐代四朝の宰相、文学者、裴玄静の叔父。武元衡の後を継いで唐の憲宗李純の削藩を補助し、淮西を平定、卓抜した功績をたてた。

吐突承璀《トウートウー・チョンツイ》

神策軍《しんさくぐん》中尉、唐の憲宗が最も寵愛し信頼した宦官。はかりごとがすこぶる重く、その権勢はきわめて大きかった。

賈昌《ジア・チャン》

唐の玄宗の鶏の訓練士。唐の玄宗、粛宗、代宗、徳宗、順宗、憲宗と六代の皇帝に仕え、百歳近い年齢。皇帝一族の機密守護者。

郭念雲《グオ・ニエンユン》

唐の憲宗の貴妃、唐朝大将、郭子儀《グオ・ズーイー》の孫娘。郭家という権勢によって憲宗に疎まれ、生涯皇后に冊封《さくほう》されることはなかった。

権徳与《チュエン・ドーユー》

唐朝の大臣、詩人。かつて相次いで東都留守、刑部尚書《ぎょうぶしょうしょ》など朝廷の要職を歴任、郭貴妃派に属する。

李忠言《リー・ジョンイエン》

唐の順宗に最も信頼された内侍《ないし》。順宗の死後その豊陵の墓守《はかもり》となる。

陳弘志《チエン・ホンジー》

唐の憲宗の世話係の内侍。

韓湘《ハン・シアン》

唐朝文学者、韓愈の侄孫（男兄弟の孫の男の子）、伝説中の八仙《はっせん》のひとり。世間では「韓湘子《ハン・シアンズー》」と呼ばれることが多い。

柳宗元《リウ・ゾンユエン》

字は子厚《ズーホウ》。河東先生とも呼ばれる。唐宋八大家《とうそうはちだいか》のひとり。唐の順宗の時期の「永貞《えいてい》の革新」に参与したことにより辺境に左遷され、唐の憲宗に見捨てられて死に至る。

尹少卿《イン・シャオチン》
成徳藩鎮《せいとく》の牙将《がしょう》（副将のこと）、梁の元帝・蕭繹《シアオ・イー》の子孫。

王義《ワン・イー》
大唐の名臣・裴度の従僕兼護衛。

禾娘《ホーニアン》
王義の娘、女刺客・聶隠娘の弟子。

李素《リー・スー》
ペルシャ人。唐の憲宗の司天台監《してんだいかん》。

李弥《リー・ミー》
詩人李賀の弟。知能は低いが、驚くべき記憶力をほこる。

惟上《ウェイシャン》法師

霊空寺《れいくうじ》住持。かつて日本の遣唐使・空海と交流があった。

無嗔《ウーチェン》法師

永欣寺《えいきんじ》住持。

目次

自序——なぜ「大唐後期」を描くのか

著者・唐隠

「唐王朝」と聞いて、（中国人の、あるいは中国史に詳しい）皆様が真っ先に思い浮かべるのは、〝盛世《せいせい》〟という言葉だろう。

「大唐の盛世」、それは極彩色の光を放ち、千載にわたって輝き、永遠に中国人の心を激しく揺さぶる。それは詩、酒、牡丹《ぼたん》であり、あるいは長安、侠客《きょうかく》、剣豪《けんごう》であり、玄武《げんぶ》門《もん》前で李世民《リー・シーミン》によって放たれた矢であり、大明宮《たいめいきゅう》の武媚娘《ウー・メイニアン》が再婚の時に零《こぼ》した涙の粒であり、そして国都へ疾走する騎兵が楊貴妃《ようきひ》に献上する嶺南《れいなん》のライチだ。

ところが、そのあらゆる豪華絢爛たるイメージは、あの時——「安史《あんし》の乱」にかき消されてしまう。中国の史書ではあの戦乱を、「唐王朝が繁盛の頂点から転落する転換点」と定義しているほどだ。

しかし、実のところ唐王朝は「安史の乱」の後にもなお百五十年にわたって存続しており、乱は唐滅亡までの二百八十九年の、ちょうど中点なのだ。だが、唐王朝の後半期に対して、我々はどれほどのことを知っているだろうか？

ほとんど白紙のようなものだ。その理由は、おそらく「安史の乱によって繁盛の頂点から転落した」という史書の烙印にあるのだろう。多くの中国人にとって〝盛世〟でなくなった大唐はもはや「大唐」ではなく、追想したり謳歌したりするに値する存在ではない、とみなされてきたのだ。

　しかし、本当にそうだろうか？

『大唐懸疑録《だいとうけんぎろく》』シリーズの舞台となっている、憲宗《けんそう》・李純《リー・チュン》治世下の元和年間（八〇六〜八二〇）は、まさに「安史の乱」から半世紀ほど経った「後半期」に当たる。

　確かにその頃、大唐帝国は救いようもないほど傾きつつあった。国家の秩序回復はうわべばかりで、皇帝の権威は衰微し、藩鎮《はんちん》勢力が台頭し宦官《かんがん》が跋扈する……大唐の巨軀は穴だらけだった。それは暗闇が深まるばかりの時代だったが、強権のコントロールが失われただけに、様々な勢力と思想が激しくぶつかり合う、奔放な時代とも言えた。

　そして〝盛世〟に別れを告げた大唐は、より神秘的でロマンチックな伝奇の時代を迎える。

　元和《げんわ》年間に白居易が書いたのが、千古に名を残す『長恨歌《ちょうごんか》』と『琵琶行《びわこう》』だ。彼の親友である元稹《ユエン・ジェン》は、崔鶯鶯《ツイ・インイン》を口説こうとした自身の恥ずかしい経験を、楽しげに『会《かい》真記《しんき》』に記した。

　韓愈《ハン・ユー》、柳宗元《リウ・ソンユエン》、劉禹錫《リウ・ユーシー》は官途《かんと》に恵まれないながらも、それぞれ、

「雲は秦嶺に横たわりて、家何《いず》くにかある。雪は藍関を擁して馬前《すす》まず」

「千山鳥飛ぶこと絶え、万径人蹤《じんしょう》滅す」

「山は高きに在らず、仙有らば則ち名あり。水は深きに在らず、龍有らば則ち霊あり。斯《ここ》は是れ陋室《ろうしつ》にして、惟《た》だ吾が徳のみ馨《かんば》し」

といった名句を書いた。

女刺客・聶隠娘《ニエ・インニアン》は後頭部を開かれ、匕首《あいくち》が隠せるようになった。女校書《こうしょ》・薛濤《シュエ・トオ》は巧みに詩箋《しせん》を綴った。

名宰相《さいしょう》・武元衡《ウー・ユエンホン》が長安の路頭で刺殺されたのも、将軍・李愬《リー・スー》が雪夜七十里、兵を引いて蔡州城《さいしゅう》を奇襲したのも元和年間のことだ。

日本の遣唐使・空海は長安の青龍寺《せいりゅうじ》で灌頂《かんじょう》を受け、密教の奥義を持って日本に帰った。また、彼は王羲之《ワン・シージー》の書法よりインスピレーションを受け、平仮名を創造したという伝承も残っている。

英明な君主・李純は苦心惨憺し、ほとんど独力で大唐を、歴史上「元和の中興《ちゅうこう》」と呼ばれる──線香花火のように短い──中興へ導いた。その偉業によって、李純はのちに一人の日本人ファンを獲得した。彼──徳川家康《とくがわいえやす》の命により、一六一五年に日本は「元和」と改元された。

ということで、私は「元和」を、大いに書くべき時代、追懐して偲ぶべき時代、そして何より、最も精彩を放つ物語を持った時代だと考えている。

それでは、『大唐懸疑録』の世界に飛び込み、私の後に続いて元和時代の大唐――あの義侠心に溢れる、自由で情緒豊かな、それまでと異なる大唐――へ足を進めていただこう！

『蘭亭序』の歴史的事実について

西暦三五三年三月初三、王羲之《ワン・シージー》は魏晋《ぎしん》以来もっとも輝かしい大家族数家に招待され、會稽《かいけい》郡山陰城の蘭亭につどい、流盃《りゅうはい》（旧暦三月上旬、水の流れに酒の盃を浮かべ、それが漂ってきた人が酒を飲む遊び）を楽しみ、酒を飲んで詩を作った。王羲之はこの催しのために『蘭亭序』を一篇書した。通して三百二十四字、字句の重なりあれども、みな一として同じものはなく、その美しさときたらたとえようもないほどであった。

『蘭亭序』誕生後二百年あまりがたったが、いまだに異彩をはなっており、『蘭亭序』の名声はまことに燦然ときらめき、ついには唐の太宗（唐の第二代皇帝）、李世民《リー・シーミン》にまで届いた。残酷に兄弟を殺害して皇位にのぼった李世民は王羲之の書をことのほか愛し、『蘭亭序』を崇め奉って、ついには紆余曲折を経て『蘭亭序』の真筆を手にいれた。彼はみずから編んだ『晋書《しんじょ》』のなかでも王羲之に関する部分を書き、王羲之に「書聖」、『蘭亭序』に「千古一帖」の地位を奉り、民にもこの書法を学ぶように激励した。

歴史的に奇妙なことがある。『蘭亭序』は李世民の手で「千古一帖」から「千古一謎」になったのである。

唐の太宗の遺言のなかに『蘭亭序』を頭の下に置けという要求があったため、世の中の人々は『蘭亭序』は昭陵《しょうりょう》（唐太宗の陵墓、咸陽市にあり）に埋まっているものだと思っていた。五代時期の耀州《ようしゅう》刺史、温韜《ウェン・タオ》が昭陵を盗掘したとき、彼の記した出土した宝物一覧に『蘭亭序』の名前はなかった。史学界は、『蘭亭序』の真筆は価値の理解できない温韜に破壊されてしまったのだろうと考えているし、あるいは『蘭亭序』の真筆はもとより昭陵にはなく、女帝の武則天《ウー・ゾーティエン》の埋葬品になったのだと考える者もいる。『蘭亭序』の真筆がどこに隠されているかは一つの謎で、『蘭亭序』の真偽の判別はさらに連綿と千年も続くこととなり、その中には驚くような仮説さえある。

清末の碑学者の名家、李文田《リー・ウェンティエン》は次のように考証している。南朝の劉孝標《リウ・シアオビアオ》が注をつけた『世説新語《せせつしんご》』の最初に『蘭亭序』が述べられており、当時は「臨河序《りんかじょ》」と呼ばれていて、全文は百五十三字しかなかった。世の中に広まっている三百二十四字の版本『蘭亭序』とはおおいに異なっている。したがって『蘭亭序』は王羲之の作ではない、と。この説は奇想天外で世間を騒がし、後世の研究者に参考にされ、非常に深い影響を与えた。

一九六五年、郭沫若《グオ・モールオ》が雑誌『文物』で、『蘭亭序』は末裔の人による偽作で、偽作者は王羲之の七代目の子孫である智永《ジーヨン》であると発表した。このことは学術界に一大論争を巻き起こし、この書を熱愛していた毛沢東《マオ・ゾードン》さえもがこの『蘭亭序』の真贋について討論に参加した。

それから今日《こんにち》に至るまで『蘭亭序』の真筆が一体どこにあるのか、そもそも真筆があるのか、依然として一つの謎のままなのである。

『蘭亭序』全文

【原文】

永和九年，歲在癸丑，暮春之初，會于會稽山陰之蘭亭，修禊事也。羣賢畢至，少長咸集。此地有崇山峻嶺，茂林修竹；又有清流激湍，映帶左右，引以爲流觴曲水，列坐其次。雖無絲竹管弦之盛，一觴一詠，亦足以暢敍幽情。是日也，天朗氣清，惠風和暢，仰觀宇宙之大，俯察品類之盛，所以遊目騁懷，足以極視聽之娯，信可樂也。

夫人之相與，俯仰一世，或取諸懷抱，悟言一室之內；或因寄所托，放浪形骸之外。雖趣舍萬殊，靜躁不同，當其欣於所遇，暫得於己，快然自足，不知老之將至。

及其所之既倦，情隨事遷，感慨係之矣。向之所欣，俛[1]仰之間，已爲陳跡，猶不能不以之興懷。況修短隨化，終期於盡。古人云：“死生亦大矣。”豈不痛哉！每覽昔人興感之由，若合一契，未嘗不臨文嗟悼，不能喩之於懷。固知一死生爲虛誕，齊彭殤爲妄作。後之視今，亦猶今之視昔。悲夫！故列敍時人，錄其所述，雖世殊事異，所以興懷，其致一也。後之覽者，亦將有感於斯文。

1 「俯」とも書く。

【訓読】

　永和九年、歳癸丑に在り、暮春の初め、會稽山陰の蘭亭に會するは、禊事を修む羣賢畢《ことごと》く至り、少長咸《み》な集まる。此の地に崇山峻嶺、茂林修竹有り、又た清流激湍《たん》有りて、左右に映帯し、引きて以て、流觴の曲水と爲し、其の次に列坐す。絲竹管絃の盛んなる無しと雖も、一觴一詠、亦た以て幽情を暢敍するに足る。是《こ》の日や、天朗《あき》らかに氣清く、惠風和暢す。仰ぎて宇宙の大を觀、俯して品類の盛を察す、目を遊ばせ懐《おも》いを騁《は》する所以《ゆえん》にして、以て、視聽の娯しみを極むるに足る、信《まこと》に樂しむ可《べ》きなり。

　夫れ人の相い與《とも》に一世に俯仰する、或いはこれを懐抱に取りて、一室の内に悟言し、或いは因りて託す所に寄せて、形骸の外に放浪す。趣舍萬殊にして、靜躁同じからずと雖も、其の遇う所に欣《よろこ》び、暫く己れに得《う》るに當りては、快然として自ら足り、老いの將《まさ》に至らんとするを知らず。

　其の之《ゆ》く所既に倦み、情事《こと》に随いて遷《うつ》るに及んで、感慨之れに係《かか》る。向《さき》の欣《よろこ》ぶ所は、俛仰《ふぎょう》の閒《かん》に、已に陳跡と爲り、猶お之を以て懐《おも》いを興《おこ》さざる能わず。況んや修短化に随いて、終に盡くるを期するをや。古人云《い》えらく、死生もまた大なりと、豈に痛まざらんや。每に昔人興感の由しを覽《み》るに一契を合す若し、未だ嘗て文に臨みて嗟悼せずんばあらざるも、之を懐《むね》に喩《さと》すこと能わず。固より知る死生を一にするは虚誕爲り、彭殤を齊《ひと》しくするは妄作爲《た》るを。後の今を視るは、亦た猶お今の昔を視るがごとし、悲しいかな。故に時人を列敍して、其の述ぶる所を録す、世殊《こと》なり事異なると雖も、懷《おも》いを興す所以は、其の致《むね》一なり。後の覽《み》ん者、亦た將《まさ》に斯の文に感有らんとす。

【訳】

永和九年、癸丑の歳、暮春の初め、會稽郡山陰県に集ったのは禊を行うためである。賢者がことごとく至り、老いもわかきもみな集まった。この地には高い山と険しい嶺、茂った林、長い竹がある。さらに清流や早瀬があり、美しい風景の彩りがあたりに照り映えている。その流れを引いて、流觴の宴のための曲水となし、人々はそのかたわらに、順序よくならんで坐った。琴や笛のにぎやかな音楽はないけれども、一杯の酒一首の詩は、これもまた深く静かな思いを述べあらわすのに十分である。この日、空は晴れて空気は澄み、春風がおだやかに吹いている。仰げば広大な宇宙が見わたせ、見下ろせば万物の盛んなさまがうかがえる。こうして、目を遊ばせて思いをのびのびとめぐらし、存分に目で見、耳に聞く喜びを味わうことができるのは、本当に楽しいことである。

さて、人はみな、俯仰の間にも等しい短い一生をおくるのだが、胸に抱く思いを、一室の中で友人と向いあいうちとけて語る人もあれば、志の赴くままに、世俗の束縛を無視して奔放に生きる人もある。このように人の生きかたはさまざまで、静と動のちがいはあるけれど、めぐりあった境遇がよろこばしく、自分の意のままになるとき、人は快く満ち足りた気持ちになり、老いが我が身に迫ろうとしていることにもまるで気がつかないのである。

しかし、やがて得意が倦怠にかわり、心情も事物にしたがい移ろいゆくと、なげかずにはおれない。かつての喜びは、ほんのつかの間のうちに過去のものとなってしまう、これだけでも感慨を覚えずにはおれない。ましてや、人の命は次第に衰え、ついには死が約束されていることを思えばなおさらである。古人も「死生はまことに人生の一大事」といっているが、何とも痛ましいことではないか。古人が感慨を催したその理由を見ると、いつもまるで割り符を合わせたかのように私の思いと一致しており、彼らの文章を前にしていまだかつて痛み嘆かないことはなく、死を痛む我が心をさとし納得させることができない。私は無論知っている、荘子が死と生を一つのことだとするのはいつわりであり、長寿と短命を同じとするのがでたらめであることを。後世の人々が現在の我々を見るのは、ちょうど今の我々が昔の人々を見るのと同じであろう。悲しいことである。それゆえに今ここに集う人々の名を列記し、その作品を記録することにした。時代は移り、事情は異なっても、人が感慨を覚える理由は、結局は一つである。後世の人々もまたこの文に共感するにちがいない。

以上、訓読および訳の引用元

下定雅弘「蘭亭序をどう読むか――その死生観をめぐって――」
(『六朝学術学会報』第五集、二〇〇四年三月)

蘭亭序之謎 ㊤

楔子《プロローグ》

大唐貞観十七年（六四三）、秋も深まったある夕方。

夕日はまだ永欣寺の屋根の上で色さめやらぬ。突然、すさまじい叫び声が響きわたり、連綿と数百年つづく古刹の静寂を打ち破った。

夜のお勤めをしていた僧侶たちが次々と外を眺めると、ひとりの僧侶がわめきながら走り、躓き転びながら禅房に駆け込み、そのままばったりと洗硯池のあたりにひっくりかえるのが見えた。

「弁才《ビエンツァイ》？」「どうしたんだろう？」「なにがおこったんだ？」

僧侶たちは互いに顔を見合わせた。

弁才に仕えている童僧の阿塵《アーチェン》が走り出して、弁才を手で支えた。「師父、起きてください！」

「なくなった！　なくなった！」弁才は声を限りに叫び続けるばかり。

「なにがなくなったんですか？」

弁才は血のように赤くなった両目を急にカッと見開き、吼えた。「彼だ！　彼に違いない！　彼が盗んでいったんだ！」

彼？　阿麈にはなんとなくわかってきた……三日前、蕭《シアオ》という姓の貧しくてうだつのあがらない書生が永欣寺に宿を借りに来た。どういうわけかその彼が弁才と意気投合したのである。弁才は七十歳を過ぎており、人嫌いで、普段は寺のほかの僧たちと一緒に会話をすることもない。それが意外なことにこの蕭生とは初対面から親しくなり、ふたりは琴や将棋、書画について語ることまるで共通の言語をもっているかのようであった。昨夜も、弁才は蕭生を自分の禅房に招いて夜通し語っていた。阿麈はそばでお茶を出しながら仕えており、ふたりが詩を作ったり、書の腕比べをしたり、王羲之の真筆がなんだとか話すのを聞いていた……師父の言う「彼」とはまさか蕭生では？

ちょうどこのとき、弁才も昨夜のことを思いだし、いてもたってもいられぬ思いでいた……。

あの蕭生は一体どのようにして自分の心の防御をはずさせたのだろうか？　もしかしたら彼が書いた詩、「誰か怜《あわれ》む失群の雁、長《なが》く苦しむ業風に飄《ふ》かるるを」[1]が弁才の心を深く感動させたからか。それで弁才も真心をこめて和したのだ。「君に秘術有るに非ざれば、誰か照らさん不然の灰」。このように交互にやりとりをしていくうちに、弁才は生涯得ることの難しい知己と知り合いになれたのだと思ったのだった。それゆえ蕭生が

1　原文：誰憐失群雁，長苦業風飄。（蕭翼「答弁才探得招字」）

王羲之の真筆を数幅とりだして見せびらかした時、弁才も自慢したのだ。「あなたのこれらはたとえ本物だとしても、上質なものではありません。真に素晴らしい作品は私のもとにあります」

蕭生が反駁した。「この世の中で私の持っているこれらよりさらに素晴らしいものがあるはずはありません」

弁才が含み笑いをした。「私にはあるのです」

「あなたがお持ちなんですって?」

……弁才はこれ以上思い出すことができなかった。師父の智永の安全を守るため、王羲之の七代孫が伝えたこの世にもまれな宝は、弁才が禅房の梁の上に隠しており、世界中でひとりとして知るものはいなかった。けれどもなんということだろうか、昨夜は物の怪がとりついたかのように、蕭生に惑わされ、彼は自ら梁に上って、隠し穴から伝家の家宝を取り出し、蕭生の目の前で広げてしまったのだ!

そうだ。いま考えると、あの時の蕭生は顔色を大きく変えていた。あれは素晴らしい宝を目にして震えていたのではない、まもなく奸計が思い通りになるという興奮だったのだ!

「天よ! わしはなんと愚かだったのか!」弁才和尚は胸を叩き足を踏み鳴らし慟哭した。

今日朝早く蕭生はいとまごいをせずに発った。弁才は一日中気持ちが落ち着かず、夜のお勤めの半ばで我慢しきれなくなり、こっそりと禅房に取って返した。門に踏み入れたとたん、部屋の梁の上の秘密の穴がぽっかり開いているのが見えた。

家宝がなくなっていた！

「阿塵！　はやく、わしを立たせてくれ。わしと共に行くぞ！」

「どこへ行かれるのですか、師父？」

「あの蕭とかいう姓の畜生めを探しに行くのだ！」

阿塵は動かなかった。「師父」阿塵の声には困惑と恐れが入り混じっていた。「その者が……彼がまた戻ってきました」

永欣寺の前に人馬の隊列がゆっくりとやってきていた。弁才は跪きながら顔を上げたが、ぼんやりかすむ老眼のせいで先頭にいる者の顔ははっきりと見えなかった……蕭生？　だが彼はどうして全身が真っ赤なのだろう。血のような夕日を浴びているからか？

ついにその者が弁才の眼前にやってきた。老和尚にもはっきりと見えた。確かにそれは蕭生だった。しかし以前のぼろから濃赤色の衣冠に着替えている。官服だ。

昂っていた弁才は不意に冷や水を浴びせられた。

蕭翼《イー》はできるだけ弁才の顔を見ないようにして、手にある黄色の綾錦をじっと見つめ、高らかな声で告げた。「大唐皇帝の詔である。僧弁才は国宝を隠匿し、しばしば虚言をもってお上にたてついた、これは君主を欺く罪に値する。監察御史、蕭翼にこれを取るよう命ずる。朕は弁才の宝を守る思いが切なることをおもんぱかり、その罪を追及しない。さらに絹織物三千緞、穀物三千石を与える」

ぬかずいて、やっとのことで押し殺した低い声がこたえた。「弁才、感謝いたします」

弁才和尚は地面に腹ばいになったまま、長い間微動だにしなかった。

慙愧の念と良心の咎めを感じていた蕭翼はすぐに袖を払ってその場を立ち去ることができなかった。彼は思った。確かにやりかたが少々卑劣だった、けれども老和尚が分別をわきまえていたのなら、自分もまたこのような下策を行わなくてよかったはずだ。皇帝の命は絶対だ。たとえ焼き殺して強奪したとしてもそれが正しい行いなのだ！

皇帝は大変喜んで褒美をくれるだろう。これによって多くの栄華と富がやってくるという想像は、最後の一筋の良心の咎めに打ち勝った。蕭翼はさっと袖を払って立ち去った。永欣寺は死んだように静まり返った。

阿塵は泣きながら叫んだ。「師父！」弁才の身体を引き起こすと、一筋の鮮血が彼の口端からしたたり落ちた……。

あっというまに一年が過ぎ去った。

永欣寺の後ろには、小さなレンガの塔が建っていた。それは弁才和尚が皇帝から下賜された俸禄で建てたもので、彼自身はすでに病が重篤になっていた。

「師父、おかゆを少しでも食べてください」阿塵がそっと呼んだ。一昨日から弁才は水も米も喉を通らなくなって、呼吸もますます弱々しくなり、あたかも死に向かうかのようであった。

監察御史の蕭翼に先祖伝来の宝をだまし取られて以来、弁才は病の床についた。一年ほど良くなったり悪くなったりしていたが、半月ちょっと前に突然悪化した。

原因は『蕭翼賺蘭亭』（蕭翼が蘭亭序をだましとる）という名の絵だった。

この絵は本朝第一の大画家、宰相の閻立本《ユエン・リーベン》が今上皇帝の命をうけて描いたもので、絵の内容はまさに一年前蕭翼が永欣寺にやってきて、弁才と夜通し語り明かして信頼をだましとり、最終的に王羲之の真筆『蘭亭序』を盗むという過程であった。

絵が完成した後、弁才がだまされた物語は広く伝わり、しだいに誰もが知るようになった。半月ちょっと前、噂はとうとう弁才の耳に入った。老和尚は怒ったり恥じ入ったりして、突然倒れて二度と起き上がれなくなってしまった。

「蘭亭……蘭亭……」弁才は床に横たわり両目を固く閉じていたが、口の中では相変わらずぶつぶつとやむことなく呟きつづけていた。

寺からはもう誰も見舞いには来ず、ただ阿塵ひとりが弁才のそばを守っていた。

弁才の死の気配が濃厚な顔を見ながら、阿塵は憤り恐れつつ思った。皇帝がこんなことをするなんて、師父を死に追いやるなんて。人はみな今上皇帝は歴史上稀に見る名君だと褒めたたえているけれど、彼は明らかに卑劣な手段で師父の伝来の家宝をだまし取り、さらには絵にして天下に知らしめた。彼には恥というものがないのだろうか？　皇帝が『蘭亭序』を奪い取ったやり口ときたら、名君と呼ばれるにふさわしくないじゃないか！

阿塵はただ無駄に慰めるしかできなかった。「師父、あきらめてください、『蘭亭序』がなくなったのはもうしかたないんです、命のほうが大切ですよ！」

「違う！」弁才が不意に大きく目を見開き、しわがれた声で必死に叫んだ。「違う！　あれは違う！」

阿塵はびっくりして飛び上がった。「何をおっしゃっているんですか？　何が違うんですか？」

「あれは違う……本物ではない……」弁才は痩せて枯れ枝のようになった腕を伸ばし、阿塵の手を必死につかんだ。けれども彼の声はあまりにかすかではっきりとは聞こえなかった。阿塵はどきどきしながら、頭を下げて耳を師父の口元に寄せた……彼が頭をもたげた瞬間、弁才の喉から最後の一息がこぼれた。両目はいまだに大きく見開かれており、空洞の目はぽっかりと上に広がる暗黒を仰ぎ見ていた。

阿塵は震える声で読経をはじめた。幼いころより無意識に暗唱していた経文が、突然彼の心の中から生まれ出たかのようだった。それはあとからあとから途切れることなく口からあふれつづけた。

生まれて初めて、阿塵は仏の言うことを理解した……虚妄。

第一章　迷離夜

1

大唐元和十年（八一五）、五月末。

大雨。

雷雨がとどろき、稲妻が一筋、また一筋と続き、長安城外の小さな煉瓦の塔は明々と照らしだされ、果てしない暗黒の中に立つ一本の細い蠟燭のようであった。

塔の下の小屋はすでに充分に暗かった。賈昌は震える手で壁にある大きな字をまさぐって数えた。「一、二、三……百、百一……二百五十七、二百五十八、二百五十九！」

そのとおり、やはり二百五十九文字、多くもなく少なくもない。彼はまもなく百歳になろうとしていて、老いたせいで、壁に思う存分たっぷりと記された筆力ある行書の大きな字をはっきりと見ることはできなかった。しかし数を数えることで、賈昌は自分が命をかけて守っているものがまだそこにあるのだと確認することができた。

それは皇帝から託されたもので、賈昌の生命であった。

何年も前に、彼は賈昌にこう告げた。「今からのちそなたはここで守るのだ、けっして外の者をこの部屋に入れてはならないし、これらの字を見せてもいけない。そなたは永遠にこれらの字にふくまれた意味について考えてはならぬ。そなたの責任はこれらを守ることだ。ゆえに何も尋ねてはならぬ」

彼がそう話しているとき、その顔にはある種の平和と忍耐強さが浮かんでいたが、この性質は彼ら李一族に脈々とうけつがれてきたもので、天下の人々を従順にさせることができた。賈昌も果たして何も問うことはしなかった。

これは皇帝一族の秘密で、賈昌も理解するつもりはなかった。ただ心を尽くしてお守りし、毎日黙読した。けれどもいま彼の命はまもなく尽きようとしていた。彼はこの秘密を伝えたいと思ったが、どのように話せばよいのかわからないでいた。

「旦那さま！　旦那さま！」

賈昌がよろよろと振り返った。「閃児《シャンアル》？」

「蠟燭の明かりをつけにきたよ。外は大雨が降っているし、旦那さまは暗いのがお嫌いだろう？」郎《ラン》閃児は一本蠟燭を手に入ってきた。室内はすぐにパッと明るくなった。郎閃児は蠟燭を北側の壁の下にある供物台の上に置き、ちらっと香炉をみて、大声を出した。「お香も終わっているよ」

賈昌が尋ねた。「雨が降り出したのかい？」

「うん！　稲妻や雷鳴が怖いくらいだよ」郎閃児はちらっと賈昌を一瞥し、思った。旦那さまの耳は遠くなってもう駄目になってしまったな。

賈昌は郎閃児を手招きした。「閃児、おまえに話しておきたいことがある。とてもとても大切な話なんだ……」

「旦那さま!」郎閃児は一歩下がったが、顔色はいささか白くなっていた。「外で誰かが門を開けてくれと言っているようです。ちょっと見に行かないと」

「閃児、行くんじゃない。私は本当にとても重要なことをおまえに話そうと……」

「ん、わかった、じゃあ戻ってきたらまたお話しして」郎閃児は慌てて香炉のなかのお香に火をつけ、逃げるようにして走り出た。

郎閃児は戸口のカーテンの後ろに隠れて、そっと賈昌の後ろ姿をのぞき見した。老人は布団の上に座って、身を丸くして、真っ白な頭が肩よりも下に垂れ下がっていて、ほとんど見えなかった。彼は最近よくこんなふうに眠ってしまっている。郎閃児は、形のない手がまさに賈昌を別の世界へ引っ張っていって、もしかしたらそのうちに引っ張られたまま、二度と戻ってこないのではないか、とはっきり感じ取っていた。

香炉のなかのお香は盛んに煙をたて、郎閃児の脈もどんどん速くなってきた。「旦那さま、よくお休みになってください、ごめんなさい……」

雷鳴がとどろき、稲妻が門の外からまっすぐに落ちてきた。郎閃児はびっくりして身体の向きをかえて走り出した。

彼は見ていなかった。明々と照らされた稲妻のなか、賈昌が突然布団から飛び起き、妖魔にとりつかれたかのように、手足をばたばたさせ、狂ったかのごとく蠢いていたのを！

夕方になって雷と大雨が始まり、夜になっても勢いは増すばかりであった。長安城東の春明門外の小さな庭では、雨水が地上にしたたって一本の急な流れの小さな川となっていた。

郎閃児は屋根付き通路のひさしに沿って小走りに駆けたが、それでも斜めに打ちつけてくる雨で半身がびっしょりと濡れてしまった。「来たよ、来たよ」彼はぶつぶつ言いながら庭の門を開けたが、うっかり池に足を突っ込んでしまい、癇癪を起した。「ほんとについてないや！　ねえ、あなたは誰に会いに来たの？」

「こちらのおぼっちゃまには、ご迷惑をおかけします」

ゆらゆら揺れる忌々しいランプの下、清々しく美しい卵のような顔は少し色白で、布の垂れた笠のベールが高くまくれ上がった。かんざしは頭の後ろにとめてあり、髪の毛はびっしょり濡れて滑らかな額に貼りついていた。身につけている夏の衣も大雨で透けている。

狼狽していても、魂が魅せられるような美しさであった。

郎閃児はたちまちカッと顔が赤くなって、視線をどこにやればいいのかわからなくなった。

娘が言った。「おぼっちゃまにお尋ねします、ここで一晩宿をお借りできないでしょうか？」

郎閃児は落ち着きを取り戻した。「あー、だ……めです」

彼女の顔に失望が浮かんだ。

「それか……前方にある鎮国寺で聞いてみてください」郎閃児は門を閉じようとした。

「おぼっちゃん！　雨はこんなにひどいし、わたくしにはもうほかの所へ行くだけの力がありません。どうかぜひとも一晩泊まらせてください」娘がそこから動いたため、郎閃児は初めて気がついた。彼女のそばの壁に全身血だらけの男がもたれかかっていたのだ。

娘が説明した。「わたくしたちの馬が驚いたんです。彼は車夫です。車から落ちて怪我をしてしまったんです」

郎閃児は困ってしまった。「でも……ここの規則で女性の客人は泊められないんだ」

「では彼を泊めてください」娘が喜んだ。「わたくしは鎮国寺へ行って投宿できるでしょう」

「行かなくていい。彼は君をだましている」庭のなかから急に白い衣服に無地の巾をつけた青年がやってきて、郎閃児の後ろから娘に向かって言葉を投げかけた。

　郎閃児は猛然と振り向き、怒りに満ちた目で相手をにらみつけた。

　若者は何も見ていないかのように、大雨のなか門を出て怪我人に手を貸し、まっすぐに庭の中へと助けて入った。娘は少したためらっていたものの、つづいて中に入った。郎閃児は怒りで息をはずませながら、彼らの後ろで門を閉ざした。

　怪我人を屋根付き廊下の下に座らせると、若者はてきぱきと傷の具合を調べ、薬を塗って包帯を巻いた。彼の治療が終わるのを待って、ずっと沈黙してかたわらで見守っていた娘が、低い声で言った。「ありがとうございます、崔郎……中さま」

「お嬢さんは本当によく気がつきますね」崔郎中は笑って中古のまだ新しい薬箱の蓋をしめたが、わざと『崔』の字が彫られている面を彼女に向けてみせた。「それがしは崔淼と申します、江湖で医を生業として暮らしております」

「お嬢さんは本当によく気がつく」……幼いころより今に至るまで、あらゆる人がいつもこのように裴玄静を評したが、誰も彼女に、それが果たして良いことなのか悪いことなのかを教えてくれなかった。ずっと後になって、裴玄静は崔淼と初めて出会ったこの一幕を思い起こし、やっと彼の洒脱な笑顔の後ろにためらいがあったことに気がついた。おそらくあの時、彼はすでに自分の犯した過ちに気づいていたのだ。けれども崔淼のように傲慢な人間は、たやすく己の間違いを認めようとはしなかっただろう。

彼は次のように尋ねただけだった。「敢えてお尋ねしますが、お嬢さんはなんとお呼びしたらよいのでしょう？　こちらでは長安城に入ろうとなさっているのか、それとも離れようとしているのですか？」自然と礼儀正しい態度だった。

彼女は自らを蒲州永楽県原県令、裴昇《ペイ・ション》の長女、裴玄静と名乗り、長安の親戚に身を寄せるためにやってきたと伝えた。今日城門の外で暮れを知らせる太鼓が鳴るとは思わず[1]、馬車は城外で動けなくなったばかりか、雷と暴雨に巻き込まれてしまった。

「蒲州？　それならお嬢さんは東北方向の通化門から長安に入るはずで、どうしてまたこの春明門の外にやってきたのですか？」

「馬が雷に驚いてしまって、まっすぐここまで暴走してしまったんです」

崔郎中は納得しなかった。「道を行く馬はみんな訓練を経ていて、雷雨に出会ったとしても驚いてここまでくるなんて？　そのうえいくら驚いたとしても、車夫が馬の手綱をしっかり握っているはずです。でないとだれも彼の馬車には乗らないでしょう？」

怪我をした車夫が小声でぶつぶつ言った。どうやら弁解しているようだった。しかし彼は転がり落ちて頭から血が出ていたため、言葉もあいまいで弱々しかった。崔淼が笑った。「老兄《にい》さん、慌てなさんな。誰もあなたを責めてはいない」

1　当時城内の夜間の出入りは禁止されていた。

郎閃児がそばでもう一度「ふんっ」と発した。

崔淼が言った。「そうだ、裴大娘子（娘子は若い女性や中年女性に対する敬称。大は長女のこと）に紹介しましょう。こちらのお兄さんはここで庭を守っている大総管。姓は郎、名は閃児。郎閃もしくは閃郎と呼べばいい。一日中ずっとあっちこっちを閃くように走り回っている、まさにその名の通りだ」

裴玄静はこらえきれず、口元をほころばせた。

崔淼がつづけた。「幸いお嬢さんは鎮国寺なんかに行かずにすみましたね。最近淮西の戦場から逃れてきた人たちがあまりにも多く、あそこはとっくに患者でいっぱいです。それに女施主が泊まるのは許さないでしょう。お嬢さんが宮中から来たのでない限り」

「皇宮？」

「つまり公主《おひめさま》、長公主などですよ。もし彼女たちが寺院に寄宿したいといっても、あの丈室では努力しても間に合わないでしょうけれどね」語気は明らかに嘲笑を帯びていた。

裴玄静は心の中で次のように思った。この崔郎中は表面上は上品で礼儀正しいが、その多くは医者としての習慣にすぎない。実際には彼の口舌は鋭く、ところどころ才能が透けてみえる。内心にはきっと世の中の不正に対する憤りがあるのだろう、と。

郎閃児はしかめっ面をして口を挟んだ。「おいらはわざとお嬢さんを困らせたんじゃないから。本当にとてもじゃないけどあなたを泊められなかったんだ！　お嬢さん、ここのありさまを見てくれよ……」

事実、裴玄静はとうにここの風景に魅入られていた。

彼女は初めて長安にやってきたのだが、驚いた馬が狂ったように走ったせいで、完全に東西南北が分からなくなってしまった。だから空いっぱいの稲妻と雷鳴のなかでこの小さな庭を目にしたとき、すぐさま飛び込んだのであって、まったく何も多くは考えてはいなかった。いまようやく彼女の心身は少しほぐれてきたので、習慣的に周囲の環境を観察していたのである。

ここはありふれた四合院の庭で、壁に沿って簡素な家屋が建っていた。家屋の前には廊下があり、生い茂った松柏と翠竹が建物の背後から伸びており、風雨で深く人の心にしみこむような草木の香りを放っていた。植えられて明らかに何年も経っているものだ。中庭の中央の空き地には何本かの日よけ棚が建っており、棚の下はごちゃごちゃと横たわったり座ったりした人たちでいっぱいになっていた。蒸し暑さもあって、あらゆる家屋は門をあけっぱなしにしていたが、中も横たわる人でぎゅうぎゅうだった。ひさしのついた廊下の下もすし詰め状態だった。

ざっと数えても、百人はくだらないだろう。老若男女すべてぼろをまとっており、一目見ただけで貧しい庶民だというのが分かった。夜は次第に更けてきており、ほとんどの人はみな眠っていた。それで誰も話す者もおらず、ただ雨の音だけが聞こえつづけていた。

裴玄静はこれを見て理解した。郎閃児は庭の人間があまりに多すぎるので、自分を泊めるのをよしとしなかったのだ。それで彼をからかった。「閃郎、わたくしをからかいましたね。ここには明らかに女性の旅人も多くいるではありませんか」

郎閃児が言い訳をした。「ほかの人はみんな家族と一緒の人たちだよ。お嬢さん、あなたは……ひとりきりだ」

「ひとりだとどうなの？　それにわたくしはひとりじゃない、もうひとり車夫もいるわよ」

郎閃児は言葉に詰まり、ふくれっ面になった。「どうせ入ってしまったんだし、そんなに得意げにぺらぺら話すんじゃないやい！」言い終えるとさっと立ち上がって去っていった。

「わたくしのどこが閃児を怒らせたの？」裴玄静は半べそをかいた。

崔淼は面白がっていた。「お嬢さん、心配しなくていいですよ。あの閃児はけちなんです。彼はあなたから宿泊費をとれそうにないと踏んで、機嫌を損ねてしまったんです」

宿泊費？　まったく予想していなかった。彼女は最初、この庭が鎮国寺の後ろに位置することから、てっきり寺院が貧苦にあえぐ人々を収容して功徳を施す施設なのだと思っていた。なのにどうして宿泊費をとるのだろうか？

雨が少し小降りになった。一面漆黒の庭の向こうにぼんやりとかすかな光が現れた。それは白い塔の影であった。裴玄静はますます困惑した。ここは一体どういう場所なのだろうか？

崔淼は裴玄静の気持ちなど気にせずに「お嬢さんにこの場所の来歴をちょっとお話ししましょう」と言ったのだが、それはまさに彼女の気持ちにぴったり沿うものだった。もともとこの庭は賈昌という名の人が建てたものだった。賈昌はそもそもは後宮で鶏を馴らす役をしていた少年だったが、当時の玄宗皇帝はたいそう闘鶏を好み、そのことで上手に鶏を飼いならした賈昌は特別に皇帝の寵愛を受けることとなった。安史の乱で長安が滅ぼされ、それが賈昌の栄華の尽き、妻や子と離散し、そののち世の中のことを見極めた彼は長安の仏寺にこもって一心に御仏に仕えるようになった。建中三年（七八二）、長年付き従っていた高僧の運平和尚が亡くなったのを機に、賈昌は鎮国寺の外のこの場所に霊骨堂を建立、運平和尚の遺骨を安置した。また塔の下に松柏を植え、小さな小屋を建て、自らそこに暮らし、生前と変わらず師父にお仕えした。順宗皇帝が東宮（皇太子）だった時に、三十万もの銭を喜捨して賈昌に与えたので、彼は新たに高僧の遺像と読経斎戒のための建物を建て、外庭には流浪する人々が住む小屋掛けを作った。これがすなわちこの庭の来歴なのだった。

順宗皇帝？　裴玄静はひそかに思った。つまりそれは今上皇帝の父皇のことだ。十年前の永貞元年（八〇五）、順宗皇帝は病を抱えながら帝位についたが、たった二百日で今の皇帝に位を譲り、翌年の元和元年正月に崩御した。亡くなった年齢はわずか四十八歳、大唐のこれまでの皇帝の中でもっとも短命なひとりだった。この先の皇帝の内禅と崩御について、ここ十年、民間では様々なうわさが語られた。そのことで今の皇帝はたいへん頭を悩ませたものの、結局民衆の口を閉ざすことはできなかった。

この簡素な小さな庭が、大唐の数代もの皇帝と関連があるとは本当に思いも及ばなかった。

「庭が具体的に建造されたのは貞元七年（七九一）前後の頃にちがいないので、もう二十五年も経っています」と崔淼が続けた。「収容される人々は家賃をおさめる、これは順宗皇帝の当時の規則に定められました。誰であってもここに仮住まいすれば、三日目から家賃を払い始めねばなりません。年寄であれ幼子であれ病弱なものであれ無力なものであれ、実際に家賃を支払い、記帳しなければならず、払えないと親戚や友人から負債を支払ってもらうことになるのです」

「そのようにすれば、ずるずると住み続けることを禁じられるし、より多くの本当に困った人々を救済できるというわけね。よい方法だわ」

「そうです。先の皇帝の規則は長年だれも、あえて背くことはありませんでした。受け取った金銭は民草の住居と食費をのぞいて、すべて仏へのお供えに用いています。あの賈昌はまだ生きていて、まもなく百歳になろうとしていますが、やはり裏庭に建てた小屋の中に住んでいます。毎日一杯の粥のみを食べ、蓆《むしろ》の上で眠り、着ているものも粗末な綿の衣。けれども年老いて身体が衰えたせいで長く小屋からは出ていません。郎閃児は賈昌が養っている孤児で、ここ数年はずっと賈昌老人にお仕えし、彼以外は誰も賈昌に会ったことがありません」

「賈昌老人は本当に有徳の士なんですね、とても尊敬します」裴玄静は静かに嘆息した。「崔郎中はここの内情によく通じているからには、きっとここにかなり長くおられるのでしょう？」

「それがしは十日前に行脚してここにやってきたばかりです。もともとはしばしの仮住まいのつもりでしたが、季節がらよくないせいか、流浪の民たちはしょっちゅう暑気あたりにかかり、それでいっそのこともっと長く滞在して、病人を救い治療をしようと。これも功徳として換算されるでしょうから」崔淼はちょっと笑ってみせた。「お嬢さんもお疲れでしょう、どうしてちょっとでもお休みにならないのですか？　夜が明けるまでまだ数時間ありますよ」

裴玄静はたしかにとても疲れていた。もし何日か前にだれかが彼女に、今日あなたはまったく見知らぬ庭で雨の滴るひさしの下、知り合ったばかりの男性にジロジロ見られながら眠るのだと告げたなら、彼女は絶対に信じなかっただろう。しかしこの時の彼女には、もはやわきおこってくる眠気に抵抗する力はなかった。彼女は今回の旅行が一体いつどこから始まって、自分はどこへ行くつもりなのかさえ思い出せなかった。ただ、正面のこの人物の態度は火を見るように明らかだった。ここはまったく意外な休憩場所で、奇妙な安心感と気やすさを感じた……それで廊下の柱に頭をもたれかけ、裴玄静は眠った。けれどもほんのちょっと眠っただけで、驚いて飛び起きた。頭がわれそうなほどに痛かった。

雨はやんでいて、かえって蒸し暑さが増していた。あたりの空気には窒息しそうなほどくさい臭いが漂っていた。

崔郎中はいなくなっていた。

裴玄静は驚き、もう一度あたりをよく見て、彼が前方のそれほど遠くない場所のひさしの下にかがんでいるのをみつけた。傍には郎閃児が立っていた。

裴玄静は歩いて行き、崔淼の前にもうひとり横たわっている人がいるのを目にした。その人は身じろぎひとつしていない。「崔郎……」声をかけようとした瞬間、崔淼が頭を上げ叫んだ。「来るんじゃない！」

彼女は驚いて半歩下がった。郎閃児が勢いよく前にやってきて、彼女の視線を遮った。

半刻が過ぎ去り、崔淼はやっと立ち上がり、ふたりに対して押し殺した声で告げた。

「死んだ」

「本当に疫病なのかい？」郎閃児がひそひそと尋ねた。

崔淼の様子は厳かだった。「間違いないでしょう。ああ、うっかりしていた。昼間彼の異常に気がついたときに、単なる暑気あたりだと思ってしまった。まさかこんなに早く発作が起きるとは思いもしなかった。いま思うと……危険な疫病だったに違いない」

郎閃児の顔色は真っ白になっていた。

崔淼は語気を少し和らげた。「私の見立てによれば幸いにも、この疫病は直接接触しなければうつらないものでしょう。この者はひとりでお住まいで、一日中誰ともかかわっていませんでした。ですからそのほかの人は安全でしょう。我々は今夜何事もなければ、明日朝早くご遺体をこっそり送り出せばそれで大丈夫です。何はともあれ恐慌状態を引き起こさないためにも、まずは口外してはなりません」

彼がこのように言うのを聞いて、裴玄静は思わず周囲をきょろきょろ見回した。夜はとうに更けており、庭のすべての人たちはぐっすり眠っていて、どうやら起きているのはこの三人だけのようだった。

「じゃあおいらも賈昌老人に言いにいかないと」郎閃児は大声で泣きだしそうな顔で言った。「でないと叱られてしまう」

「婉曲に話すのですよ、お年寄を驚かせてはいけません」

郎閃児は慌ただしく裏庭に駆けていった。崔淼はどうやらやっと裴玄静に気がついたらしく、謝罪した。「お嬢さんをびっくりさせてしまいました」

郎閃が去った後、地面の死体が完全に見えた。雨のあとの夜空には謎めいた光がうかんでいた。死人の顔が透けるような青い白さで、下あごには深い傷跡があるのを目にした。裴玄静は、雨で湿った衣服がぴったりと肌にはりつき、全身が氷のように冷え切っており、ひとしきり吐き気がして、思わずぶるっと身を震わせた。

崔淼が、「お嬢さん、それがしについてきてください、我々は少し離れた場所に座りましょう」と言った。

ふたりがまだ向きを変える前に、裏庭から素早くやってくる足音が聞こえた。あっという間に、郎閃児が彼らの目の前に駆け戻ってきた。

裴玄静はひどく驚いた。

郎閃児の顔は完全に歪んでおり、真ん丸に見開かれた目には恐怖が満ちていた。さきほどの彼が驚いたということなら、今の彼は精神が崩壊しそうであった。

崔淼が郎閃児の肩を摑んだ。「閃児、なにが起こったんだ?」

郎閃児は唇をかみしめ、涙がどっとあふれだしてきた。

「早く私を連れていけ!」崔淼が怒鳴ると、郎閃児は彼を引っ張って走り出した。裴玄静も考えるひまもなく急いで彼らについていった。

裏庭には二つの小屋があり、互いにつながっていた。白塔は右側の小屋の後ろにそびえたっている。左側の小屋の扉はあいたままで、室内は一面真っ暗だった。

郎閃児は玄関で立ち止まった。「何も言うことはないよ。賈昌老人、彼、彼は……」

そう言って二度と前に進もうとはしなかった。

崔淼は朗閃児の手にあった提灯を受け取り、高く掲げた。裴玄静も緊張して彼に続き、続いて屋内に入った。

室内は小さく、向かい側の土の上には蓆が敷かれており、壁に寄って小卓が置かれてあり、卓の傍には布団がほったらかされていた。部屋にはほかに何の家具もなかった。泥で塗られた地面と壁、壁のすべては空っぽで、卓の上にはただ蠟燭だけが青い煙をあげていて、まるで火が消えたばかりのようであった。室内にはほんのかすかに甘いような甘くないような奇妙な臭いが漂っていた。

室内の中央の泥が塗られた地面に、人がひとり倒れていた。提灯の火がちょうど彼を照らし出していたが、身に付けた灰色の上着と頭の白髪はともに淡く赤い色に染まり、まるで血の中に浸っているかのようだった。

裴玄静はどきっとした……賈昌老人。

崔淼は提灯を傍の地面に置き、手でその人物をひっくり返した。

果たしてこの髭も髪も真っ白な老人は、疑いもなく賈昌本人だった。崔淼は彼の鼻息を探って、そっと言った。「もう亡くなっておられます」

「本当に不思議」と裴玄静が言った。

「不思議です」と崔淼が同意した。「見たところ毒にあたったわけではなさそうですし、致命的な外傷もありません」

百歳の老人が自室で倒れるというのは、自然死なら不思議なことではない。たとえ彼の尾翼の下に何本か血の跡があったとしても、倒れたときに顔を打ちつけて出た血だと思えた。謎なのは賈昌の顔の表情だった……。

それは究極なまでに誇張した笑顔で、すっかりむき出しになった歯の奥の口はぽっかりした黒い洞窟のようにゆがめられていた。賈昌は狂喜の中にわかに亡くなったみたいであった。

彼は死ぬ前に一体何を見たのか？　何がひとりの百歳の老人を笑って狂い死にさせたというのか？

「これを見てください」裴玄静が落ちていたものを拾い上げ、崔淼に渡した。

それは薄い白玉で、こまやかな性質で、ほとんど光が透けそうだった。「いい玉だ」崔淼が賛嘆した。「しかし、これは何に使うものだろう？」

裴玄静も未だかつてこのような形状の玉片を見たことはなかった。中央はかすかに飛び出しており、両側は三角形に広がり、鳥の羽のようにわずかに開いていた。玉片は少しも大きくはなく、ちょうど手のひらにすっぽり収まった。

崔淼は玉片をひっくり返して見た。「ん、ここはどうして角が欠けているんでしょう？　新しく割れたばかりのようだ……」

裴玄静はそれを聞いて、もう一度泥の塗られた地面をこまかく探した。突然、彼女は提灯の灯の届かぬ暗い影の中に何かがちらっとよぎるのが見えた。急いで頭を上げて「あそこに誰かいるみたい！」

崔淼が驚いて尋ねた。「どこに？」裴玄静はすでに右側の小屋へ走っていた。

二つの小屋の中間の壁には穴が開いており、そこには布がかけられて仕切りになっているだけだった。右側の小屋の中には蠟燭はなかったが、隣の壁を通してやってきた灯で充分に周囲を見て取ることができた。

その部屋の設備は隣室よりもさらに簡素で、北側の壁の下にお供え用の卓があり、その上に香炉があった。供卓の後ろの壁には一枚の和尚の絵がかけられており、おそらくは賈昌の師父、運平和尚を祀っているものと思われた。

裴玄静は供卓の後ろを眺めた。肖像画がかすかに揺れ動いたような気がした。風ではない。供卓の上の蠟燭は隣のものと全く同じで、同様に消えて間もなかった。しかし香炉の香はゆらゆらと煙を立ち昇らせており、その煙はまっすぐ下から上にのぼっていた。この蒸し暑い夏の夜に一筋の風さえもなかった。

裴玄静は混沌とした恐怖を感じ、無意識に軽く叫んでいた。「崔郎！」たったいま衝動に駆られて飛び込んだものの、今は誰かに来てもらうと心強かった。しかし隣からはなんの動きもなかった。崔淼はやってこなかったし返事もしなかった。

裴玄静は頭がくらくらしてぼおっとするのを感じた。彼女は朦朧と、自分がいま出ていけばまだ間に合うと思った。けれども手足はまったく動かせず、まるで形のない力によってここに縛りつけられているかのようだった。ただぼんやりと目を大きく見開き、東側の壁を見つめるだけだった。

この小屋の北側の壁には絵がかけられていて、南側の壁と西側の壁にはそれぞれ門が開いていたため、東側の壁だけが全面を見ることができた。

唯一全部そろっているこの東側の壁には、自然でとどこおりない筆跡の墨で次のように書かれていた。

夫人之相與，俯仰一世，或取諸懷抱，悟言一室之內；或因寄所托，放浪形骸之外。雖趣舍萬殊，靜躁不同。秦望山上，洗硯一池水墨；會稽湖中，乘興幾度往來。**仰觀宇宙之大，俯察品類之盛。**居足以品参悟之楽，**遊足以極視聽之娛。當其時也，**余与欣安於所遇，**暫得於己，快然自足，不知老之將至。及其所之既倦，情隨事遷，感慨係之矣。**

及弟欣先去，向之居遊動靜，於今水枯煙飛。俛仰之閒，已爲陳跡，猶不能不以之興懷。況修短隨化，終期於盡。古人云："死生亦大矣。" 豈不痛哉！每覽昔人興感之由，若合一契，未嘗不臨文嗟悼，不能喩之於懷。固知一死生爲虛誕，齊彭殤爲妄作。後之視今，亦猶今之視昔。良可悲也！

雖世殊事異，所以興懷，其致一也。後之覽者，亦將有感於斯文。

【和訳】

夫《そ》れ人の相《あ》い与《とも》に一世に俯仰《ふぎょう》するや、或いは諸《これ》を懐抱《かいほう》に取りて一室の内に悟言《ごげん》し、或いは託する所に因《よ》寄りて形骸の外に放浪す。取捨するところ万殊、静躁同じからずと雖《いえど》も、秦望山《しんぼうさん》上、硯《すずり》を一池水墨に洗い、會稽《かいけい》湖中、興に乗りて幾《いく》度往来す。仰ぎて宇宙の大を観て、俯《うつむ》きて品類の盛を察す。居れば以て参悟の楽を品するに足り、遊べば以て視聴の娯を極むるに足る。

其の時に当たるや、余と欣《きん》は遇する所に安んじ、暫《しば》し己に得て快然自足、老いの将に至らんとするを知らず。その之く所に既に倦むに及び、情は事に随《したが》いて遷《うつ》り、感慨もこれに繫かる。

弟《おとうと》欣の先ず去り、之に向いて居遊動静するに及び、今において水枯れて煙飛び、俯仰《てんち》の間に已《すで》に陳迹《ちんせき》と為る。猶《なお》之を以て懐《おもい》を興《おこ》さざる能わず。況んや短を修めて随いて化し、終に尽きるに期せんや。古人云う「死生も亦た大なり」と、豈に痛ましからず哉。毎《つね》に昔人の興感の由《ゆえ》を覧ずるに、一契に合うが若く。未だ嘗て文に臨みて嗟悼せずんばあらずして、これを懐《おもい》に喩《たと》ふる能わず。固より一死生の虚誕と為るを知るも、彭《ながいき》と殤《わかじに》を斉《ひと》しくして妄作を為す。後の今を視るも亦た猶お今の昔を視るがごとし。良く悲しむ可きなり！

世殊《こと》なり事異《こと》なると雖も懐《おもい》を興す所以《ゆえん》はそれ致《むね》は一なり。後の覧ずる者も亦た将《は》た斯《この》文に感ずること有らん。）

裴玄静の頭はますますくらくらして、すべての文字が彼女の目の前で飛び跳ね舞い踊った。彼女は続けざまに何回も読んだが、何が書かれているのかわからなかった。しかし詞句は優れて深い意味があり、格調は清雅、思いのままの筆致も確かに目や心を楽しませた。

かつて知っていた詞句に似ている、以前知っていた書法に似ている……空気中に臓腑に染み渡る甘い香りがした。すべてはこんなにも美しかった。裴玄静は「くくっ」と笑い声をあげた。

「お嬢さん、お嬢さん！」誰かが彼女の背後で呼んでいた。

裴玄静は振り返らなかった。天と地がぐるっと回った。いま彼女はちょっと動きさえすれば気絶して倒れるだろう。けれども彼女は持ちこたえ、頑固にその場に立って、声の主が自分の前にやってくるのを待っていた。

「玄静……静娘」

彼だ！

裴玄静は静かにそっと彼の名を口にした。「長吉……」

暗闇が訪れ、天地がひっくり返った。

2

朝の謁見のあと、慣例にしたがって皇帝は何人かの腹心の大臣をとどめおき、延英殿の中で藩削減に関する戦争について検討をつづけた。今の天子はどうしても藩を削るつもりで、何年も戦争が起きていた。けれども戦績をあげてはいたが、国家の財力と兵力どちらもやりくりが難しかった。今年に入ってからは、淮西の藩鎮を討伐する戦争が膠着状態に突入し、長い間引き延ばす局面へと発展していた。朝廷の中にも和平の声があちこちから起こり、多くの朝臣が続々と皇帝に、民を苦労させ財物を損なう討伐をやめ、淮西に譲歩して安寧をもたらすよう諫めにやってきた。相当な主戦派の皇帝も空前の圧力に取り囲まれていた。

皇帝の性格は激しく、内心を言えば逆らう臣下に決して妥協するつもりはなかった。このような状況では、戦争を固持する朝廷内の数名という少ない臣下たちが皇帝の最も頼れる人物となり、心理的な支えとなっていた。御史中丞の裴度はすなわちその中のひとりだった。毎日の朝儀の後の延英殿で天子に召されて奉答し、裴度は皇帝に勅命で指名されて必ず参加すべき重要な臣下となっていた。裴度も積極的に皇帝のために策を出し、憂いを分かち悩みを取りのぞいていた。

しかし、裴度は今日の延英殿での受け答えでは、いつものように専念していないようだった。やりとりはずっと続いて中の刻に終わり、宰相の武元衡と御史中丞の裴度は肩を並べて歩き、南に向かって中書省へと進んだ。夕日のもと唐の宮殿はいたるところ金色にきらめいており、ほとんど目を開けていられないほどだった。

半分ほど来たところで、武元衡がやっと裴度に尋ねた。「中立（裴度の字）はなにか心配事でもあるのか？」彼と裴度は私的に交流が深く、それでこの質問が出たのだった。武元衡大臣は孤高で有名で、従来、余計な世話をするのを好まなかった。

宰相の関心に裴度も自然に好意をありがたく思い、そこで子細にことのてんまつを話しはじめた。

およそ半月前、裴度は兄の裴昇の未亡人、甄《ジェン》氏から手紙を受け取った。手紙には長女の玄静が将来長安の叔父を訪ねるとあり、出発の日にちもはっきりと書いてあった。裴度は馬車でかかる所要時間を計算し、十日前に家人を遣わして毎日長安城の東北に面する通化門で待たせ、裴玄静を迎えようとした。蒲州から長安の通衢大道は通化門に通じており、正常な状況であれば裴玄静がそのほかの城門から長安に入るはずはなかった。

しかし一日、また一日と待っても、裴玄静からはまるで音沙汰がなかった。

裴度はおおいに焦った。彼は甄氏の話を信じて、永楽県に人を遣わして裴玄静を迎えに行かなかった自分を責めた。玄静は兄裴昇の最愛の娘で、もしこの姪に本当に何かあったとしたら、裴度はどうして亡くなった兄に顔向けできようか？　むなしく数日間待った後、私腹をこやすことのない裴度はわざわざ金吾衛（近衛部隊）に、長安城の内外で裴玄静の行方を気に留めてもらうように頼んだのだった。

彼はさらに最も有能な家僕の王義を永楽県に行かせ、道に沿って裴玄静の跡を探させた。長安から蒲州までは実際にはそれほど遠くはなく、王義が馬に乗って日夜をついでいったとしても、三日で戻ってこられるのだった。しかし王義もまた三日前に出発して今に至るまで、何の消息もないばかりか、彼自身どこに行ったのかもわからなかった……。

ここまで聞いて、武元衡は考えを巡らせながら尋ねた。「永楽県の裴家のお嬢さん……ぼんやりと覚えている、あそこでここ数年前に『女名探偵』が登場したことがあるが、確か姓が裴だったような？」

裴度が答えた。「はい、それこそがそれがしの姪である玄静なのです」

「なんと本当に彼女なのか？」武元衡の目がきらりと光った。裴度は機嫌悪そうにうなずいた。「『女名探偵』の名は冗談にすぎません。本気になさってはいけません」

武元衡が笑った。「ああ、どうしてそんなふうに言うんだ。わしは中立に心を広く持ってほしいと思うのだがな。『女名探偵』がどうして危険なことになろうか？　なにか奇怪な事件に出会ったのかもしれないぞ。楽しんで本来の目的を忘れて、忙しく事件を解決しているのではないか」

宰相が自分の心を気楽にさせてくれているのは明らかだったので、裴度も苦笑せざるをえなかった。

彼らがちょうど中書省の前にやってきたとき、金吾衛が家僕のような人物を連れて走ってきた。

「王義！」

王義はまっすぐに裴度の前にやってきて、お辞儀をして言った。「ご主人さま、姪のお嬢さまが見つかりました！　いますでにご住居にお送りいたしました」

裴度はとても喜んだ。「それはまことによかった」

「しかし……お嬢さまは風邪をお召しになっており、見つけた時には意識を失っておられました」

裴度が慌てて問うた。「医者は呼んだのか？」

「お医者様が来られて診察いたしました、問題はないとのことです」

裴度はやっと少しほっと息をついた。

武元衡が傍らで言った。「な、言っただろ、大したことがないって？　中立は急いで家に帰って見てくるといい」

裴度は慌てて武元衡に礼を述べていとまを告げた。

武元衡はかすかにうなずいた。「わしも一目『女名探偵』の顔を拝んでみたいものだ、今後そのような機会があるのかどうか」

「ああ、やつがれの姪にとって光栄でございます」

宰相は笑って何も言わなかった。

裴度が慌ただしく去っていくと、武元衡はひとり中書省に入り、机の後ろに端座した。しばらく周囲に誰もいないのを確認して、それからやっと袖の中にあった小さな巻紙をとりだした。

そっと開くと、なんとそれは数枚の折りたたまれた紙片だった。武元衡はぎゅっと眉根を寄せ、一枚一枚を見ていった。

実際にはすでに何度も読んでいて、とっくにすらすらと暗記できるほどであった……どの紙にも一言脅迫が書かれていた。たとえば「汝の命は終わりだ」、あるいは「汝が取り合わなくとも、我が取りに来るぞ」などである。

これらの脅しの手紙が時の朝廷の宰相に恐れを与えたというよりは、ばかばかしさと悲哀という感覚を与えただけだった。

しばらくしてから、武元衡は蠟燭を手にして紙片を燃やし、それが目の前で灰になるのを見ていた。

武元衡はどこからこの脅しがきたのかはっきりとわかっていたので、まったく恐れることはなかった。彼を悩ませていたのは脅迫の背後に隠された意図……彼らが欲しがっているのは彼の命だけではなく、ほかに……。

武元衡のまなざしが知らず知らず壁の『蘭亭序』に移った。この『蘭亭序』は貞観十七年太宗皇帝が王羲之の真筆を得たあとに、弘文館に命じて宮中に仕える書家の馮承素に模写させたもので、巻首には高宗皇帝の神龍年号（七〇五～七〇七）の小印が押され、中書省の政事堂にかけられてすでに百年以上がたっているのだった。

彼は何かを考えている様子で長い間じっと見つめていた。

武元衡は切実に助手が必要だった。頭が良く謎をよく解く、秘密を守れる人物が。このことで彼はすでにとても長い時間悩んでいた。事はますます切迫している。だがぴったりの人物はこれまでには現れていない。

どうする？

3

意識が再び戻ったとき、周囲のすべては明るく変化していた。陽光が竹のすだれの隙間から射し込んできて、まっすぐに裴玄静の目を照らした。

ベッドの前にいた慈悲深い顔つきの中年の婦人が驚いて叫んだ。「まあ裴玄静、やっと目が覚めたのね」

裴玄静が困惑の表情を満面に浮かべて自分を見ているのに気づいて、彼女はまず念じた。「阿弥陀仏、わたくしはあなたの叔母ですよ」

裴玄静は人参湯《ニンジントウ》をおちょこ一杯飲み、さらに白粥を食べた。顔に血色が戻ってきて、歩ける力も出てきた。

彼女は寝台の前でお辞儀をして、叔母の楊《ヤン》氏に挨拶をした。この家の男主人こそが裴玄静の叔父、御史中丞の官位を拝する裴度大人で、この時ちょうど大明宮に出仕しているところだった。彼が仕事を終えて家に戻ってくるのを待って、それからはじめて裴玄静は叔父と顔を合わせることができるのだった。

楊氏が嘆息した。「仏がご加護くださったのです、姪がこのたび怖い思いをしても結局は何事もなかったのですから。今日の早朝王義があなたを連れて帰った時、あなたは熱で顔が真っ赤になっていて、うわごとを言い続けていました。ああ、わたくしも驚いてしまって……」

「今日の早朝？」

「そうですよ。玄静あなたは長い時間意識を失っていたのです」

楊氏は何度も繰り返して長い時間語り、裴玄静はようやく何があったのかを理解した。

もともと家僕の王義は三日前に永楽県に裴玄静を捜しに派遣されたが、何の収穫もなかった。今日の早朝、王義が長安城外に戻ったのがまだ鐘が鳴っていない時だった。それで城門が開くのをまっているあいだ、心配でたまらない王義は周囲の人たちから昨日の夕方に雷雨が激しく降ったこと、通化門の前で馬車が驚いて、危うく道端の人を踏みそうになったことを聞いた。その馬車の女性は必死になって叫んで通行人をどかせ、最後には馬は狂ったように馬車を引っ張って、南の方へ駆けていった……。

王義はぞっとして、急いで馬車にいた女性の容貌を尋ねた。

みんな次のように答えた。事はあまりに突然だったのではっきりと見ることはできませんでした、ただ年若いお嬢さんだったことだけはぼんやりとわかりました、驚いていていて声は変わっていたと思います、と。

王義はことは簡単ではないと感じ、調査すべきだと思った。時を告げる朝の鐘が鳴り響いたが、彼は城内には入らず、まっすぐに春明門へ向かった。そこで鎮国寺の外に裴玄静の馬車があるのを見つけた。馬のわだちは断裂しており、車輪も一個なくなっていて、その上ひとつはねじ曲がっていた。しかし車両部分は完全に無事で、中には若い女性が倒れていた。車夫は頭を垂れてがっくりと馬車の傍の泥地に座っていた。

王義がいって尋ねると、果たしてそれは裴玄静の一行であった。まさに望外の喜びだった!

けれども裴玄静は意識を失っており、王義もじろじろと観察できず、車夫が次のように言うのを聞くしかなかった。おとといの夕方彼らの馬が通化門で雷に驚いて、狂ったようにここまで走ってきて、馬が馬車からはずれて走り去ってしまった。馬車は徹底的に壊れていて、付近で宿を借りる場所もなく、裴お嬢さまは馬車の中で一夜をすごすしかなく、自分は馬車の傍でお守り申し上げていた。裴玄静が連日道を急ぎ苦労していたことにくわえて、驚きまた雨にまで降られて濡れてしまったせいで、その夜ついに熱が出てしまった。早朝に、車夫は裴玄静が人事不省に陥っているのに気付いた。車夫はどうしてよいかわからず、かといって助けを求めて人を探しにここを離れることもできず、この場で悩んで泣きたくても涙も出ないというありさまであった。

王義は裴府の腰牌（腰に掛ける官邸・宮廷などの出入許可証）を取り出して見せた。車夫もとうとう迎えが来たのだと知って、重荷を下ろしたようだった。春明門の外の官道には多くの注文をうける空の馬車があり、王義はその中の一台を雇って、裴玄静を移動させ、急いで城に入り家へ戻ったのだった。

楊氏が最後に言った。「王義が家に戻る前に振り返ると、傍にいた車夫は影も形もありませんでした。思うにあなたを無事に送り届けられなかったので、叱責されるのを恐れ、お金もいらないと逃げ出したのでしょう。幸いにも特に怪我はなく、風邪をひいて熱をだしただけで、今は見たところもうかまわなさそうですね。さもなければあの車夫も逃げ出せなかったでしょう」彼女はちょっと疑い、また裴玄静に尋ねた。「姪よ、あなたはどうして路上であんなに長く留まっていたのですか？　一体何があったのでしょう？」

裴玄静は苦笑いした。一体どのように叔母に答えればよいのだろうか？

蒲州から長安までの道は広々として平坦で、道路状況は大唐全体でも一二を争う良さであった。皇帝の一族が御苑で飼育している駿馬なら一昼夜あれば、驪山宮から蒲州の鶴雀楼まで走りつくことができる。しかし裴玄静はこのような道でまるまる七日間もかかってしまったのだ。

今回家を出たのは、裴玄静の人生において初めての遠出だった。出発時、父の妾の甄氏はわざわざ大夫が乗る黒い漆塗りの車を雇ってくれ、玄静の父親が生前十数年勤めていた県の役所の外まで見送ってくれた。

その日の正午、前には高く頭をあげた駿馬が、傍には錦を身に付けた車夫がいたのを覚えている。油壁車のひよけは、仲夏の季節の日差しが明るく輝くのを防いでいた。裴玄静は静かに黒い礼服を身にまとっていたが、汗は一番内側の薄い紗のひとえから、外側の三層になった服やスカートまでぐっしょりと濡らした。ベールの背後の顔も熱くて真っ赤で、最も濃い頬紅を塗っているかのようだった。

今の永楽県の県令汪濤《ワン・タオ》は、かつて裴玄静の父親裴昇のもとで長年仕え、自分では裴家の門下生だと思っていた。裴昇の本妻に生まれた長女が嫁にいくので、汪県令はそれを重んじて、わざわざ部下を率いて隊列を作って見送ってくれた。

そのとおり。裴玄静は嫁に行くという名目で、決して気軽に親戚のもとへ行ったのではなかった。

にぎやかなのを目にした民衆も通りに集まってきて、幾重にも取り囲んでついてきた。裴昇老翁は生きていた時清廉潔白な官僚で、人民への恵み深く、この地の民衆にはすこぶる愛されていた。けれどもこれほど多くの人たちが裴玄静が遠くへ嫁に行くのを見に来たのは、裴老翁の名声が高かったためだけではない。もっと多くは、裴玄静本人への好奇心だった。

永楽県の人々は口々に、裴玄静を不思議な女性だと称するにたると言い合っていた。というのも、この裴大娘子は幼いころから飛びぬけて賢く、人やものごとに対する観察も念入り、たびたび一般人を超えた不思議な発見をしたからである。

裴昇老爺は長年県令を務めたが、謎多き案件に出会い、解決に困った時、幾度となく娘の玄静がずばりと答えを的中させて、人々をはっとさせ、隠された事情を見破って、天下に公平さを示してきた。とりわけ言及すべきなのは、裴玄静が初めてこの特殊な才能をあらわしたのは、まだ幼い子供の時だったのである。その後いくらかして、知恵を巡らせ的確な判断を下す裴玄静の才能が何度となく証明され、十四、五歳になる頃にはすでに名声が高まっていた。「女名探偵」という美名は蒲州あまねく広まり、蒲州刺史大人までもが耳にしたほどだった。裴昇老爺はますますこの長女を掌中の珠のごとく溺愛した。

しかし残念なことに天に不測の風雲あり。三年と少し前のある日、裴昇老爺は役所内で仕事をしている最中、突然大きな声で叫んでばたりと倒れ、医者が駆けつける間もなく息を引き取ってしまった。死因は脳卒中による突然死だった。

厳粛な葬儀の後、裴家の人たちは県の役所を引越し、城南の古い住宅に移った。「女名探偵」裴玄静もそれ以降公の場に顔を出さなくなってしまった。

甄氏夫人は世間に対して次のように言った。裴玄静は幼い時から道を好み、父親が突然この世を去ったため、傷心のあまり、みずからのぞんで現世を捨てて入道し、亡き父の追善のために修行をするのだ、と。裴玄静は天賦の才が並外れており、幼い時から裴昇の寵愛を一心に受けていた。彼女の実の母親、つまり裴昇の最初の妻で正妻である王《ワン》夫人は、玄静が五歳の時に亡くなっていた。そのせいで彼女は父親との感情が特別に厚く、父親がこの世を去ったことで現世を捨てるというのも道理にかなったことであった。

とはいえ永楽県では閑な人々が、このことについていささか異なった噂話をした。

その一。甄氏夫人は裴昇老爺の後妻で、裴昇に嫁いだ後につづけてふたりの息子を生んだ。けれども裴昇がずっと特別に可愛がっていたのは長女玄静だった。このことに甄氏はたえず不満を抱いており、将来裴玄静が後継ぎの長女の身分を継承して、ごっそり財産を継承するのではないかと心配になった。裴昇は官僚として清廉潔白で私腹を肥やさなかったため、財産はちっとも多くはなかった。甄氏の育てている息子はまだ幼く、祖先の功績で得られる特権に頼ってその日暮らしをしていた。甄氏が裴玄静という後継ぎ娘を嫌うのも推して知るべし、である。裴昇老爺の死はあまりにも突然だったため、一言もなにも残すことはなかった。甄氏はその機に乗じて眼中の釘である裴玄静を出し抜き、彼女を道観（道教の道士が居住して修行し、祭儀を行う施設）に送り込んだのだ。

この話では、甄氏が悪い継母役を演じている。

その二。裴玄静は天賦の才がとびぬけていたため、長年父を助けて多くの悪人を退治してきた。それで必然的に多くの恨みを買っており、敵はなんとかして裴氏父娘に報復しようとしていたのだ。彼らは知る由もない何らかの手段で、相当に威力のある方法を用いた。裴昇老爺が少しも前兆なく脳卒中で突然死したのも、おそらくはこの敵どもが鬼神によってなしたものだろう。父親の死後、裴玄静が道観に隠れたのも、一つには父親の死に疚しさにも似た痛みを覚えたからで、もう一つには、敵の攻撃が自分の頭上に振りかぶってくるのを恐れてそれを避けるために、道家の諸神に庇護を求めたからだろう。

二つ目の解釈では、鬼神が黒幕の元凶となっていた。

当事者はがんとして口を閉ざしていた。どの解釈であろうと、どちらにせよ証明はできない。結局は間違いが次々と広がっていっただけだった。

しばらくすると、かつて少し有名だった裴大娘子も人々に忘れ去られていった。

あっというまに三年が過ぎ去った。突然、永楽県の人々は、裴大娘子が道観を出て、すぐに嫁に行くのだと耳にした。それで改めて裴玄静の名前を思い起こした人も多かった。みんなははたと思い当たった。もともと裴玄静が道観に入ったのは、父の喪に服すためだけだったのだ、と。いま三年という最も重い服喪の期間が過ぎたのだから、裴玄静は当然俗世にもどってくるはずだった。またぼんやりと覚えている人によれば、三年前に裴大娘子が道観に入ったとき、歳はまさに十九、ならば今年は二十二歳のはずである。

ごらん、この年齢ではもう若くはない、確かに急いで嫁がねばならない。

しかしあちこちで尋ねたものの、誰も裴玄静の嫁入りについて詳しいことは知らなかった。もともと裴大娘子の身の上はさまざまな特殊な事情があり、さらに道観に入るという紆余曲折があって、初めて聞く意味ありげな婚姻に及んで、ついには彼女に対して大きな好奇心を抱かせるにいたった。

そこで、元和十年五月のある日、裴玄静が役所の門の前で墨車（装飾のない黒い車）に乗った時、暑いさなか、通り一杯に彼女を一目見ようという人々が押し寄せたのである。県令老爺が自ら隊を率いて送り、甄氏夫人もまたおおげさに涙を流して別れの語らいをし、真夏にぎこちない「昭君出塞」のような雰囲気を醸し出したのであった。

衆人環視の中、裴玄静の墨車はゆらゆらしながら城外へと去っていった。焼けつくような日差しは、車のてっぺんから細くたえまなく紫色の煙をたてているかのようだった。暑さで頭がくらくらしてぼおっとした人々は恍惚となりながらも異常に気づいた……花嫁に付き添う者もいないし、新婦を迎えに来る者もいない。花嫁につきそう女中もいなければ装うための持ち物も何もなかった。ただ一台の馬車と、一名の車夫だけが馬車を駆って旅立ったのだ。

これが嫁入りだと言えるのだろうか？

事実、裴玄静本人ほど今回の何ともいえない嫁入りに対して感じることは多く、感慨はさらに深いものだった。

墨車に乗った瞬間、彼女は車のてっぺんのまだ乾いていないペンキに気がついた。車輪とはちぐはぐな色で、車窓には埃が積もっていた。頭をもたげた黒い馬は意外にもふらふらよろめき、ひづめにうまく釘がはまっていないのかもしれなかった。そのうえこの馬は見た目だけで、実際には訓練を経ていない、制御しにくい気性の激しい馬のようだった。車夫にいたっては、車を操る経験が裴玄静よりも劣っており、道もまったく知らない様子だった。

ずいぶんと苦労して、裴玄静は車夫の話をつなげて理解した。甄氏は体面をほどこすようにしたが、びた一文無駄な金は出そうとはしなかった。それでこのような廉価な車馬を探しだし、今のような嫁入りで流行っている黒い馬、墨車に見せかけたのである。

甄氏が支出をけちったせいで、裴玄静は非常に苦しい思いをすることになった。走り出したところ、車馬はさまざまな問題が生じた。加えてここ数日の異様な酷暑、毎日太陽が昇ってからすぐに、官道の路面は火に照らされて煮えたぎるようになった。訓練を経た馬なら我慢もできようが、彼らの馬はあっさりと木陰に入って動かなくなってしまった。

このようにして走っては止まり、止まっては走り、と七日目の夜になってやっと亀が這うようにして長安の城外に到着したのである。本来それでうまくいくはずだったが、あいにく暮れの鼓が鳴り響いてしまった。裴玄静は人生で初めて都の夜間外出禁止令を知り、眼前の近くにある通化門がゆっくり閉じていくのを、目を見開いて眺めているしかなかった。

つづいてすぐに頭上で雷が炸裂した。

裴玄静はここまで思い出して、心の底から今この時、無事につつがなく叔父の家に座っていられることは、本当に僥倖なのだと感じた。

けれども彼女は継母を恨むことはできなかった。甄氏のやり方はひどすぎたが、彼女はそれでも裴玄静ひとりのために荘厳な嫁入りの儀式をしてくれたのだ。甄氏がすべての人にこのように宣告したからには、裴昇家の長女の裴玄静は二度と家に戻ることはできない。嫁に行った娘は撒いた水のように戻ることは許されないのだ。この時から裴玄静は「未婚の娘」という身分を失い、二度と弟たちと財産を争うことはできなかった。

この点において、裴玄静と甄氏の考えは完全に一致していた。

裴玄静は二度と蒲州永楽県に戻るつもりはなかった。あそこには彼女にとって後ろ髪を引かれるものはもうなかったからである。

「玄静……」

裴玄静は考え込んでいたのを中断した。彼女が頭を上げると、楊氏がとても複雑な表情をしているのを目にした。

楊氏は何か言おうとしてまた口を閉ざした。「姪よ、あなたの叔父さまはもう少ししたら府中より戻ります。あなたにまずわたくしから少しお話ししておきたいのですよ」

「叔母さま、どうぞお話しください」

楊氏はため息をついて、言った。「あなたは混沌としている中、ひとりの名前を呼んでいました……長吉、と」

裴玄静はおもわず両手でスカートの帯をしっかり摑んだ。

楊氏はこのたった今知り合ったばかりの姪をしげしげと見つめた。旅の疲れ、恐怖と悪寒、発熱、それらで彼女は真っ青で弱々しく、実際の年齢よりもさらに幼く見えた。整った顔立ちからは聡明さと芯の強さが透けて見え、彼女の叔父の裴度にどこか似ていた。

楊氏は裴玄静に対して自然に親近感を抱いた。彼女は注意して「長吉」の二文字を口にしたが、裴玄静のその時のごまかしきれない激しい感情ときたら。ああ！　この後の話はさらに口にしにくかった。しかし言わざるをえない。

楊氏は心を鬼にして言った。「玄静、あなたの婚姻はおそらく成立しないでしょう」

4

長安の街中に住んでいる胡・漢民族はあわせて百万人近くの人口になっていた。この城市には当時世界で最先端の管理系統が備わっていた。先日裴玄静が城門の外でひっかかった「朝の鐘、暮れの鼓」という夜間外出禁止令も、皇帝のあしもとである都の治安のために特別に設計されたものだった。夜間の外出禁止期間は、十二個ある城門がすべて閉ざされるばかりか、城内の百九個の里坊に加えて東西のふたつの市場の坊門も、皇居と宮殿を囲む城壁の門も同時に閉ざされるのだった。外出禁止令期間の人々はただ許された坊内でのみ活動し、許可を得ずに坊を出れば、夜間巡察の武官たちに見つかってむち打ちの刑にあうのである。

夜間外出禁止令は刺客たちの行動を大幅に難しくさせた。もし長安城内で暗殺を試みたとしても、実行後に逃亡する道筋は入念に計画せねばならなかった。もしくは長安から逃げ出すことさえできなかった。よしんば出られたとしても、城外にすきまなく宿駅が広がっており大量の兵士が駐屯していて、なおも突破するのに難しい大包囲網が築かれていたのである。

安史の乱以降、大唐の天子とその臣下たちは枕を高く眠るために、まことに気を配っていた。

もちろん、長安城内も多くの人々の便宜をはかる制度が設計されていた。たとえば城中あらゆる幹線道路の両側に排水溝が掘られており、坊と市の間には地下に排水溝があり、主要な道路の覆いのない排水溝と連結して、一つの完全な排水システムを構成していた。それによって城市《とし》は雨水による作物の冠水が確実に起きないばかりか、生活汚水を適宜処理するのにも都合がよく、清潔で衛生的な環境を保持していた。

主要道路のふたのない排水溝は広くて深かったので、両端に槐の木を植えてそれを遮っていた。長安城里の子どもたちは歩けるようになるとすぐに大人に道端の排水溝に気をつけなさい、万一転げ落ちると這いだせないよ、と教えられたのだった。

この日の夕方、御史中丞の裴度は何も知らない子供のような過ちを犯した。突然、興化坊の十字路の東南の隅の排水溝で転んだのである。

姪の玄静は都にやってきて紆余曲折を経たが、今日召使の王義によって連れ帰ってもらえた。それで裴度は急いで会いに戻ろうとしていた。それがまさか興化坊の裴府の門の外で、いつものように道端の木陰で馬を降りたところ、足を踏み外して、道端の排水溝に転げ落ちてしまうとは。

王義が慌てて叫びながら飛び出し、すんでのところで主人を引っ張り上げた、御史中丞はあやうく家の前でひっくり返るところだった。裴度は右足をくじき、痛くて地面につけないほどだった。それで王義がやむなく裴度を背負い、府中に戻った。裴府は本当に運が悪かった。姪が歩けるようになったら、今度は叔父が歩けなくなった。

楊氏はこのありさまに、カンカンになって王義を責めた。「一体どういうことなの？馬を排水溝の傍に引っ張ったのは、わざと怪我をさせるためだったの？」

王義は頭を垂れて何も言わなかった。裴度がため息をついた。「もういい。王義が悪いわけではない。わしが考え事をしておったのだ。それで道をきちんと見ていなかった」言い終えると、楊氏に向かって目配せをした。

楊氏も黙り込んだ。それに王義は裴玄静をすぐに見つけて連れ戻した、大功績をたてている。そのうえ普段から労苦をいとわず主人に仕えており、得難い忠僕でもあった。たまたまちょっとした過ちで、ひどく責められるなんてどうして耐えられようか。

王義はがっくりしてその場を去った。

楊氏は裴度の足首が腫れてきたのを見て、心を痛めた。「お医者さまに来ていただいて見てもらいましょう」

裴度は首を横に振った。「必要ない。おまえは冷たい濡れた手ぬぐいを持ってきて足首に添えてくれ」そういいながらも、先ほど楊氏の口をついて出た言葉が心の中でうずまいていた……これはわざと怪我をさせるためだったの？

言う方は無意識だが、聞く方は意識する。

裴度はいささか困惑した。王義は自分のために馬を引いて鐙をおろして長いが、一貫してとても注意深かった。裴度は政務が忙しく、気をもむことがあまりに多かったので、馬に乗っている時も頭の中は慌ただしく、いつも心ここにあらずの状態だった。そのため、王義はいつも最も安全な場所を選んで主人を馬からおろし、裴度の安全を確保していた。いまだかつて過ちなどなかった。

今日起こった出来事は確かに普通ではない。思わず王義の動機を疑うことになった。もっと奇怪なのは、楊氏の口から責め立てる言葉が飛び出した時、王義はなにも自己弁護しなかったことだ……。

楊氏が濡れた手ぬぐいを用意してきたので、裴度はこの疑問はしばし心にとどめておくことにした。彼はむしろ今日の事故は純粋に偶然のことだったと信じたかった。人を使うならば疑わず。十分な証拠がなければ、手下の忠誠をむやみに疑ってはならない。王義は信頼に値する従僕で、もし彼がいなければ、姪の裴玄静は今でもどこかをさまよっていたかもしれない。

裴度が楊氏に尋ねた。「玄静はどうだ?」

「身体は基本的に回復いたしました。やはり若いですわね」楊氏が答えた。「あのことについては……」

「おまえは全部あの子に話したんだな？」

楊氏がこっくりと頷いた。

「彼女はどのような反応を示したのだ？」

楊氏は首を横に振り、それからまた頷いた。

裴度はため息をひとつつく。「姪と会おう」

裴度が裴玄静に会ったのは、彼女がちょうど満七歳になった時で、ある殺人事件を見破っておおいに有名になったのが原因だった。裴度は今もその時のことを子細に覚えていた。

亡くなったのはひとりの妓女《ぎじょ》で、誰かになづちで頭を殴られて死んでいた。あらゆる手掛かりはすべて彼女と私情を交わしていたひとりの書生を指していた。書生は彼女のため財産を使い果たし、学業を無駄にし、科挙の試験にも落第し、父親から家を追い出され、町をさまよっていた。妓女は書生に対してもともと本気ではなかったことから、困窮した彼を足蹴にして見捨て、二度と部屋には入れなかった。書生は恨みを抱き、夜に乗じて彼女の部屋に忍び込み、手にしたかなづちで彼女の命を奪ったのだ。

事件は県令である裴昇の机の上に届いた。ちょうど当時、裴度は転勤命令を受けて、西川節度使府へ赴任するところで、赴任の前に永楽県にやってきて兄の裴昇にいとまの挨拶をしにきていた。それですべての事件解決の過程を目撃したのである。この事件は物証も何もかも揃っており、動機も事件の過程の分析も充分であり、すべての人が書生が犯人だと認めていたが、彼は決して罪を認めようとはしなかった。裴昇はやむを得ず刑具を用いたが、それでも書生はあくまで自白しなかった。

書生が罪に抗ったため、裴昇も人命は非常に大切だという責任感から、軽率に判決を下そうとはしなかった。その日彼もまた現場を実際に調査したが、まさにその時、おつきのひとに連れられて裴玄静がたまたまその場を通りかかったのである。玄静は父親の車や従者に気づき、お父さんはどこ、と騒いだ。おつきはあまり深く考えず、彼女を連れて父親を探しに行った。

そのとき裴昇は庭の壁に向かって立っており、何も手立てが見つかってはいなかった。もともとは、事件が発生した時、書生は妓女の庭の壁の外で室内の動静をうかがっていて、夜半になるのを待ち、屋内の人が寝静まったあとに壁を乗りこえて事件を起こしたと考えられていた。壁にはよじ登った足跡もあり、動かしがたい証拠となっていた。書生もまたその夜、確かに壁の下で様子をうかがっていたと認めたが、それほどせずにその場を離れたため、後に起きた事件は一切知らない、ましてや自分とは関係ないと主張した。

誰も思いもよらなかったが、最後にこの少女だった裴玄静が一筋の重要な手がかりを発見したのだった。彼女は父親を引っ張って壁の根本に蟻の大群が這い出ているのを見せた。それらの蟻はすべて何枚かの枯れた葉の周囲に集まっていた。枯葉をどかすと、下からむわっと小便の臭いがしたが、まるで多くの人が残した尿がたまったかのようだった。周囲の痕跡から判断するに、それは事件のあったその夜に残したもので、書生が壁の下で待っている時に催したものと思われた。

けれどもどうして蟻が尿のたまっている場所に集まっているのか？

この問題は裴度に気付きを与えた。彼の正妻の王氏は消渇病（糖尿病）で亡くなった。そのため彼は消渇病患者の尿の中に甘みがあることを知っていた。だから蟻を引き寄せたのだ。書生はこの病にはかかってはいない。それで事件は突破口を見出した。

裴昇は永楽県中で最近消渇病で医者に治療してもらった病人の名簿を集めた。片っ端から調べると、順調に妓女のなじみ客を絞り込んだ。この人物は金持ちの商人で、長年来この妓女に湯水のごとく金を注ぎ込んでいたが、年老いて病にかかってからは嫌われて捨てられてしまい、殺してうっぷんをはらしたのであった。ちょうど書生とこの女が仲たがいした時に、商人はわなをしかけ、殺人の嫌疑が書生にかかるようにしたのだった。商人はとらえられたのち、犯行のすべてを認めた。

裴度はほどなくして西川に赴任したが、この事件には多くの入り混じった内情があり、彼は兄の手紙からすべてを知ることになったのである。七歳の女の子裴玄静の発見は、当初は偶然に過ぎないとみられていた。というのも子供というのは蟻と遊ぶのが好きだからである。ただこのことは始まりに過ぎなかった。のちに裴昇が再び事件解決にあたった時、なんとなしに玄静もそこに参加した。裴玄静の言葉は人々を感心させ、ほとんど毎回ほかの人には見えないものを見、誰も考えないことを考え、ついには「女名探偵」という素晴らしいあだ名がついたのだった。

いま当時を思い出すと、裴度は言い表せない感覚に陥った。あるいはみんなが七歳の裴玄静を単純に考えすぎていたのかもしれない。母親がこの世を去った時彼女はまだ幼かったが、母親の病状を何も知らなかったとは限らない。言い換えれば、裴玄静はちっぽけな蟻の身体から手がかりを見出すことができ、それはもしかしたら全く無意識ではなかったのかもしれない。

もちろん、今日裴度は古いことを蒸し返すつもりはなかった。彼は寝台の上にすわり、裴玄静がゆるりと目の前にやってきて、礼儀正しく拝謁するのを目にして、心中に一筋の感傷がむなしくわきあがった。瞬きをしたとたん、あの時の少女が立派な娘に成長したかのようで、自分と兄がすでにこの世をわけへだてているのだと感じたのである。

飛光よ飛光よ
爾に勧む一杯の酒
吾は識らず　青天の高く　黄地の厚きを

唯見る　月寒く日暖かに
来たりて人の寿を煎るを[1]

……脳裏にさっとかすめたこの句は裴度がもっとも好むもので、情景を目にして感情がわき、あやうく口に出して吟ずるところであった。口元まで出かかったそれを喉に押し返すと、とたんに、裴度は姪と向かい合って何を話せばいいのかわからなくなってしまった。

叔父と姪ふたりは時候の挨拶をひとことふたことかわし、裴玄静はその場を去った。裴度の部屋を離れ、廊下に沿って歩いていると、裴玄静は足がふわふわ浮いているような感じがした。夕方で暑さは薄らぎ、涼しい風があるかなしかで頰を撫でていった。

彼女は立ち止まり、傍に従っている下女の阿霊《アーリン》に言った。「わたくしを救ってくださったあの家僕は王義という名前なの？　彼はいまどこにいるの？　彼に会ってお礼を言いたいのだけれど」

阿霊は楊氏が臨時で裴玄静につけた者で、あわただしく返事をした。「王義ですか？　彼は前庭の小さな部屋に住んでいますよ。でも……彼は罪を犯したばかりで、ご主人さ

1　原文：飛光飛光，勸爾一杯酒。吾不識青天高，黃地厚。唯見月寒日暖，來煎人壽。（李賀「苦昼短」）

まに叱責されたので、きっと機嫌が良くないですよ」言いながら舌をぺろっと突き出した。そのさまは子供っぽさがまだ残っているといった感じである。

叔父が足をくじいたのは王義のうっかりした過ちのせいだと聞いて、裴玄静はすぐにうなずいた。「じゃあ、わたくしが彼に会いに行くわ」

「え？　彼に会いに行くんですか？」

「どうしたの？」

阿霊は唇を尖らせた。「王義は恐ろしいんですよ、いつもわたくしたちとは話もしません」

裴玄静が笑った。「わたくしが自分で行くからいいわよ、あなたはついてこなくても」

「本当にいらないんですか？」

「いらないわ」

阿霊は裏庭に帰っていった。裴玄静はようやくしばらくぶりの心静かな時間を得た。というのも、道観で満三年暮らしたせいで、もうひとりで行動するのにすっかり慣れていたのである。いまになってわかったのだが、ひとりになるというのは実はこんなにも難しいことだったのだ。

裴玄静はひとりで前庭に行った。裴度のような清廉潔白な官僚だと、庭園のある邸宅と庭は非常に簡素だったが、土地の面積はかなり広かった。御史中丞の邸宅としてふさわしい気概に満ちている。空はまだ完全に暗くなってはいなかったが、庭の四隅の灯はすでに灯されだしていた。蒼茫たる暮色の中、遠くのものや近くのものが入り乱れ、高さに起伏のある灯火といたるところにある暗い影のせいで、来たばかりの裴玄静は進む先がわからなくなってしまった。

彼女は人生においてこの一瞬、初めて完全に方向感覚を失ってしまっていた。

十五歳の時に婚約をしてから、裴玄静と許婚は毎年相手に一通の手紙を書いた。簡単にこの一年にあったことを描写するそれは、けっして恋文のようなものではなかったけれども、ふたりの関係をつなぐものだった。三年前に父が突然亡くなり、彼女は継母にむりやり道観に入れられた。まさにその不安定な時期に、裴玄静と許婚の間の書簡は途切れてしまった。一体何が起こったのかはわからない。追究するすべもない。ただ道観の中で強い思いを抱いたままじっと待つしかなかった。三年間の服喪期間が終わるのを待って、甄氏は彼女を道観に迎えに行き、すぐに長安への嫁入りを決めてしまった。

裴玄静はまったく疑うことなく旅立った。許婚は長安ではまだ九品官にもなっていない小官だったので、長安に行きさえすれば会えるものだと思っていた。それに甄氏はこうも言った。裴玄静をまず叔父の裴度の家に住まわせ、正式に挙式する時には、新郎は裴家の邸宅に彼女を娶りにいく、そのほうが便利でもあるし体面も保てる、と。裴玄静はなんの疑いも抱かずに全面的に信じた。いまは甄氏が完全に彼女をだましたということを知っている。事実、父親は亡くなる前にすでにこの婚約を解消すると決めていて、わざわざ裴度に手紙を書いて、長安にいる彼にその手続きを頼んでいたのだ。それで許婚は二度と玄静に手紙をくれなかった。彼女はまだ片思いをしていたものの、喪に服して道観にはいっている間に彼との連絡手段も失ってしまっていたのだった。甄氏は長安では婚礼が裴玄静を待ち受けていないことなどはっきりと知っていた。それなのに大げさに彼女を嫁入りの方法で送り出した。目的は裴玄静の逃げ道を断つことにほかならない。

甄氏は裴玄静が長安で嫁入りできなかったとしても、この継娘が二度と永楽県に戻りさえしなければそれでよかったのだ。

裴度は完全に姪の置かれた境遇を理解していた。それで成り行きに従って裴玄静を長安に来させて自分の元に身を寄せさせたのである。そして、いま彼女は長安にやってきた。次の一歩はどうすべきなのか?

楊氏が裴玄静をなだめ、叔父も叔母もいるここで安心して住むように勧めてくれた。以前の婚約はもう解消されたので、叔父と叔母が責任をもって姪のために良い婿を探してくれるとうけあった。目下の裴度の朝廷内における名声、皇帝に重んじられていることを思えば、毎日でも彼におもねってくる人は数えきれなかった。裴玄静の人品もまた優れていたため、ひっきりなしに結婚を申し込んでくる人々がいるだろう。

楊氏は好意をもって宣言した。長安にいる大唐のすべての優れた青年を集めて、裴玄静につりあうひとりを選ぶのだ、と。

裴玄静にそれ以上何が言える？　厳しい言葉で拒絶する？　それはあまりにもひねくれている。それに元々の婚約は三年前に解消されてしまっている。いま彼女がかたくなに思っていたとしても、すでにどうにもならない。継母と叔母はどちらも内情を知っていたが、彼女に黙っていただけなのだ。

楊氏の話を聞き終え、裴玄静は長い間呆然としていたが、やっと一言尋ねた。「彼は……まだ長安にいるのですか？」

楊氏は悲しみで胸を痛め、ただ正直に答えるしかできなかった。「あなたの叔父によれば、彼は三年前に官を辞して長安を離れたそうです。その後潞州の幕府（司令部）にひとしきり滞在したのですが、そこでも志をとげることができず、また辞めて故郷に戻ったとのことです」最後にもう一言付け加えた。「たぶんもうご家庭をお持ちでしょう……」

もちろん、当然だ。

裴玄静は思った。叔母はわたくしを馬鹿だと思っているのかしら？　裴玄静がどうして甄氏のたくらみに気がつかなかったと？　長安への旅路が前途多難だとどうして予測できなかったのか？　どうしてこの婚姻の揉め事に気づかなかったのか？　けれども彼女には選択肢がまるでなかった。ただ出発するしかなかったのだ。

一歩踏み出せば、結果が出る。彼女はまったく予想しなかったけれども、結果はこのようなものだったのである。

長安。七年間ずっとあこがれてきた都市。七日間かけてやっとたどりついた。彼女をひきつけ、後戻りできずに来させたのは、決して大唐の都の栄華のせいではない、たったひとりのためだった。

彼女が夢の中でも慕っていたもの、それは「彼」と同じ青空のもとに立ちたい、同じ空気を吸いたいということにほかならなかった。

この都市は、彼の存在があったからこそ、彼女にとって特別な意味をもっていたのだ。けれどもいま、彼はここにはいない。

裴玄静の心の奥は突き刺されたかのように鋭く痛んだ。ふと足をとめ、夜空を仰ぎ見ると、無数の星がきらめきだしていた。でも長吉……一体なにが起こったというの？あなたとわたくしの縁は本当にこのように終わってしまったの？

「お嬢さまでしょうか？」

裴玄静は飛び上がった。知らないうちに前庭にたどり着いていた。ここには花や木はなく、東西の両側に長い建物があって、ほとんど下僕たちが住んでいた。その角がつまり耳房（小室）だった。

耳房の前にひとり立っていた者が、彼女に声をかけたのである。

彼こそが王義だった。四十歳前後の壮年の男性で、がっしりした体つき、たくましい顔つき、裴府の家人である標準的な服装。しかし彼の身体にはゆったりした趣があった。

裴玄静は王義によって裴府に連れてこられたけれども、初めてはっきり目覚めた状態で彼に出会ったので、心の中で呟いた。なるほど、阿霊が彼をあんなに恐れるわけね、この人は絶対に武人の出身、それも叔父さまに仕える前にはきっと兵役に服していたにちがいないわ。

彼女は笑って尋ねた。「あなたがわたくしを助けてくださった王義でしょうか？」

王義は太く低い声で答えた。「私めが王義です。お嬢さま、助けたどうこうなどおっしゃる必要はございません。身に過ぎることでございます」

型通りのありふれた挨拶だった。しかし裴玄静は、王義の眉宇が寄せらせており、かなりの深い悩みをかかえていることに気がついた。もしや彼は、裴度が怪我をした事件に自責の念を感じているのではあるまいか。

裴玄静が言った。「叔父さまがわたくしにお礼を言うように命じたのです」

王義はまぶたを閉じ、何の反応も示さなかった。

裴玄静は理解した。阿霊が王義を嫌っているのは、彼が粗野だからではない。彼が寡黙で、非常につきあいにくいからである。さらに、王義の苦悩には相当な自尊心が含まれていることにも気がついた。失敗を弁解しない、手柄を誇りにしない、ひとりの家僕として、王義はあまりにも矜持がありすぎるようだった。

耳房の扉は半ば開いていて、その中は真っ暗だった。門の前には折りたたみの腰かけがあり、室内はさぞかし暑いのであろう、夜になったあと府門が閉ざされ、王義は庭の中で座ってやっと息をついていたのだ。

裴玄静は思った。見たところ彼はひとりだけでここで下僕をしているわ、まさか家族がいないのかしら？

彼女は気の向くままに言った。「長安の夏がこんなに暑いなんて、本当に思いもしませんでした」

「慣れればよいのです」

「あなたは来てどのくらいで慣れたのですか？」

王義はちょっとためらってから、答えた。「二年」

「二年？」王義がこれほど信頼されているのだから、きっと長い年月裴度に従っているものだと思っていた。まさかたった二年とは思いもしなかった。彼女は世間話をつづけた。

「奥様とお嬢さまは北方の家にとどまっておられるのですか？」

王義はぞっとして顔色を変えた。たとえ深く暮れなずんでいたとしても、その様々な経験を経た二つの目にあらわれた怒りははっきりと見てとれた。

裴玄静はいささか驚いた。もともと彼女は二言三言雑談をするだけのつもりだったのに、思いもよらずお喋りすればするほど、この相手が疑わしく思えてきたのである。王義は苦労して何かを隠している。それもかなり平穏ではないことを。彼女は叔父に起きた事故を思い出し、心中に一筋の警戒心が沸き起こってきた。

裴玄静がなおも考えていると、王義が憤慨して言った。「王義はもともと旦那様が魏博に使節として赴かれた時に巡官として連れて戻られた、この家の人々はみな知っています。お嬢さまはどうしてそんなに遠回しな言い方をなさるのか。今日、王義は旦那様にけがをさせた、それは王義の罪であります。旦那様が罰したいのなら罰しなさるとよい。王義は決して不満は申しませぬ。王義に即刻出ていけとおっしゃるなら……」少しそこで止めると、彼はきっぱりとしめくくった。「王義は出ていきます」

裴玄静は思わず目を大きく見開いた。この義憤で胸いっぱいになっている弁明はあまりにもおおげさだ。とりわけ最後の出ていけのあたりでは、長い間はらんでいたものが爆発するかのようだった。もし裴度の落馬に関する過失だけだとしたら、彼はまったくこのように激怒する必要はなく、さらには何の関係もない裴玄静にカッとなる必要もなかったはずである。

彼女は少し待ってから、やっと穏やかな口調で話した。「叔父さまはわたくしに、あなたの素性を何も話してはいません。わたくしは純粋にあなたが暑さに弱い様子から北方の出身だと推測したまでです。そのうえ、あなたの両頬には長年竹でできた雨具をかぶっていた跡があり、それも北方の証拠となったのです。かつて魏博巡官だったなんて、本当に知らなかったんです」彼女は微笑んでつけ加えた。「なるほど、勇敢で知略がおありですね」

王義は顔を赤くしてうなだれた。

裴玄静は身を屈めて気持ちを伝えた。「わたくしは本当にお礼を言いにきただけなのです」

王義は両手で拱手して、返礼をした。このような堂々とした体軀の者が背をひどく曲げると、その姿は重荷に耐えられないかのようにも見えた。

彼女はその様子を目にして、さらに柔らかな口調になった。「あの車夫ですが、実際わたくしは彼をとがめるつもりはありません。彼は恐ろしくなって逃げたのでしょう。運賃さえも必要とせず、一匹の馬もまるまる失い、車も壊れてしまいました。その時に見たと思いますが、彼の傷は良くなっていましたか？」

「傷？」王義はますます困惑した。「ああ、そうそう、彼は……すっかり良くなっていました」

「驚いた馬を引き留めるために打ち身をしていた右ひじも良くなっていましたか？」

「ええ、良くなっていました」

裴玄静の心はまたもや沈んだ。彼女ははっきりと覚えていた。車夫が打ち身をしたのは頭部と顔面で、ひじではない。王義が覚え間違えをしたのだろうか？　それとも……彼は嘘をついている？

「叔母さまによると、あなたは鎮国寺の外でわたくしを見つけてくださったんですよね？」

「そうです」

「傍に賈昌老人の庭がありませんでしたか？」

王義はぼんやりと裴玄静を見ながら、何も答えなかった。

春明門の外でのあの一夜の記憶が潮のように逆流してきて、瞬間、どっと裴玄静の脳裏に押し寄せた。彼女はおもわず問い詰めていた。

「賈昌老人、彼は……」

「お嬢さま！」王義がさえぎった。「私めは賈昌の庭とかいうものは存じ上げません。私めは何も知りません！」

裴玄静は驚いた。「それではもうお邪魔はいたしません」くるりと身をひるがえそうとした瞬間、王義が突然問いかけてきた。「お嬢さまは先ほど王義の妻と娘についておっしゃった。あなたはどうして私めに娘がいるとご存じだったのですか？」

裴玄静は耳房の前の椅子を指さした。「そこの上に金のかんざしがありますが、あなたのものでしょう？　この種のかんざしは女の子が満十五歳で成人するときに使うものです。我が家のところの風俗では、父親が娘に送ることになっていて、それで娘が成人したということを示したのです。娘はずっとこの金のかんざしを挿していなければならず、嫁に行くときに夫から送られたかんざしと取り換えることになっています。ですからわたくしは推測したのです……あなたにはきっと娘がおられると、それもまもなく満十五歳になられると」

遠くに離れるまでずっと、彼女は王義の視線が自分の背中をじっと見つめているのを感じていた。

5

長安の夏の蒸し暑さは耐えられず、そのせいで夜も眠ることができない。

大明宮（宮殿）は長安の東北部の高く隆起した龍首原の上にあり、街中のほかの地域よりはずっとさわやかで涼しかった。しかし皇帝の李純は相変わらず寝つけなかった。

彼は藩の削減での戦況に悩んでいた。皇帝についた最初の日から、藩鎮による悩みがついてまわった。まるまる十年が過ぎ去ったが、皇帝はこの悩みがすでに自分と溶け合って一体になっており、大唐第十一代君主としての最大の特徴となっていることに気がついていた。

一生の功罪が必ず削藩と密接で分けられないのだとしたら、皇帝からすれば、それはもう成功するしかなく、失敗は許されない。実際に皇帝になった日より、彼は「千万人といえども吾往《ゆ》かん」という決心を抱いて削藩を開始したのであった。

多くの者が反対し、わずかな者が彼を支持した。けれども、本当の意味で彼を理解している者はひとりもいなかった。

臣下たちはみんな、君主が自らをがけっぷちに追い込む必要はないと考えていた。ただ皇帝のみが心の中ではっきりとわかっていた。自分は始まったときから退路を準備していなかったのだと。

皇帝は天下で唯一逃げ道のない人間である。さもなければ、どうして昔の皇帝が「孤家寡人《ひとりぼっち》」などと自称したであろうか。

皇帝になって十年、藩を削減して十年して、李純は自分の決意になんら動揺していないことに気づいた。性格のなかの残虐さはますます苛烈になり、周囲の人々の忠誠とへつらいにもますます敏感になっていった。

十年が過ぎ去った。彼はなおも最終的な勝負の行方を完全に把握していなかった。それどころか、戦争がどれほど続くのかも予測できなかった。ますます多くの和平派の臣下たちが「十年」という言葉を口にするようになり、彼をおびやかし、皇帝のかたい決心を打ち砕こうとした。

彼は恐れて気がついた。あらゆる実体のある敵と比べて、勝つのが難しいのが、時間というものなのだと。

天子はすべての人を見下してもかまわないが、天地を敬わなければならない。しかし天地は、まぎれもなく「時間」という手段でもって人民を操作しているのである。

「天地は仁ならず、万物を以て芻狗《すうく》と為す」[1]

ただ時間が流れてゆくのだけが理解でき、「不仁」という二文字の含んでいる意味が透けて見えるのであった。

在位十年の後、皇帝は「時間」という無情な圧力を身に染みて感じていた。彼は道士たちを宮廷に招いた。丹薬に対する強い興味を示し、天候や瑞祥など過去には一顧だにしなかったものを篤く信じはじめた。彼はこれらの漠然としたものに沈溺し、「時間」と対抗する勇気を吸い取り、これによって自分を保ちつづけたのである。彼はさらに軍政と国政という大問題を除いて、天候異象の発生も必ず即時に報告すべし、たとえ皇帝

1　原文：天地不仁，以万物為芻狗。（『老子』第五章）

が安眠している最中であっても、と詔をくだした。

　そこでこの夜、司天台監（天文官）が首を切られる危険を冒して天体現象を報告にやってきた。

　幸いなことに、皇帝はまだ眠っていなかった。

　顔色のよくない皇帝の前に跪いて、司天台監、ペルシャ人の李素は震える声で告げた。

「今夜臣は天体現象を観察いたしました。一束の銀色の光が東方の夜空によぎり、長々とした尾の端が太微垣の中央に入り、その瞬間五帝座の明るく輝く星の光を覆い隠すのを見ました」

　皇帝はぎゅっと眉をひそめた。

　李素はさらにくどくどと言った。「この天体現象は……長星（彗星）太微に有り、尾は軒轅[1]に至ると称します」

「結局はどういう意味なのだ？　早く申せ！」

「星書に次のように申しております。これは極めて、極めて凶兆、禍が指すのは……指すのは天子」李素は何度も頭を打ちつけ、恐れながら皇帝の激しい怒りを待ち受けた。

　今の皇帝の性格は非常に気が強く、すぐに激怒し、いったん怒ると鞭打たせたりする

1　北斗七星の北にある星。黄帝を指す意味もある。

ため、宮中の近臣たちもいつも危険な立場にあった。

だが李素がかなり長い時間を待っても、皇帝は癇癪を起こさなかった。ただ星図を残させると、すぐに彼を下がらせたのであった。

翌日は元和十年六月一日、まさに朔望（旧暦のついたちと十五日）の朝廷での会議を行う大切な日で、朝廷中の文官武官がみんな出席し、宣政殿いっぱいにぎっしりと座っていた。ただ御史中丞の裴度だけが足の怪我を理由に欠席していた。この種の儀式的な性質を持つ大きな朝廷会議では一般になんら実質的な内容は話さず、諸臣は前例通りお追従を言うことになっていた。皇帝は高い台に座り、その顔は冠の周りに垂れ下がる白玉の串玉に隠されていて基本的には見ることはできないし、話すことも決まり文句で、淡々と紋切り型に行うのだった。

しかし、最前列に立っている宰相、武元衡はいつもと少し様子が違うことに気がついた。皇帝の声は常とは異なり、ひどくしわがれていた。

朝廷会議の後、皇帝は武元衡ひとりに延英殿へ来るように命じた。

延英殿に到着すると、君臣ふたりはどちらもかなり気を楽にした。皇帝は内侍に冠を脱ぐのを手伝わせながら、最も信頼できる宰相に恨み言を言った。「こんな天気なのにまだこんなものをかぶるとは、まったく生き地獄であるぞ」

武元衡は微笑んだ。いま彼は皇帝の疲れ切った顔と焦りのある目をしっかりと見て、自分と相談する重要な事柄があるのだと知ったからである。

武元衡はそろそろ還暦で、早くも徳宗年間にはすでに官吏になっていた。しかし本当に重用されたのは今の皇帝が皇位についてからであった。元和三年より、武元衡は侍郎同中書門下平章事に入り、現在は帝国の宰相の地位にあり、間違いなく皇帝の最も頼りにしている補佐役の臣下だった。

皇帝は意思のかたいことで有名であったが、自分よりも二十歳も年上の宰相の前では、しばしば自然と無意識に頼る気持ちが現れるのだった。こんな時にはいつも、武元衡は皇帝に対していくばくかの憐れみを感じた。

そうだ、彼は天子（皇帝）なのだ、しかし天は父親のように彼に関心を示すことはない。そのうえ彼の役割は、彼が天子になった時点から二度と父親を持たなくなった運命を決めてしまった。

武元衡はとてもはっきりとわかっていた。どうして皇帝がこんなにも自分を頼るのか。彼もこのときおのれをむち打ち、必ず最大の誠実さでもって皇帝に復命していた。武元衡は高潔で俗世に流されない人物で、官職の高さや俸給の厚さでは心動かされなかった。彼はどんなことがあっても皇帝に対する態度を変えようとはせず、学者が国のためにつくして恩に報い、民のために責任を感じる以外に、感情的な要因で役に立っていた。

武元衡は皇帝が上着を脱いで着席し、そわそわした気持ちが静かに落ち着いてくるのを待ち、それから微笑んで尋ねた。「昨夜はひどく暑かったですが、陛下はよく眠れなかったのですか？」

皇帝は「ふん」と一声いうと、眉根を寄せた。「なんだって？　朕の顔にはっきり疲れがでておるのか？」

「陛下は元気そうでいらっしゃいます、いつもとお変わりなく」

皇帝は宰相が落ち着いているのを見て、いささか自信を失った。「では愛卿《そなた》（愛卿は皇帝が臣下を呼ぶ時の愛称）はなぜそのように言うのだ？」

武元衡は目線でそれを示した。皇帝は頭を垂れてちょっと見て、思わず声をたてて笑ってしまった。机の上には字でいっぱいの尺牘《せきとく》があり、明らかに皇帝が一晩中書法の練習をしていたものだった。昨日武元衡が延英殿を去った時には、机の上はきれいさっぱりとしていたのである。

皇帝はため息をついた。「物事は思い通りにはならぬ、書聖も何の役にも立たぬ。来るがよい、愛卿よ、朕の書いたものに進歩があるかどうか見てみよ」

武元衡はそれを開いて一読した。そこには一面の書が記されていた。

「喪乱の極みに、先墓再び荼毒《とどく》に離《かか》る。追惟すれば酷《むご》きこと甚しく、号慕摧絶すれば、痛み心肝を貫く、痛み當《まさ》に奈何《いかん》すべき奈何すべき。即ち修復すると雖《いへど》も、未だ奔馳するを獲《え》ず、哀毒益ます深し、奈何せん奈何せん」

「ああ！」武元衡は嘆息した。

「これはひとえに臣の罪にございます」

「なんと申す？」

「臣が陛下に王右軍（王羲之のこと）のでたらめな話をしたため、陛下にこのような葬乱之辞を練習させてしまったのです。これこそ罪ではございませぬか！」

それというのも数日前、武元衡は皇帝に、日本の使節から聞いた逸話を出まかせに話していたからである。今の日本国の嵯峨天皇は大唐の書法をこよなく愛し、本朝の太宗皇帝が尊重する王羲之を学び、苦心惨憺して王羲之の書を収集している。しかし王羲之の真筆はとうに太宗の時期に大唐の皇室がくまなく探し求めつくしており、嵯峨天皇は拓本を模倣したものしか収蔵できなかったが、それでも非常に喜んだ。今にいたるまで、天皇はあらゆる所蔵品のなかで最も自慢しているのが『葬乱』、『二謝』、と『得示』の三枚を一つにした尺牘で、世に伝えるべき素晴らしい品であるとみなしている。嵯峨天皇はさらに次のように自慢したという。この三枚の真筆は失われてしまった、大唐の皇室でもこれに匹敵する翻刻は持っていないだろう、と。

武元衡は三枚の真筆が大明宮の中にひとしく所蔵されているのを知っていたので、ただ笑い話として皇帝に聞かせたのであった。それをはからずも皇帝が気にかけてしまった。

「宰相は気にしすぎだ」皇帝は言った。「朕はこれを模写したかっただけだ」

武元衡は何か考えながら皇帝を仰ぎ見た。太宗皇帝が王羲之を最も愛したことにより、李唐の皇族はほとんどが王羲之の書法を模写した。太宗、高宗、はては則天武后までみんな王羲之の趣のあるかすれた行書をうまく書いた。玄宗皇帝は行書より楷書を得意としたが、その行書の運筆も直接『懐仁集王羲之之聖教序』から学んだものだった。しかし安史の乱以降、大唐の皇帝たちは山河が壊れ、皇帝の権力が衰退するのに面して、書法にもかつてのような熱意は失われ、二度と精力を傾けて王羲之を学ぼうとはしなくなった。今の皇帝の父親である順宗皇帝は良い字を書いたけれども、古風で飾り気のないことが特徴の隷書であった。国の運命が逆転するにしたがって、大唐の皇帝は二度と、あのような縦横無尽に、力強く健康的で美しい風格を書かなくなってしまった。

「『蘭亭序』と比べると、朕はこちらのほうを好んでおる」皇帝がまた言った。

「どうしてでございますか？」

「なぜと言われても説明できぬ。『葬乱帖』の形と意《おもい》は朕の気に入るところだとしか」ちょっとうなずいて、皇帝は言葉を補った。「先の皇帝がこうおっしゃったことがあるのを覚えておる。『蘭亭序』はあまりに完璧で美しすぎる、本物らしくない、と」

武元衡はぽかんとした。先の皇帝は書法において天賦の才があったが、李唐皇室が歴代最も重視してきた王羲之の行書を放棄し、本朝でも不人気の隷書に転向した。その原因がまさか「あまりにも完璧で美しすぎて真実とは思えぬ」という理由だから？　武元衡には信じがたかった。完璧な美を追求して神格化した太宗皇帝の子孫が、こんな理由で「千古一帖」と称えられる『蘭亭序』を否定した？

さらに武元衡を戸惑わせたのは、今上皇帝がとつぜん『蘭亭序』を持ち出したことだった。背後に深い意味があるのでは……。

宰相が深く考え込んでいると、皇帝は話題を変えた。「この話はここまでだ。愛卿よ、これを見てくれ」

彼はみずから自分の書いた書法作品を移動させ、昨夜司天台監督が持ってきた星図を取り出した。

武元衡は熱心に星図を眺めた。皇帝は顔色をうかがったが、宰相の表情は動じておらず、『蘭亭序』の話をしたときよりもずっと落ち着いており、普段の冷静さを取り戻していた。

武元衡は見終わると、淡々と言った。「長星が太微にあり、尾は軒轅に至る……陛下はこのために悩んでおられたのですか？」

「朕は悩むべきではないと？」皇帝が問い返した。

宰相の答えは的外れなものだった。「これは極めて凶の天体現象です。この現象が現れれば国家が危うくなるというもの」

皇帝は驚いて、癇癪を起こした。「そうだ、朕は悩んでおる、悩んで夜も眠れぬ！　愛卿は朕と同じくはっきり悟っておろう、淮西の戦いは手詰まりで、硬直状態だ。呉元済《ウー・ユエンジー》というあの悪党の輩め、朝廷の十数万もの大軍でも役には立たぬ。淮西のほかに、河北三藩の中の成徳王・承宗、平盧・李師道、ひとりはうわべのみ服従しており、もうひとりは漁夫の利を待っておる。ともに朕にとって大いなる災いだ。しかれども朝廷内のやつらときたら？　毎日朕に兵を収めろ兵を収めろとかまびすしい！　奴らからすれば、朕の削藩の決意は国家の安危、民の福祉の代価であり、まるで勝算のない戦いをしているのだと！　朕はひとりっきりでやっていて、彼らの目からすればもはや馬鹿皇帝と同様なのだ！　……あいにくこんな時にこのような天体現象が出現した。本当に天でさえも朕を助けようとはしてくれぬというのか？」

宰相は黙ったままだった。

皇帝はぶつぶつと続けた。「愛卿よ、昨夜朕はこの殿上で眠るか眠らないかしていた時、深い悪夢のようなものに陥った。そのとき朕はこう思った。淮西の役は悪夢と同じで、一体いつになったら覚めるのだ？」彼はついに内心の最も奥深い恐れを吐露した。

武元衡は軽く微笑んだ。「淮西の戦が陛下の悪夢と同じならば、陛下は考えることはございませぬ。それが呉元済だとしてまたなんだと？」

皇帝は質問するかのように宰相を見た。

「臣下が思いますに、呉元済については、長い間ひきのばす淮西の戦は凌遅（長時間かけて処刑する残酷な刑罰）と同じなのではないかと！」

「凌遅？」

「そうです、凌遅。陛下、悪夢に陥った人は目を覚ますことを望み、いったん目を覚ますと風おだやかで日の麗しい新しい一日が始まります。けれども、凌遅の刑に遭っている人間は何を望むと思われますか？」

「……」

「彼は速やかなる死を望むのです。というのも死ぬことでいま受けている苦痛と試練を終わらせることができるからなのです。死ぬことでやっと最終的な解脱を得ることができるのです」頷いて、武元衡はますます穏やかな声になった。「ですから、陛下も呉元済もこれ以上淮西の戦に耐えられないのです。しかしながら、陛下がいったん我慢なされば、前方は無限に広がり、最終的には勝利なさるでしょう。呉元済からすれば、滅亡は定められております、引き延ばせば延ばすほど、悲惨に死ぬことになるでしょう」

皇帝が机の上をばんっと叩いた。目は炯々と輝いて宰相を見つめている。

武元衡がやさしく尋ねた。「陛下はこの期に及んでまだ悩んでおられるのですか？」

「だが……天体現象を信じないわけにはいくまい？」

「天体現象は予兆で、警告です。警告があったからには、行動をとるべきでしょう。悪いことが軽微であるうちに手当をして防止すればよいのです。国家が危くなったなら、人心も乱れ、天子の権威ももはや戻ってこなくなるでしょう。ですから、このような危難の時には、陛下はますます天下の人々に不退転の決意を見せるべきなのです。決意がかたければかたいほど、臣下たちも力をあわせて心をひとつにし、呉元済のようなものはますますびくびくして、一日とて心安らかな日はなくなるでしょう。削藩の勝利は、近い将来必ず実現します！　さもなくば、この大唐の国家が本当に危機に陥ります」

「よくわかった」皇帝はしばし沈黙し、それから頭を上げた。「では今日我々は先によく話しておこう。勝利の日を待ち、朕は愛卿を凌煙閣にあげて共に祝おうと！」

「凌煙閣？」この大唐に仕える功臣たちの楼閣の名前を持ち出され、武元衡も激しい感情を抑えることができなかった。

「そうだ、愛卿は行きたいと思うか？」

「最大の幸せに存じます！」

皇帝は今日初めて笑顔を見せた。

武元衡が言った。「それでは臣めはお暇いたします……まもなく昼どきです、陛下、少しお休みなさいませ」

「宰相よ、こたびは朕は悪夢をみないと保証してくれるか？」

武元衡はあきらかにやむなく答えた。「……臣には保証できかねます」

皇帝はまた微笑んだ。「まあよかろう。もうひとつ愛卿に頼みたいことがあった。裴中臣はどうして突然足をねんざしたのだ？　朕に代わって愛卿が彼を見舞ってやってくれぬか」

「承知いたしました」

「安心して養生するよう、完全に治してから戻ってきても遅くはないと伝えてくれ」言いながら、皇帝は自分の書いた書から一枚を選び出した。「この字は朕もなかなかだと思う。愛卿はこれを裴中臣に持って行って、養生の際の心の慰めにするよう渡してくれ」

武元衡が延英殿を退出した。皇帝は椅子にもたれかかり、そっと両目を閉じた。疲れがどっとやってきて、全身にびっしょりと汗をかき、衣服が皮膚にはりついて気持ちが悪くなった。けれども人を呼んで着替える気持ちすらわかなかった。

ぼんやりしてどれほどたったのか、突然殿中に気配がした。彼が無理やり目を開けると、椅子の前にひとりの男が這いつくばっているのが見えた。

「来ておったのか」皇帝はものうそうな様子で言った。「来てどれほどの時間になる？」

跪いたままその人物が答えた。「一時間ちょっとでございます」声は少し震えていた。

激しい感情のせいなのか恐れているせいなのか、あるいはその両方なのかもしれなかった。

「一時間ちょっと……朕はそんなに長く眠っていたのか？」

ここまで聞いて、その人物は顔を上げた。彼は皇帝と同い年だったが、宦官特有の白い顔にひげなしのため、皇帝よりも少し若く見えた。しかしよく見れば、その双眸にはたくさんの心配事や、一歩一歩地歩を固める聡明さと謹慎さがあらわれており、卑屈な態度には卑しさと狡猾さが見えていた。

この者、すなわち今の皇帝が最も寵愛している宦官……吐突承璀であった。

皇帝は身を起こし、手で額を押さえ、低い声でぶつぶつ言った。「頭が痛い」

吐突承璀はばっと起き上がって、進み出て仕えようとしたが、突然とどまった。

皇帝は彼がにっちもさっちもいかない状態なのを見て、皮肉った。「そなたは朕を恨んでおるな」

「とんでもございません！　大家《おおや》（皇帝の侍従や近親者の皇帝に対する呼称）……」吐突承璀は皇帝の傍にやってきて跪き、手を伸ばしてこめかみを揉み、悔しそうに呟いた。「この四年というもの、私めにとっては一日が一年のようなものでございました」

その年、吐突承璀はまず掖庭局博士になり、さらに東宮の皇帝に仕えた。皇帝は帝位を継いだ後にすぐに彼を内常侍に封じ、また左神策軍護軍中尉に任じ、その寵愛と信任は一時期唯一無二のものとなっていた。その後、吐突承璀は調子に乗り、財をむさぼり、しばしば朝臣たちから弾劾されるようになったが、皇帝はいつも彼をかばった。元和六年になって、吐突承璀は宦官、劉希光《リウ・シーグアン》のわいろ事件と関係し、朝臣たちの巨大な圧力に面して、皇帝もついには泣く泣く諦め、彼を淮南監軍に降格し、都から追い出したのであった。

あっという間に四年が過ぎ去った。当初の事件は次第に忘れ去られ、かつての吐突承璀に対する懲罰の主力であった宰相の李絳《リー・ジアン》も少し前に官を辞した。そこですぐに、吐突承璀は皇帝から急いで呼び戻されたのであった。

「よい。恨むな。朕はそなたをまた左神策軍護軍中尉に戻そう。如何だ？」

吐突承璀は望外の喜びに、頭を打ちつけて礼を述べた。

「やめるな、つづけて揉むがよい」皇帝は吐突承璀が突然生き生きとした顔つきになったのを見て、大変おかしく思った。彼は目を閉じ、しばらく按摩を受け、それから冷たい口調で尋ねた。「そなたはどこの出身だ？」

冷や水を浴びせられたかのように、吐突承璀はこの炎天下にわかに全身が冷え切った。ただ緊張してこう答えた。「豊陵でございます」

かなりしてから、皇帝はまた尋ねた。「そこはどのようなのだ？」

吐突承璀はびくびくしながら答えた。「ちょ、長安よりもずっと涼しゅうございます……」

6

昨夜、裴玄静は奇妙な天体現象を目にしていた。

彼女は幼い時からさまざまな正統ではない学問を好んでいた。彼女の事件解決能力を養うため、父親もそれを妨げようとはしなかったばかりか、八方手を尽くして関連する書籍を収集してくれた。裴玄静はどんな事柄でもいくらか理解することができ、その中には天候の観測についての書もあったのである。

昨夜は暑くて眠れず、裴玄静は夜の二更（午後九時から十一時）に起きあがり、窓にもたれて、空いっぱいにひろがる砕け散った玉のような星々を眺めていた。彼女はがっかりした。おそらくはこの半月、雨が降ることはないだろう。この暑さがいつ解消されるのかわからなかった。

つづけて、裴玄静は「長星が太微にあり、尾は軒轅に至る」という天体現象を目にした。

彼女はさっと緊張した。これは極めて凶の予兆で、天子か将に困難がある。

裴玄静はもちろんわかっていた。国家と皇帝の安危は、決して普通の女性が心配することではないと。けれども大きな災難からは逃れられない。もし本当に天下が大乱になったら、一体誰が平安を得られるというのだろうか？

天空を仰ぎ見て、裴玄静は自分がこんなにもちっぽけで、こんなにも孤独なのかと思った。

彼女は単純な目的を抱えて長安にやってきた。けれども今、彼女はどうすべきなのか。

裴玄静は寝床で寝がえりをうち、明け方になってやっとぼんやりと眠りについた。目が覚めた時、すでに日は高く上り午前九時頃になっていた。

彼女はひどく狼狽した……ああ、起きるのがおそくなってしまった！

裴玄静は慌ただしく洗顔をした。阿霊が笑った。「お嬢さま、急がなくても大丈夫ですよ。ご主人さまは今日はお仕事をお休みなさっていて出廷されません、起きてまだそれほどたっておられませんよ。お嬢さまがいま身支度なさって、ご挨拶に伺えばちょうどよい感じです」

阿霊はまだ若く、話し始めると天真爛漫だった。裴玄静に仕えて二日しかたっていないが、ふたりは充分に仲が良くなっていた。裴度は四人の息子を育て、すべて成人していた。みな官吏になって早くも数年、地方官のため都にはおらず、屋敷の中に若い主人の姿はなかった。阿霊のようにこの家に生まれた下女にとって、普段はさぞかし寂しかったのだろう。

裴玄静が尋ねた。「では王義も屋敷に留まっているの？」

「王義は、朝早くに旦那様のためにお医者様を呼びにいきました」王義の話題になると、阿霊はすっきりしない表情を満面に浮かべた。

「叔父さまの足の怪我は良くなっていないの？」

阿霊は唇を尖らせて首を横に振った。裴玄静はからかって言った。「王義はあなたに対してだけきついの、それとも誰に対してもきついのかしら？」

「彼は、誰に対しても無視するんですよ、ご主人さまよりも傲慢なんです。それに、あたしに対しては特別にきついんです！」

「どんなふうにきついの？」

「あたしの目を見て話しもしないんです」

裴玄静はにやにやして、このふたりは何を話せばいいのかしら、と思った。

慌ただしく身支度を整えると、裴玄静は阿霊を連れて叔父の寝室へ向かった。廊下に沿ってちょうど曲がったところで、突然ひとつの影が行く手を遮った。

「あっ、誰なの？」阿霊が驚いて叫んだが、すぐに相好を崩して笑った。「崔郎君《ろうくん》（唐時代の若い男性に対する敬称）が来たんですね」

「まさにそれがしでございます」若い男性が微笑んで返答し、裴玄静に向き直って手を交差させてお辞儀をした。「裴お嬢さま、ずいぶん良くなられましたね」

裴玄静は驚愕した。裴家の邸宅で崔淼に遭遇するとは夢にも思わなかったからである。

叔父の家で目を覚ましてよりこのかた、裴玄静は春明門の外で過ごしたあの一夜を思い出そうとした。けれども彼女の脳裏にはバラバラになった断片しか残っていなかった。記憶は意識を失っている間に損なわれてしまった、あるいはあの夜に発生したたくさんの奇妙で想像もつかない出来事のせいか、彼女の頭がそれを受け入れるのを拒絶してしまっていたようだ。裴玄静が王義と賈昌の庭について話したのも、元々は彼から詳しい事情を訊きたいと考えていたのである。それが不自然にはねのけられてしまった。

裴玄静は気を取り直した。知らず知らずに喜んでもいた。

まさに彼……崔郎君である。左肩に薬箱を担いでいるのが証拠だ。あの夜と同じ白い頭巾に白衣、全身きちんと清潔で、顔にはさわやかな笑顔が浮かんでいる。

まさしく医者に向いている。見た人を心地よくさせる。

阿霊は張り切って崔淼とお喋りをはじめた。「崔郎君はご主人さまの怪我を診察されたんですか？　重傷でしたか？　どれくらいで良くなりますか？　ああ、昨日の時点で崔郎君にみてもらうべきでした、ご主人さまが頑固にいらないなんておっしゃるから、丸まる一夜を無駄にしてしまいました」

「君の家のご主人さまは大丈夫です、すぐに良くなりますよ」崔淼の口は阿霊にこたえていたが、目はずっと裴玄静の顔を見ていた。

彼女は彼に声をかける決心をした。「崔郎君」

「そうですよ！　お嬢さまの時も王義が呼んできたんです。崔郎君の医術は優れていて、お薬を処方したら、すぐに良くなられたんです」

崔淼は謙遜して言った。「それはお嬢さまがもともと体力がおありになったからです。たまたま驚いたのと風熱（漢方用語）にあたったので意識を失われましたが、休んで養生されれば自ずから回復されるでしょう。それがしの医術などそれほど大きく関係はしておりません……」

「崔郎君」裴玄静が口挟んだ。「賈昌老人はどうして亡くなったのか、ちゃんと調べましたか？　郎閃児はいまどうしていますか？」

崔淼は困惑した表情になった。「お嬢さまは何をお尋ねなのでしょうか？　賈昌老人がなんですって？　郎……」

「春明門外の鎮国寺の後ろ、賈昌老人の庭です」裴玄静の声はかすれて緊張していた。「崔郎君、あの夜あなたとわたくしは一緒にいませんでしたか？」

阿霊はすっかり困惑している。

崔淼は力を入れて首を横に振った。「裴のお嬢さまは記憶違いされているのでは？　それがしはいまだかつて賈昌老人とやらの庭に行ったことはございません」

裴玄静は彼を見つめた。

崔淼がつづけた。「お嬢さま、もしほかにご用がないようでしたら、崔めは帰らせていただきます」

「待って！」裴玄静は彼を行かせようとはしなかった。「わたくしは確かにあの夜雨宿りをして賈昌老人の庭であなたと出会いました。それに郎閃児にも。庭には多くの仮住まいをしている貧しくて生活の苦しい民と、淮西から避難してきた人たちがいました。その中には疫病で亡くなったものもいました。それからわたくしたちは賈昌老人が室内で急死したのを見つけました。そして、それから……」彼女は最後まで言えなかった。

崔淼は落ち着いて答えた。「それらはお嬢さまが意識の混濁している間に見た幻覚にちがいありません」

「幻覚？」

「そうです。お嬢さまのおっしゃっている何もかも、それがしには全く分かりません。ですから絶対に、本当に起こった出来事ではありません」

裴玄静は目を見開き言葉に詰まった。

「失礼いたします」崔淼がまた身をひるがえして帰ろうとした。

「でもそれならどうしてわたくしは崔郎君のことを知っているの？」裴玄静が追いかけて尋ねた。「阿霊は医者がわたくしを診察に来たとき、わたくしはちょうど意識を失っていたというわ」

「え、あ、あたしが言ったのは、そう、そうじゃなくて……」阿霊はしどろもどろになった。

崔淼は真面目に考え、答えた。「それがしの判断によれば、お嬢さまはあのとき意識が混濁しておられましたが、完全に知覚を失っていたわけではなかったのでしょう。およその周囲の状況は見たり聞いたりすることができたのです。それでそれがしを覚えておられたのでしょう。高熱の中でそれがしのこととあなたの幻覚が一緒に混在し、さきほどおっしゃった内容になったものだと思われます」

あまりにも信じられない論点だった。しかし、あいにく裴玄静は彼に反駁できなかった。彼女は目を真ん丸に見開いて彼の垢ぬけた後ろ姿が去っていくのを見るだけだった。口がからからに乾き、頭がぼおっとして、叔父の庭の茂った木や伸びた岳、白い壁や青い瓦もすべてが真実味を失っていた。

「お嬢さま、大丈夫ですか?」阿霊がそばでおずおずと呼びかけた。

裴玄静は尋ねた。「阿霊、あなたもわたくしが見たのは全部幻覚だと思う?」

阿霊は顔を真っ赤にし、答えもむにゃむにゃとはっきりしない。

裴玄静にはよくわかった。阿霊が信じているのは崔淼で、自分ではない。それは崔淼が医者だからだろうか? 医者の話というのはそんなにも信頼に値するのだろうか?

裴玄静は阿霊の表情を観察し、突然自分が見落としていたとても重要な点に気がついた。崔淼は医者というだけではなく、事実、非常に美しい青年男子でもあった。もしかしたら大唐では、詩文や礼儀、侠客気質でもって男性を育てるだけでなく、地方を行脚する医者であっても、さっそうとしていれば女性の気持ちが傾くのかもしれない。

それで崔淼の挙措振る舞いの中には、独特の説得力があり、ある種特別な、女性に対する自信があって、たとえ彼が出まかせをいったとしても、女性たちは深く信じて疑わないことになるのだろう。

けれども裴玄静はそのような女性たちには属していなかった。彼女はますます己を信じた。

それから、叔父と叔母に挨拶をしたのち、裴玄静は阿霊に一件使いにいってくれるよう頼んだ。

二時間もせずに阿霊が戻ってきた。

「お嬢さま！　お嬢さま！」興奮して言う。「鎮国寺の後ろに本当に小さな庭がありました！　尋ねたところ、庭の主人は確かに賈昌という名の老人でした。お嬢さまのおっしゃることに一つも間違いはございません」

裴玄静は慌てて尋ねた。「庭は今はどうなっているの？　中に入った？」

「いいえ。扉は閉ざされていて、長い間扉を叩いたのですが、誰も開けにきてくれませんでした」

「庭の中から返事はなかったの？」

阿霊は首を横に振った。「扉の隙間から覗いてみましたが、庭はからっぽでした」

それはおかしい。裴玄静は思った。一昨日の夜、自分は庭いっぱいの人々をはっきりと見た。玄静は尋ねた。「庭に郎閃児という男の子がいると話したわよね、彼には会えたの？」

「いいえ。ほんとうに誰ひとり出会わなかったんです」

「そうなの」裴玄静はがっかりした。どうやら阿霊は無駄足を踏んだようである。

阿霊が言った。「でも、あとで質問する相手を見つけました」

「どんな人？」

「女の子です。あたしと同じくらいの」

裴玄静の印象では、賈昌の庭の位置はとても辺鄙な場所にあり、付近には住居があるようには思えなかった。そこで阿霊に尋ねた。「どうやってその子に出会ったの？」

「あたしは長い時間庭の前で見張っていたんですが、誰にも出会いませんでした。だんだん怖くなってきて、その場所にぞっとするものを覚え始めたんです。それでもう立ち去ろうかなと思ったところ、女の子が向かい側からやってくるのが見えたんです」

「それで彼女に質問したのね」

「いいえ、その子が先に話しかけてくれたんです。それで彼女が言うなり、あたしはもうびっくりしちゃって」

「どうしたの？」

阿霊は驚いたような慌てたような緊張したような様子で言った。「その子はこう言ったんです。賈昌老人は五日前に亡くなったって。あたしが庭の門のあたりをうろうろしているのを見て、わざわざ声をかけにきてくれたんです。さっさと離れなさい、死者を騒がしてはだめだって」

裴玄静は手にしていた絹張の団扇をぱたりと落とした。「どうしてそんな？」自分で団扇を拾い上げる。「その娘はほかになにを話したの？」

「賈昌老人が亡くなった後、隣の鎮国寺に棺桶を一定期間置いてあるそうです。この庭は元々は先の皇帝がお金を出して作ったもので、もしかしたら今の皇帝が回収するつもりなのかもしれない、なんてぼんやりと言っていました」

裴玄静の脳裏はひどく混乱していた。阿霊のこれらの話は彼女の記憶を証明していたが、問題は、一番肝心な情報が異なっていることだった。

「郎閃児は？　あなた、その子に郎閃児を知っているかどうか尋ねたの？」

阿霊はびっくりしたように答えた。「質問するのを忘れました」

7

午後はさらに蒸し暑くなった。裴度の邸宅も、すだれが低く垂れ、竹の影がゆらゆらと窓辺にはいってきたが、やはりじっとして動かなかった。

裴玄静はいてもたってもいられなかった。

彼女はどうしても納得できなかったのだ。春明門外の賈昌の庭のあれらすべてが本当に自分の幻覚だとでも？

まさか、ぜったいにありえない。

たとえ本当に崔淼が言う通り、彼の曖昧模糊とした印象が幻想の中に入ってきたとしても、賈昌老人、先の皇帝が出資した建物や庭、それに庭にいた貧しい民、これらのあらゆる事実も彼女が想像して作り出したとでも？

それはあまりにも考えられない。

賈昌老人は果たしてどのように死んだのか？　彼女は死体を見た一瞬をはっきりと覚えていた。こんなにも暑い天気のなか、もし老人が本当に数日前に亡くなったのだとしたら、死体はとうに様相が変わっていたはずである。裴玄静は何体もの死体を見たことがあって、この方面については経験があった。

彼女は自分で春明門外を探索したかった。もしかしたら郎閃児を探し出せるかもしれない。裴玄静は郎閃児の安否についていいようのない不安を抱えていた。もし自分が狂っていないのなら、この事件の背後にはきっとおそるべき陰謀が隠されている。郎閃児はおそらくすでにその罠にはまっているのだ。

それに王義、どうして賈昌の庭に行ったことがないとはっきり言ったのだろうか？彼は一体どこで意識不明の自分を見つけたというのか？

崔郎君にいたっては、彼が故意に視覚と聴覚を混乱させて、自分をまよわせようとしているのだと裴玄静は思った。彼の目的が何なのかはまだ分からなかったものの、一つだけ間違いないことがある。彼は裴玄静のあの一夜の記憶を徹底的に否定したい、少なくともあいまいにして現実か幻覚かを区別できないようにしたいのだ。

ああ、幻覚。

彼女はあの夜、自分が確かに幻覚を見ていたと知っていた……なぜなら「彼」が現れたから。

彼女はその時の狂おしいほどの喜びをまだ覚えていた。人は宿願がついにかなった時、あれほどの満足と喜びを感じるのだ。とりわけ今現在、彼女ははっきりと自分と「彼」との縁が尽きたと知った時で、その夜の幻覚は彼女にとって明らかに非常に貴重であった。

裴玄静の思いは賈昌の庭から離れ、七年前に戻った。

それは元和四年のことであった。まさにその年、裴玄静の生活に大きな出来事が何件も起きたのである。

春から夏にかけて、彼女はつづけて父を助けて数件の事件を解決し、突然名声が高まっていた。最初に父のために知恵を出したのは、裴玄静が満七歳の時だった。しかし本当に「女名探偵」の名声をかぶせられ、その名声が近隣諸県に伝わり、蒲州刺史まで彼女の業績を聞きつけ、ひとめその様子を見ようとしたのが、元和四年のことだったのである。

その年の中秋、父は後妻を娶った。裴玄静の母親は彼女が五歳の時に亡くなって、それからずっと父は再婚しなかったのだが、元和四年になって甄氏を後妻とした。裴玄静にまたひとり母親ができた。

甄氏は輿入れするやいなや、父に玄静の婚姻をけしかけた。甄氏は次のように言った。女というものはですね、最も重要なことは良い人の家に嫁ぐことなんです。一生涯「女名探偵」でいるわけにはいきません、と。裴玄静は心の中では賛同していなかったけれども、父親が甄氏の言葉に心を動かされたため、玄静もおとなしくそれに従った。秋も深まったころ、十五歳の裴玄静は初めて長吉に出会った。

これが唯一で、最初の顔合わせだった。

事実、その年は彼も十八歳になったばかりだった。彼の身体はやせこけていて、ひろびろとした大きな白い上着を肩から掛けているかのようで、どうみても釣り合いが取れていなかった。額は透明に近い白さで、手の指も細くて長かった。標準的な青っ白い書生そのものであった。いずれにせよ彼を見た瞬間、裴玄静は思わず笑いだしそうになってしまった。けれども彼女の目と彼の目があった時、裴玄静は笑いだすことができなくなった。

彼女は今までにこんなにも澄み切った目を見たことがなかった……聡明で、やさしく、誠実で、深い情愛のこもった目。それは瞬時に十五歳の彼女をはにかませた。彼女の心は形のない手で軽くつねられたかのように、すっぱくて渋い感覚が胸いっぱいに広がった。

のちに父親が彼女の意向を聞いたとき、彼女はいつまでも頭を垂れ、何も言おうとはしなかった。父親はいぶかしく思った。娘はこれまでこんなにもじもじするようなことはなかった。甄氏が笑いだして言った。わたくし思いますに、このことは決めておしまいになるとよろしいでしょう、と。

父親は手を打って大喜びした。「わしは娘には県令を夫に選ぶつもりであった。この名探偵の本領を無駄にしないために。それがまさか詩を書く人間を選ぶとは……」

甄氏が言った。「あらまあ、女性というのは結局は夫を助け、子供をしつけるものなんですよ。名探偵がどうだかなんだか、そんなもの本気にしてはなりません」

父親は振り返って彼女に尋ねた。「そうなのか、玄静？　おまえは今後後悔しないだろうな」

「お父様！」裴玄静は真っ赤になって、寝室へ駆けこんで行った。

その後、婚礼の儀式は順調にすすんだ。ふたりの年齢がまだ若いことから、また男性は功成り名を遂げることを求めていたこともあり、来年の科挙の試験がおわるのを待ってから、再び婚礼の時期について相談して決めることになった。

彼は行ってしまった。裴玄静が呆然自失していると、下女の艶児がこっそりと絹の包を彼女に放り投げてきた。

あの人物は……見たところあんなにも雅やかで真面目なのに、意外にもひそかに物の受け渡しをするのだ。

裴玄静は絹を開け、とてもびっくりした。どうしても予想することなどできないものだった。この見た目の弱々しい書生が、彼女に送った結婚の約束の品物は、寒々とした光をきらめかせる一本の匕首だったからである。彼は彼女に一首の詩を贈ればそれでよくて、それなら異彩を放ったし、その身分にもふさわしいものだっただろう。十八歳の彼はすでに頭角を現しており、詩ではすこぶる名高い人物だったのだから。

十五歳の裴玄静には贈り物の意味がいくら考えてもわからなかった。やむなく匕首をひっくり返して調べた。彼女は武器には詳しくはなかったが、この匕首の形状はどこか奇妙だった。前と後ろがおなじ広さで、直定規に似ていた。それ以外では、この匕首は薄くて小さくまとまっていて、ほかに特別なところはなかった。刀身は暗く沈んだ色で、柄にはもともと宝石の類の装飾品がはめこまれていたらしい空間もあった。鞘にも飾り模様など彫刻されておらず、ただ非常に暗い本革の模様だけがあり、なんの獣の皮なのかもわからなかった。この匕首はきっととても貴重なものだが、質朴で飾り気のない表面は神秘感を増すだけでなく、さらにその価値を見つもるのを難しくしているということが、彼女にははっきりと直感でわかっていた。

裴玄静は大切に匕首をしまって、このことは誰にも話さなかった。ただ深夜ひとが寝静まったころ、彼女はそっとベッドの屏風の後ろで匕首をとりだし、なんどもくりかえししげしげとながめるのであった。結ばれるときにきっと、彼はこの匕首の秘密を語ってくれるにちがいない、と。彼女は思った。彼女は信じていた。それはこのうえなく美しい趣のある伝説で、彼が記した詩のようであると。

それからまるまる七年が過ぎ去ってしまった。その日はいまにいたるまでやってこず、そして永遠にやってきはしない……。

「きゃあっ、お嬢さま、手から血が！」阿霊は部屋に踏み入れるなり、驚いて言った。

裴玄静はこのときようやく指にちくりとした痛みを感じた。

「お嬢さま、どこから刀なんて！」

裴玄静は慌てて匕首を手放した。見ると青い刀の切っ先に鮮やかな赤い点があり、まるで古銅の上に小さな花が一輪咲いたかのようであった。彼女は匕首を鞘の中にしまい、何事もなかったかのように言った。「家から護身のために持ってきた匕首です。さきほど取り出して見ていたらうっかり手に当たってしまいました」

阿霊は手巾で彼女の血をぬぐった。幸い傷口は大きくなく、血もすぐに止まった。「驚かさないでくださいよ。お嬢さま、気をつけてくださいね、よく切れる刀ですね。見ただけで怖いです」と彼女が言った。

「これがあったおかげで今回助かったのよ」と裴玄静はぶつぶつと言った。

通化門の外で馬が驚き、狂ったように走り出したとき、車夫はなすすべがなかった。この馬は恐慌状態になっていて、どこかにぶつかるかひっくり返る可能性があって、彼らの生死は風前の灯火だった。

そこで裴玄静は手にしたこの匕首で、かごをつないでいた皮を切り離した。驚いた馬は手綱を放れて走っていき、彼女と車夫はなんとか一命をとりとめたのであった。

裴玄静が初めて本当にこの匕首を使ったのはその時だった。当時はあまりのことに思いが及ばなかったが、いま阿霊の話で彼女ははっと気がついた。確かに、この匕首の鋭利さは普通ではない。馬と乗りものをつなぐ皮は分厚くてしっかり結ばれている。普通の刀ではまったく切り離せないだろう。それなのにこの匕首は一回で切断してしまった。裴玄静の心中にどっと熱いものが沸き起こった……彼の贈り物が彼女の命を救ったのだ。もし本当に縁がないというのなら、彼女は世の中のどんな価値あるものも信じられないし、奇跡も期待できないと思った。

彼女は深く、深くため息をついた。

「阿霊、なにか用？」

阿霊はぽんと自分の頭を叩いた。「ああっ、びっくりしてあやうく本来の仕事を忘れてしまうところでした。ご主人さまがお嬢さまを書斎にお連れするようにとのことです……うん、お客様との顔合わせですね」

顔合わせ？

裴玄静が尋ねた。「わたくしがお客様に顔合わせをするの？　それとも叔父さまは、お相伴にお呼びになったの？」

「ご主人さまのお客に顔合わせです」

「お客様がどのような身分の方なのか知っている？」

「存じ上げております、武相公です」阿霊は裴玄静が理解していないのではないかと案じて、さらに付け加えた。「つまり、門下侍郎同中書門下平章事の武元衡相公さまですよ」

御史中丞宅のちょっとした奴婢が、読みにくい官職をこんなにはっきりと言うことができるとは。

それではなんと今の宰相ではないか？　裴玄静は非常に驚いた。

彼女はもちろん知っている。武元衡が目下、その勢力は政府や民間にも影響を及ぼす重要人物であると。というのも彼は削藩問題では現皇帝をかたく支持しており、自らさまざまな配置を行い、強力な手段でもって削藩の戦役を推進し、現皇帝のもっとも信頼する臣下となっていたからである。

裴玄静はさらに、武元衡と叔父の裴度が私的に深いつきあいであることも知っていた。元和二年に武元衡が西川剣南節度使として任務についたとき、裴度は彼の元で書記官を担当しており、ふたりは息がぴったりあって、西川をうまく治めることができた。武元衡が朝廷で昇進して宰相に任命されると、皇帝に対して裴度のことを弁舌さわやかで公正な人物であると告げた。そこで皇帝は、裴度を魏博に使節として派遣した。裴度は一兵も出すことなく魏博の藩鎮を落ち着かせるのに成功したので、皇帝はおおいに喜び、すぐに御史中丞に抜擢した。いま叔父がこのような高位にあって大臣の位に近いのも、すべては武元衡の推薦と支持があってのことであった。

そのため裴度の武元衡に対する尊敬は非常に深く、師のように遇していた。削藩問題において、裴度も終始武元衡と意見を同じくし、強硬的な主戦派を担当し、朝廷内外で誠実に協力して、命をかけて主君に忠義を尽くした。

けれども武元衡の性格は非常に孤高で、仕官してより同僚と徒党を組むこともなく、君子はひとりを慎む、の典型のようであった。裴度と深く知り合っていても、おのずと距離を保ち、徒党をくんでいると疑われるようなことは避けていた。今日彼が自ら裴度の家を訪問し、さらには裴玄静にお相伴させるというのは、実に奇妙なことだった。

「武相公が何をしに来られたのか、おまえは知っているの？」彼女は阿霊に尋ねた。

「皇帝さまの命を受けて、ご主人さまの怪我のお見舞いに来られたとか」

裴玄静はうなずいて、銅鏡を引き寄せ化粧をはじめた。右手を持ち上げ、まなじりに指先で小さく赤い点をつける。と、そこで彼女は思わず手をとめた。

阿霊は扉の傍で控えている。裴玄静は少しの間、考えた。彼女は自分の苦境を思いだし、七年間まるまる待ち続けた末に果たせなかった約束を思い起こした。自分の運命は改変されて、どうなるのかわからなかった。

いや、彼女は手をこまねいて言うがままになるつもりは少しもなかった。これまで父親の手助けをして事件を解決してきた経験から、裴玄静はとうに理解していた。世の中に解決できない苦難はない、ただ試してみるかみないかなのだ、と。そして、個人の力量が足りない時には、助力を得るべきなのだ。

貴人相助、という言葉は、つまりはそういう意味なのだ。

貴人。今の世の中、皇帝を除いて、宰相が最大の貴人だろう。とはいっても、裴玄静には武元衡が「彼女の貴人」なのかどうか信じるだけの理由がなかった。彼は彼女とはいっさい関わり合いがないのだから。

この瞬間、彼女は決心した……試してみよう、どのみちすでに万策尽きている。少なくとも武元衡は叔父に対して大きな影響を与える人物だ。彼の同情をひきさえすれば、事態は好転するかもしれない。

深く考えるゆとりはなかった。裴玄静は手をあげると、銅鏡に向き合い、髷の上の金のかんざしと花かんざしを一本一本抜いた。

阿霊が驚きの目で見守っている中、裴玄静はすばやくすべての宝石類を取りのぞいた。彼女はもともと高く髷を結いあげていなかったので、残ったのは地味で飾り気のない玉のかんざしでたばねた黒髪のみになり、たちまち清らかで俗っ気のない様子になった。

「ああっ、お嬢さま。これは何をなさっているんですか……」

裴玄静は阿霊にむかって微笑んだ。「まいりましょう」

8

慌ただしく庭園をよぎった折、裴玄静はすっかり猛暑を忘れていた。山西の裴氏という名家の出身ではあっても、裴度と玄静の父である裴昇は小さくて裕福ではない家の出で、裴度は容貌もぱっとせず、すべてを品格と才学によって出世したのであった。たとえいまは高位についていたとしても、それでもなお質朴な態度を保ち続けていた。それで裴度の屋敷や庭も簡素に整えられ、特に見るべき景色もなかった。すぐに裴度の書斎の外側にたどりつき、景色がさっと開けた。

邸宅の外から引き入れられた湧き水が、書斎の外に集まって小さな池になっていた。ちょうど蓮の花が満開の季節で、池の半分ほどが赤と白の蓮の花に埋もれており、数は多くはなかったがすこぶる勢いがあって、叔父の裴度その人のようでもあった。見識が深く、奥ゆかしい。

書斎の門は大きく開いていて、静かな午後の庭にセミの鳴き声が響いていた。書斎からははっきりと楽しそうなふたりの談笑する、興の乗った声が聞こえてきていた。

裴玄静は戸口に立って中を窺った。机の前にふたりがおり、ひとりは座り、ひとりは立っていた。叔父は座りながら、薬をはった右足をまっすぐに一方に伸ばしていた。傍らにはすらりとした長身の人物がおり、たとえ叔父がまっすぐに立ったとしても、彼より頭半分は低いであろう。

裴玄静は心臓がどきどきしてきた。彼女は必死になって落ち着き、手を交差させて軽く呼びかけた。「叔父さま」

机の前のふたりが同時に振り返った。

雪よりも白い衣装姿の裴玄静が、開いたままになっている書斎の扉のまえにすらりと立っていた。蓮池の蓮が赤い絨毯となって彼女につづいている。午後の燦爛とした陽光が裴湖から照りつけていて、まばゆくきらめいて目を開けてはいられなかった。

この一瞬、帝国宰相の武元衡は呆然とした。在りし日の記憶が飾り気のない顔と陽光にもたらされたかのように、まっすぐに心の中に飛び込んできたからである。

彼女なのか？　彼は二度と彼女に会えないものだと思っていた。

かつて彼女に書いた詩句が、この刹那、どっと彼の唇にせりあげてきた……。

麻衣　雪の如し　一枝の梅
笑掩　微妝　夢に入り来《きた》る
若し越溪に到りて越女に逢はば
紅蓮の池の裏《うち》　白蓮開く[1]

彼の夢の中の白い蓮、それが今また咲き誇っていた。

「玄静、武相公にお目にかかります」

1　原文：麻衣如雪一枝梅，笑掩微妝入夢来。若到越溪逢越女，紅蓮池里白蓮開。

ああ、と武元衡は我に返った。彼は微笑んでうなずき、裴度の姪をしげしげとながめ、心中ひそかにため息をついた。やはりどこかきわめて似ている。しかし彼の心の中の姿とくらべると、裴玄静はずっと若かった。

武元衡が芙蓉城で初めて薛濤《シュエ・トオ》に出会ったとき、ふたりはすでに中年に届いていた。それで遠慮せずに両想いになったが、互いの感情には充分に抑制をかけてもいた。高尚優雅で孤高であることで有名な武元衡からすれば、薛濤のために書いた『贈道者』はあからさまに称賛したもので、すでに最上級の感情をこめており、前代未聞のこととされていた。

薛濤から彼に返答した詩が、さらに人の心を打ち、なおもその心情を言い尽くせてはいないものだった……。

水國の蒹葭《けんか》　夜に霜有り
月寒く　山色　共に蒼蒼
誰か言ふ　千里　今夕自《よ》りすと
離夢　杳如として　関塞長し[1]

1　原文：水国蒹葭夜有霜，月寒山色共蒼蒼。誰言千里自今夕，离夢杳如関塞長。

彼らはともに自己愛が強く、その上どちらも経験豊富であったので、その愛情も結局は時と共に終わりを迎えた。けれども武元衡はいまだかつて薛濤を忘れたことはなかったし、彼の心のうちの奥深いところには彼女が留まっていた。最近は皇帝ひとりの下、万人の上という高い位について久しく、彼は世俗の栄華に対してますますはかないような感触を持ってはいたが、当初の薛濤との愛情もしだいに味わい深いものとなっていた。

けれども、目の前のこの裴玄静という若い娘は、どうして彼の内心の世界を推し量ることができたのであろうか？　あるいは今日飾り気のない姿で賓客に会いに来たのは、純粋に偶然だったのであろうか？

武元衡が思いにふけっている間、裴玄静は頭を低く垂れて一言もしゃべらなかった。書斎の雰囲気がいささか気づまりになってきた。裴度は裴玄静が質素な装いをしてきたのを見て、いささか驚きを覚えた。阿霊はぜったい裴玄静に、武元衡が非常に高貴な客だと説明したはずである。彼女はすごく飾りつけて出てくるべきであって、いまのこのような姿は決してふさわしくはない。

きっと姪は婚姻のことで悩んでいて、このように化粧をおざなりにしたのだ、と裴度は思った。彼が今日裴玄静を武元衡に会わせたのには、もともと彼女の顔をみせようという気持ちがあり、それで宰相に良い印象をあたえれば、もしかしたら心にかなう婚姻を探してくれるかもしれないと思ったからであった。

裴度は武元衡に言い訳をした。「兄が亡くなりまして、玄静は三年間道観に入って修行いたしました。この都に来る前、ちょうど道服を脱いだばかりだったのです」つまり裴玄静が地味なのは習慣になっていて、まだそれが改まっていないという意味であった。

武元衡は言外に理解し、裴度に向かって言った。「もともとわしが会いたかったのは『女名探偵』であったが、まさか女道士にお会いすることになるとは。いやいや幸いであることよ」言い終えると、ふたりの年長者は顔を見合わせて笑った。

裴玄静はほとんど喉から心臓が飛び出しそうだった。彼女は、自分が最初の賭けに勝ったのを感じていた。

武元衡は「大唐第一美男子」と褒められていたことがあり、彼には無数の伝説が残っていた。その中でもっとも人々の興味をひいたのが、彼と女道士薛濤の逸話であった。それで裴玄静は自らを女道士のように地味ながら上品な服装と薄化粧にし、武元衡との距離を近づこうと試みたのであるが、どうやら彼に好感を抱いてもらえたようだ。

この点で裴度はまたよくわかってはいなかったが、武元衡はすでに理解していた。彼は一生で、さまざまな種類の女性にさまざまな手段でご機嫌をとられてきたため、もう多少のことでは驚かなくなっていた。裴玄静の方法は賢く自然で、心地よいものだったし、彼女の表情や態度には動揺や不安が明らかなこともあって、彼は彼女の目的について強い興味を抱いた。

宰相は興味津々に自ら裴玄静と雑談をはじめた。「そなたの叔父上に、解決した多くの事件については聞いているのだよ、本当にすべてお見通しと評するにふさわしい」

「武相公、過分なお褒めでございます」

「だが……惜しい」

「わたくしが女だからでしょうか？」

裴度が「玄静！」と口をはさんだ。

武元衡は淡々と笑った。「多くの者がそのように思っているのであろう、だがわしは違う」

確かに、当時蒲州刺史として裴昇に出会った時に感嘆したことがある。裴玄静の聡明な才能と知性、もし男性ならば仕官してなにごとかを成し遂げていたであろう。しかしいま、才能は人生に飾りを添えるにすぎない。本当に惜しい。

裴玄静もわかっていた。武元衡は決してそのような意味で言ったのではないと。武則天の甥だった立場からすれば、武元衡は決して女子の才能を偏見をもって低く見るような人物ではない。まして彼にはかつては才能あふれる恋人がいた……薛濤。

宰相は正しく自分を見てくれているという感覚が彼女にはあった。それならば上手に話さないと。この機会はあまりに得難いのだから。

裴玄静が言った。「武相公のお教えをたまわりとうございます」

武元衡は意味深に答えた。「荘子に曰く、中心の帝を混沌という。四方の帝は毎日これに一つ穴をうがった。七日後に七つの穴が開き、混沌は死んだ。それで道家は万物の相性相克を以て互いに消長するとした。何もしないで治そうと主張する。この一点で真髄は根源をさかのぼるが、それは蜘蛛の巣や馬の足跡から真相を追求する探求の過程と矛盾する。玄静がもし仙を求め、道を得ようとするのなら、二度と人の善悪を判断するのにこだわってはならない。だからさきほど惜しいと申したのだ」

裴玄静は真剣に考えて、答えた。「仙骨があるとひとりよがっても、世の人はどうしてそれと知ることができましょうか。ましてや道を得て仙になるには結局のところ天賦の才を必要といたします。玄静にはこれらを望むべくもございません。しかしながら、三年間道観にて玄静は修行をしてまいりまして、いささかの心得がございます。自分では謎を解くことに役立つのではないかと思っております」

「ん？　どのような心得なのだ？」武元衡はますます裴玄静に興味を持った。

「まさに武相公がさきほどおっしゃったことでございます。道家は世界の至高の形式を混沌といたしました。万物には道があり、自然に天成いたしますが、これはつまり最も完全に美しい状態なのであります。しかるに七つの穴をいったんあけてしまうと混沌は死んでしまいました。言い換えれば、人の力が介入すれば、おそらくはただ観察か感知するだけで、事物の本来の調和状態を破壊してしまうのでしょう。それで人の世には完全な美は存在しないのです。善悪が等しくこの方法にしたがうのです。この世には最高の善もなければ、最高の悪もございません。ただ人のなすところ、かならず欠陥があり傷があります。そして必ず互いに影響を与え、因果をなりたたせます。これらを悟っていれば、具体的な事件の状態を考える際に、比較的容易に突破口を見出すことができ、豁然と道が開けるのでございます」

武元衡はおおいに震撼した。まさか裴玄静がこれほど高度な見解を話すとは。それも彼の聞いたこの一言……人の世には完全な美は存在しない。それはちょうど今朝、大明宮の延英殿で、皇帝がまさしく近い意味のことを言ったばかりだった。

もしあまりに完璧に美しければ、それは真実ではない。

武元衡は一貫して静かな笑顔を保っていたが、心中では何か強烈な衝撃を伴う予感がおりてくるのを感じ、裴度に話しかけた。「そなたのこの姪御さんはなるほど男勝りだが、かなり見識が深い」

裴度ははははと笑った。今日は彼はずっと心ここにあらず、まだ武元衡と裴玄静の対話の言外の響きに注意していなかった。

武元衡は机の上をさっと見て、その上にある尺牘を適当に手に取った。

「玄静は王羲之の書法を学んでいるのか？」

「書聖ですか？」裴玄静は話が突然変わるとは思いもよらず、慌てて答えた。「幼い時に父親の指導のもと智永和尚の『真草千字文』を筆写しましたが、うまく書けず、学ぶだなんてとても」

「わしは数日前王右軍の一枚を模写し、なかなかのものだと思って、本日は特別にそなたの叔父に贈るために持ってきた。玄静よ、ちょっと来て見てみなさい。模写はいかがなものかの？」

裴玄静は尺牘に近づき、一心に目を凝らしはじめた。

裴度が何かを言おうとしたが、武元衡は目線でそれを制止した。ここにきて裴度はやっと、自分がおぜん立てした姪と宰相の面会は、まさに自分のあずかり知らぬ方向へ展開しているのだと気がついた。

裴玄静は見終えると、頭をあげて尋ねた。「相公にお尋ねいたします、これはなんという名前のものでしょうか？」

「『葬乱帖』と呼ばれ、太宗皇帝が所有する王羲之三千六百枚のうちの一つである。宮中に拓本があるだけで、民間には出回っていない」

「そうでございましたか」裴玄静はそっと言った。「玄静は古人の書はあまり理解できませんが。ましてや真本を見たことがございませんから、この模写が真に迫っているか、みだりに評価することはできません。ですが……玄静が思いますに、これは決して武相公がお書きになったものではないでしょう」

武元衡が驚いて尋ねた。「そなたはわれの字を見たことがあるのか？」

「ございません」

「ではなにゆえ、この字はわれが書いたものではないと断定するのか」

裴玄静は落ち着き払って答えた。「武相公は厳格で威厳がおありの方です。叔父さまと同僚のよしみで、もし書をお贈りになられるのなら、必ずきちんと表装され、題を書かれ落款を押されて何一つ欠けていないものをお渡しになるでしょう。この尺牘には何もございません。模写された習作とおぼしきものを、気楽に持ってきて人に贈るというのは、決して武相公のなさることではございません」

武元衡と裴玄静は思わず向き合ったが、両人の表情には一種、言い難いものが浮かんでいた。

武元衡はさらに尋ねた。「ならば玄静にさらに解いてもらいたい、この字は何者の書であるか？」

裴玄静は瞼を閉じ、しばらくしてから、やっと言った。「玄静には申し上げることができません」

「言ってもかまわぬ」

「この尺牘には題も落款もございませんし、印章もございません。用紙は皇宮専用の益州黄朝で、紙にはさらに金屑がついております。このような柔らかでなめらかな材質は、わたくし、今まで見たことがございません。相公はさきほど『葬乱帖』には宮中に拓本があるのみとおっしゃいました。ですからこの尺牘は宮中にあったもので、間違いございませんでしょう。……具体的に宮中のどなたが書かれたかに至りましては、ただこの方は手慰みに書かれたこの書を、興のおもむくまま簡単に宰相に渡すことができ、また宰相自らが御史中丞府にお持ちになり、お二方が机の前に肩を並べて、敬虔なご様子で鑑賞されておられました。この方のご身分は……玄静は確かに敢えて思うことはできません。ましてや口にするだなんてとても」

書斎の中は沈黙に包まれた。少しして、武元衡が軽くため息をついた。「ほんとうに噂に偽りなし、だ」

裴玄静はまだ頭を低く垂れていたが、その顔にほのかに赤みがさした。それは恥じらいからではなく、緊張によるものであった。いま彼女は自分の予測が当たったことを知って、そっとほっと一息つき、またちらりとあの尺牘を見やった。突然、裴玄静はぼうっとなった。

どうしてこの字の筆法と気風を見たことがあるように感じるのだろう？

裴玄静は思い出した！　それこそが春明門の外のあの一夜、賈昌老人が亡くなった部屋の壁に書かれていた字であった。あの時、彼女は意識がはっきりしていなかった。それで文字の意味は完全に忘れてしまっていた。しかし壁一面に流れるように記されたあの伸びやかな墨の跡、それだけは彼女の記憶の中に深く留まっていた。

目の前の尺牘と対比して、裴玄静は断定した。壁の字体は王羲之の書法によるものだと。少なくとも、形や魂を兼ね備えた、本物の手本をいくつもなぞっているものにちがいない！　彼女は驚いて呆然とした。

武元衡はずっと裴玄静を観察していたので、すぐに彼女の顔色が異常なことに気づいた。「どうした？　この字になにか問題でもあるのか？」

「わたくし……少し前によく似た筆跡を見たばかりな気がいたします」裴玄静は頭を上げた。「けれども、不可思議な場所でのことでございます」

「どのような場所なのだ？」

「春明門外の賈昌老人の部屋でございます」

「賈昌？」武元衡と裴度がちらっと眼を交わした。ふたりの顔色が変わった。

裴度が慌てて尋ねた。「賈昌老人とは、わたくしはそなたから何も聞いていないぞ？」

裴玄静は考えた。賈昌老人の死は、いまだに謎に包まれており、さらにまた新しい謎が加わった。王義、崔淼、郎閃児……この数人の顔が彼女の脳裏をさっとよぎったが、どう話せばいいのかわからなかったし、叔父と武元衡もこの謎に引き込んでどうなるか、またどのような結果になるかもわからなかった。

彼女は素早く決めた。自分がまだ賈昌の謎を解く前に、詳しいことは語るまい、と。

裴玄静がつづけた。「わたくしは春明門の外で雷雨に遭い、慌てて偶然に賈昌老人の庭に紛れ込み、そこで雨宿りをしたのです。当時は雨に濡れて、頭がふらふらしていたため、記憶が確かかどうか、今でもうまく申し上げることができません」

裴度がまた尋ねた。「何が書いてあったのか、覚えておるか？」

裴玄静は首を横に振った。「覚えておりません。わたくしは高熱を出しておりまして……意識を失ってしまいました」

裴度がううむとうなり、武元衡は心中ではおおいに驚いていた。そんなことが！　これらはすべて本当に天意ではないのか？　裴玄静がなんとやみくもに賈昌の庭にたどりつき、さらには東壁のあの字を見たとは！

彼は無理に気持ちを抑えて、再び裴玄静をよく見た……賢く、冷静、書法に対する十分な認識と強い分析能力、さらには裴度の姪、信頼しうる得難い人材だ。最も重要なのは、彼女が賈昌の壁の字を見たことがあるということである。これは紛れもなく願っても見つからない有利な条件だった！　彼はやっとのことでこの手がかりを探し出したのだが、自分で見に行くよい機会はずっと見つけられないでいた。

彼女はまさに切に望んでも得られないような人選ではないか？　天意、天意にちがいない！

いやいや。武元衡は冷静になろうとした。そう慌てて結論を出すものではない。裴玄静の才華と能力はさらに試験をする必要がある。彼女の決心と忠誠をもっと実証せねばならない。慌てるな、まだ時間はある。彼女は裴度の家にいて、逃げ出すことはない。

武元衡は微笑んだ。「ではそろそろ失礼する。中立もよくよく休むように」

裴度はまだ返事をしていなかったが、裴玄静は焦った。やっとのことで宰相に好感を抱いてもらったのに、彼をそのまま行かせていいのか？　むだに書法の話をして、自分の目的はまだ達成していない。しかし、ほかにどんな理由があって武元衡を引き留めておけるというのだろうか？

彼女はとっさに言った。「武相公、玄静にはまだお願いがございます」

裴度が眉をひそめた。彼はこの姪がなにをしたいのかますますわからなくなっていた。

武元衡はたいへん我慢強く、微笑みながら裴玄静の次の言葉を待った。

「玄静は……」とっさに良い知恵が出た。「玄静は相公の字をいただきとうございます」

「字を？」また意外な言葉だった。武元衡は、この日は確かに書法についてたくさん話したが、すべて皇帝が原因だった。「なんの字だ？」

裴玄静は落ち着いたふりをして、「わたくしの非常に好んでいる一首を。ずっとどなたかに書いていただきたいと思っておりました。今日、武相公にお会いし、まさに武相公が天下で最もこの詩を書くのにふさわしい方だと知りました。ゆえに向こう見ずにも武相公に字をお願いする次第です」

武元衡は詩でも有名だったので、裴玄静はそのうちの一首を要求してくるだろうと思い、なにげなく問い返した。「どの詩だ？」

「男児　何ぞ呉鈎を帯びて　関山五十州を収取せざる　請う君　暫く上れ　凌煙閣　若箇《いずれ》の書生か万戸侯たる」[1]

彼女は力をつくして平坦な口調でそらんじようとしたが、最後のあたりはやはり、さかまく感情を抑えきれず、声は震えてはっきりと聞こえなかった。

「玄静！」裴度が思わず声を荒らげる失態を演じた。「そなた、これは……」彼はいま本当に、裴玄静をお相伴につきあわせたことを後悔していた。だが裴度の後悔は遅きに失した。なぜなら武元衡の口をついて次の名前が出たからである。「李長吉！」

武元衡はもちろん、この激しく人の心を動かす詩が、詩人の李賀のものであると知っていた。李賀、字は長吉、若き頃より詩で名高い人物である。彼の詩風は深い意味を持ち、冷たく美しく、よく鬼神といった語を用いることから、世の人は彼に「詩鬼」という称号を与えていた。李賀は文弱な書生ではあるが、胸には国のためにつくして御恩を

1　原文：男児何不帯呉鈎，収取関山五十州。請君暫上凌煙閣，若個書生万戸侯。（李賀「南園十三首・其五」）

報じたいという志があり、この荘志雲をしのぐという詩にも、その気持ちを見て取ることができた。

韓愈は李賀の詩の才能を非常に崇拝し、かつて同僚におおいに彼を推薦した。残念なことに李賀は科挙の試験を受験していなかったので、三年間奉礼郎にいるしかなく、その本懐を遂げることなく、ついには鬱々として官を辞して去ってしまった。李賀については、武元衡もその詩の才能を愛し、その境遇を憐れんでいた。とはいえまさか今日、裴玄静が突然この詩人のことを口にするとは思いもしなかった。

「そうです、李長吉は玄静のまだ結婚していない夫です」裴玄静はこのとき完全に必死になっており、声をはりあげた。「玄静は存じ上げております。武相公はいまの皇帝陛下を補佐されて藩を削減し、乱を平らかにされておられます。まさに長吉が詩の中で称えた当世の豪傑であらせられ、その功績は凌煙閣に配せられるものでございましょう！　玄静が長安に来たのは、長吉と結婚をするためです。もし武相公の直筆のこの詩をいただけましたら、わたくしも長吉もこの上ない幸せに存じます。武相公に字を賜って婚姻を成立させたいと存じます」言い終えると、丁寧に武元衡に拝伏して礼を述べた。

武元衡はおおいに驚き、「そなたと李長吉が？」裴度に向き直って、「そのようなめでたいこと、どうして中立から聞いておらぬのだ？」

裴度はそれを聞いて目を見開き口をぽかんとあけ、ただ「はあ」と一声言うのみで、肯定することも否定することもできなかった。今のこの状況で、もし彼が婚約解消したことを強調すれば、誰にとってもおかしなことになるからだった。

武元衡のような人物であれば、叔父と姪のふたりの様子を目にして、だいたいのことを推測できた。彼は緊張して蒼白になっている裴度を見て、心中ひそかにため息をついた。なるほどそういうことか。

それで、宰相は裴玄静におだやかに告げた。「しかし李長吉はとうに官を辞して、長安を離れてしまったぞ」

「存じております。彼は故郷の昌谷に帰ってしまいました」裴玄静は震える声で答えた。

「わたくし昌谷へ長吉に会いにいきとうございます」

「ではそなたは知っているのか、彼はずっと病が重いのだぞ」

裴玄静は蒼白になって首を横に振った。

武元衡が言った。「数日前にわれは韓退之（韓愈のこと）の手紙を受け取ったのだが、その中で、李長吉が家も貧しく病も重く耐えがたい状態であるとあった。ああ、本当に天は才能に嫉妬する。こんなにも才能のある人物を、そのような田舎で落ちぶれさせたくはないものだ」彼はさらに優しく裴玄静に尋ねた。「玄静、そなたは本当に彼に会いにいくのか？」

「もちろんです」裴玄静は真剣に答えた。「玄静と彼は婚約しています。わたくしがまいらなければ、だれがまいりましょうか？」

武元衡は軽くうなずいた。「よし、ではそなたに答えよう。そなたと長吉の新婚の祝いに、字を一枚贈ろう」この瞬間、彼は重大な決定をした……もう迷わない、裴玄静こそが探している人材だ。

裴玄静は拝礼した。「武相公のご好意に感謝いたします」

「長吉の詩には真の意《おもい》がある」武元衡は呻吟しながら言った。「だが彼の詩は彼が自分で書くべきだ、ほかの者が代わってよいものではない。今日のことは書聖の臨書から始まった。思うに……わしはやはりそなたに王羲之の模写を贈るべきであろうな」

どうしてまた王羲之？　裴玄静は首をかしげて、慌てて礼を述べた。「武相公がくださるものでしたら、どのような字であっても、玄静らにとっては大変貴重で大切な物、宝物にございます」

裴度は足を怪我しているので、書斎で武元衡に別れを告げた。

武元衡の姿が蓮の花の奥深くに消えていってから長い間、書斎は一面の沈黙に閉ざされていた。叔父と姪のふたりは相対して座っており、どれほどの時間がたったのか、裴度がようやく口を開いた。「そなたが婚約解消に賛成しないのなら、わしに言ってもよかったし、そなたの叔母に言ってもよかった、またどうして……」

裴玄静はひれふして罪を認めた。「玄静の考えが足りませんでした。どうぞ叔父さま、罰してくださいませ」

裴度は彼女に腹をたてていた。明らかに先手をうったのに、彼女はまだ罪のないふりをしている。武元衡は別れる際、明白に裴玄静への支持を示していた。今更この叔父に何を言うことができようか？　彼は兄の手紙に、裴玄静という子はあらゆる面で素晴らしいが、非常にかたくなな性格で、何事に対しても徹底的に探究し、目的を達するまでは絶対に手をゆるめないと特に書いてあったことを覚えていた。このような性格は事件解決の探求については非常に有益だったが、生活においては融通が利かず、時に不人情にさえ見えた。まさにそれが考慮すべき点で、婚約解消のことも彼女を欺かねばならず、二度と元通りにならないとはっきりしてから彼女に伝えなければ、彼女は決してあきらめないだろう。裴度がそう考えて三年が過ぎた。婚約解消は既成事実となり、裴玄静も受け入れたくなくても受け入れざるをえなくなった。まさか思いもよらなかった。彼女が今日やってきて、初対面の宰相を味方にするとは。

彼は尋ねた。「そなたはどうして、李長吉が妻を娶っていないと確信したのだ？」

「婚約解消して三年、おばさまが長吉もあるいは妻をすでに娶っているやもとおっしゃいました。けれども、おばさまは正直なお方です。もし本当に長吉の結婚の知らせを聞いているのなら、彼女はきっと確実だという語気でおっしゃったでしょうし、わたくしに事細かにお話しくださったでしょう。しかれども彼女のおっしゃることは喉につっかえたかのようで、わたくし……思いますに、それは決して本当のことではないと」

裴玄静のこの話に虚を突かれ、裴度は自らを責めた。もっと早くに分かっておくべきだった。夫人の朴訥な性格で、どうして簡単な言葉で裴玄静をだましおおせただろうか？

彼は思わず長々と息を吐いた。「ああ、わしのせいだ」

「叔父さま、そのようにおっしゃらないでください。玄静、恐縮いたします！」

裴度は手を振った。「玄静、当時どうして父親が婚約解消をしたのか知っておるか？」

裴玄静は首を横に振った。

裴度が言った。「玄静も理解しておくべきだが、そなたの父親にせよわしにせよ、決して貧しい者を嫌って富める者を好むわけではない。才能を惜しみ、才能を愛しておる」

裴玄静は叔父の重々しい語気を聞きながら、さきほど起こったばかりの転機とそれに伴う喜びの気持ちが、また暗くなっていくのを感じた……もしや、自分のこの婚姻の紆余曲折には何か隠し事があるのだろうか？

裴玄静が言った。「叔父さまはお気になさりすぎるのでは。叔父さまとお父さまの玄静に対するご好意、玄静は深く感謝しております。ただ長吉との婚約は先にあったもので、解消するとかしないとかではないのです。ましてや叔父さまのおっしゃることによれば、お父さまは亡くなる前に長吉との婚約解消を申し出ていたのに、わたくしには何もおっしゃらなかった。とても奇妙なことです。というのも、お父さまはこれまで玄静に対して、何の隠し事もなさったことがないからです。そこで思いますに、長吉はまだ返事をしていないのではないでしょうか。それでお父さまもわたくしに申し上げにくかったのでは？　どちらにせよ、玄静はこのことにはなにかわけがあるのではないかと思っております」

「ではそなたは自ら昌谷に行くつもりなのか？　なにゆえまず手紙を書いて尋ねようとはせぬのだ？」

裴玄静は言った。「叔父さま、この三年間長吉とわたくしの間では音信不通でした。そのうえ彼はいま、病が重く起き上がることができません。そこで思いますに、やはりわたくしが自ら赴くのがよいのではないかと。何か話すことがございましたら、直接顔を合わせてはっきりと話します。結婚が成立するかしないか、それは二の次のこと。少なくとも裴家が悪く言われることはないでしょう。わたくしの気持ちも長吉にきちんと伝わるでしょう。さもなくば、玄静は決してあきらめることはいたしません」

長い沈黙の後、裴度が言った。「事ここに至って、何を申しても無益なこと。姪がどうしても行って李長吉に会うと言い張るのなら、叔父もそれをまっとうさせてやるしかあるまい」

裴玄静は慌ただしく頭を下げて告げた。「叔父さま、ありがとうございます」心中悲喜こもごも、一瞬どんな気持ちなのかもわからなくなってしまった。

「だが今回はひとりでは旅立たせぬ」裴度は冷静で地に足の着いた様子を取り戻した。「姪よ、少し落ち着きなさい。長安にもう数日逗留し、わしらがほどよく手配をしてそなたを出立させてやろう」

「はい、ご心配をおかけいたしました」

裴玄静はその場を辞し、書斎の扉あたりまで歩いてから、また足を止めた。「長吉の病は重うございます……玄静はただ早く出立しとうございます、早ければ早いほどよいかと」

裴度はこの姪にはもうどうしようもなかった。

ただ彼は書斎でひとりになってから、心中、裴玄静の執着に賛嘆を禁じえなかった。これは若者に属する単純な執着にすぎないが、彼女はたった一つの理由でもありさえすれば、これを剣として、たとえ全世界を敵としても恐れないだろう。

彼女の勇気と比べれば、成熟して経験を積んだ者たちがいかにびくびくしておびえていることか。しかし現実は複雑で、いわゆる「女名探偵」が想像するよりもずっと複雑多岐にわたっている。裴玄静はただ民間のちょっとした事件を解決したにすぎない。彼女は本当の意味での罪悪に出会ったことがない。

計画し、組織だった殺戮は、本当の意味での罪悪だ。そのような罪悪であればあるほど、体裁よく理由を粉飾しているものだ。

裴度は机の上の尺牘を見やった。裴玄静はこの中の一層目の真実を見破ったが、さらに深いところの真相は見通せなかった。それは武元衡と裴度だけが見て理解できるものだった。裴度の本心は、もちろん姪が永遠に見通せないようにと願っていた。

9

武元衡が訪れてより二日間、裴府はいつものように平穏であった。

裴玄静は朝に叔父と叔母に挨拶へ伺い、裴度の足の怪我が良くなっているのを見て、大変喜んだ。自分の部屋に戻る最中、裴玄静は前日に阿霊に準備させた赤い糸を取り出し、細い一本の房《ふさ》を編み始めた。

阿霊はそばでひとしきり見て、舌打ちした。「お嬢さまは本当に器用、どうやったらこんなにきれいに編めるのでしょう」

「あなたの口みたいに器用ではないわ」裴玄静が笑った。「この二日間叔父さまは朝廷に出勤なさらなかった。家僕たちもみんな閑だったでしょう？」

「いつもと同じですよ」

「王義は？　彼は何をしていたの？」

「王義？」阿霊は目玉をぐるりと回した。「お嬢さまは彼をどうしても思い出させたいみたいですね。王義ならこの二日間見ていませんし、どこに行ったかも知りません」

「家に帰ったのでは？」

「家？　どの家ですか？　彼はひとりで魏博からご主人さまに連れられて長安に来たんですよ。家というのなら、あたしたち裴府こそが彼の家です」

「妻や娘もいないの？」

阿霊が答えた。「もちろんおりませんよ。お嬢さま、また熱でも出たんじゃないですか？」

裴玄静は腹をたてた。「なにでたらめを言うの。わたくしは健康ですとも」それから半分ほど編んだ房を持ち上げた。「きれい？」

「本当にきれいです。あたしにくださいな、ねえ親切なお嬢さま……」

「これは必要なの」裴玄静は阿霊の頬を軽くつねった。「次にまたおまえに一本編んであげる」

夕食後、阿霊が裴玄静に、王義が邸宅にもどってきたと報告してきた。

裴玄静はいいわけを作って阿霊を引き離し、ひとりで前庭にやってきた。

今夜は先の二日間よりもずっと涼しく、王義は耳房の椅子の上に座っていたが、遠くから裴玄静がやってくるのを目にし、すぐに立ち上がって拝礼した。見たところ彼の情緒はかなり安定しており、裴玄静を見ても意外には思わなかったばかりか、まるで彼女が来るのを待っていたかのようであった。

裴玄静はきれいに編み上げた赤い房を渡した。「これはわたくしがあなたの娘さんのために特別に編みました。どうぞお受け取りください」

王義はよくわからない様子で彼女を見た。

「父親が娘に成人のかんざしを贈る際には、必ず一本の赤い房がついていたほうが縁起が良いものなのです」裴玄静が説明した。

王義は赤い房を受け取ったが、両手はぱっと見ではわからないほど軽く震えていた。少しして、やっと言った。「ありがとうございます、お嬢さま」

裴玄静は微笑んだ。

「お嬢さまはどうして王義にこんなにもよくしてくださるのですか?」王義が突然、尋ねた。

「別に何も特別ではありません……」裴玄静は答えた。「ただ自分の力でできることを少ししただけのことです」

「でもお嬢さまはきっとお聞きになったはずです。王義には長安に妻も娘もおりません」

　裴玄静は首を振った。「そういったことはわたくしには関係ありません。わたくしはただ金のかんざしには赤い房が必要だということだけしか知りません」

「お嬢さまはやはりご主人さまの姪だ、口ぶりがとても似ておられる」王義は突然口を開けて大笑いした。

　この心配そうな顔つきの男でも笑うのか。裴玄静も自然とほほ笑みはじめ、興味津々に尋ねた。「わたくしと叔父さまのどこが一緒なのですか？」

　遠い記憶の中に入ったかのように、王義の口調にはふさぎこむような様子が充ちあふれた。「お嬢さまはご存じないでしょう、実際私めの原籍は長安なのでございます。その年、嘉誠公主[1]にしたがって魏博にまいったのでございます。前回お嬢さまは私めが長安の暑さに耐えられないので、北方から来たと推測なさった。けれども私めはよく覚えておりますが、子供の時には長安はこんなに暑くなかったのでございますよ」

　今度は裴玄静が驚く番だった。

　嘉誠公主、すなわち代宗皇帝の娘、徳宗皇帝の妹、長幼の序で言えば現在の皇帝の叔祖母にあたる。貞元元年の時に、徳宗皇帝は魏博の藩鎮と関係をつくるために、特別に

1　唐の第八代皇帝代宗の娘。七八五年に魏博節度使田緒に降嫁した。

嘉誠公主を当時の魏博節度使田緒《ティエン・シュー》に降嫁させた。公主が嫁入りする際、徳宗皇帝は自ら望春亭に赴いて送別の宴を張り、公主が天子の座す金根車に乗るのを許可した。表面的には大規模で華やかな体裁を保ってはいたが、実質は大唐の天子の権威がもはやないということであり、結局公主を下級の藩鎮に和親させる事態となったのである。

安史の乱以後、李唐皇族のひとりひとり、全員が多かれ少なかれ権力の喪失という屈辱を味わっており、ついにこの日にいたったのだった。現在の皇帝が執拗に削藩にこだわるのも、原因はこれにあった。

嘉誠公主は田緒に嫁いだ後、魏博の情勢を確かに安定させた。田緒の死後、彼女はまた養子の田季安《ティエン・ジーアン》を助けて節度使の地位を受け継がせ、軽挙妄動を慎むよう、厳格に言い聞かせた。しかし元和初年、嘉誠公主が病死するやいなや、田季安は朝廷の支配下にあることに不服を抱き始め、魏博の情勢はふたたび新たに不安定になった。

幸いにも田季安は荒淫暴虐な生活で自分の身体をだめにした。元和七年、田季安は中風になり、あっという間に死んでしまった。息子の田懐諫《ティエン・ホワイジエン》はたった十一歳、魏博の大権はその母である元《ユエン》氏と家僕の蒋士則《ジアン・シーゾー》の手に落ちた。諸将はそれを不服とし、田季安の叔父である田興《ティエン・シン》を推挙して節度使の地位を奪い取った。

三年前、裴度が皇帝の命をうけて魏博に出向いたのは、まさにこのような権力交代、情勢不安定なデリケートな時期だった。裴度は内部の変乱が長くつづき、人心が安定を望んでいるのを充分に利用し、田興を説得して中央に帰順させるのに成功した。皇帝はついにこの何十年にもわたる困難な任務をおさめたのである。これは、実に彼の祖父である徳宗皇帝からはじまり、何代にもわたって続いた努力の成果だった。

李唐の領土を統一するために、嘉誠公主という高貴な公主までその人生を捧げたことは、人々を悲しませた。

裴玄静が王義に尋ねた。「ではあなたはどのようにして、叔父さまについて長安にもどったのですか？」

王義は、自分はもともと嘉誠公主に連れられて、護衛として魏博に行ったのだと裴玄静に告げた。魏博での歳月、王義はずっと誠心誠意つとめ、ただ嘉誠公主だけを見て行動してきた。公主の死後、田季安が養母との約束を違えたが、することなすこと王義ではどうしようもなかった。それで田季安が突然死した時には、王義は痛快に感じたものであった。けれども誰が節度使に地位を受け継ぐかという問題で、王義は嘉誠公主が生前に可愛がっていた孫の田懐諫を支持することを選び、田興一派とは不倶戴天の仇となった。王義が見たところ、田興は当時節度使だった孤児とその母を馬鹿にし、元氏を殺して田懐諫を牢屋に拘束するという君子にあるまじき行いをした。そこで彼はある風の強い夜に節度使府に潜入し、田興を暗殺しようとした。だが結果は失敗に終わり、自らも死刑囚の牢に入れられてしまった。

ちょうどまさにこの時、裴度が魏博にやってきて、王義のことを知って、田興に彼をくれと要求した。最初は田興も何をどういっても応えようとはしなかった。暗殺というのは大変重い罪状で、田興は自分が大権を握ったばかりで、かならず見せしめに処罰し、権威を樹立する必要があったからである。けれども裴度は彼に忠告した。「そなたの申していることはわしとは関係がない。わしはただ田懐諫が幼い時より王義と親しいということ、このたびは田懐諫を長安に送ることで魏博はわが皇帝への忠誠を示すことになるということ、王義はそれに最もふさわしい人選だということしかわかってはおらぬ。同時に、嘉誠公主の棺も長安に戻して皇陵に埋葬するのだから、情からいっても理からいっても王義が護送すべきであろう」

裴度は田興に、朝廷に忠誠をつくすと宣誓するつもりならば、王義を手放すのがこれ以上ないよい手段であると暗示したのである。田興もついには説得された。

ここまで話して、王義は慨嘆した。「もしご主人さまがあの時王義のためにとりなしてくださらなかったら、私めはとうに魏博で田興の刀のもと幽鬼となっておりました。またどうして生きて長安に戻れましたやら。それも生きてこの目で見ることができ……」彼は突然口を閉ざしたが、顔にはあの悲喜こもごもな感情が浮かび上がり、心配事が重なって複雑な表情になっていた。

裴玄静が言った。「今日もしあなたの口からこれらのことを聞かなければ、玄静は本当に叔父さまの傍にこのような忠義と勇気を兼ね備えた義士、大唐の功臣がいたことを知らないままでした」

「お嬢さま、過分なお言葉です」王義が言った。「ご主人さまのような方、それこそが大唐の功臣なのです。王義は一介の平凡な男に過ぎません、ただ主人に対する忠誠を理解しているだけなのです。ましてやご主人さまは王義の主人であるのみか、王義の命を救ってくださった。ご主人さまの御恩は、王義は死んでも返しつくすことができません」

またもや心の底からの率直な言葉、裴玄静は以前聞いた時よりもさらにぞっとした。王義の心中には何かぜったいに人には言えない隠し事があり、それは叔父の安危と密接な関係がある。彼女は王義が特別に自分を信頼し、かつずっと自分に何かを悟らせようとしていると感じた……非常に重要な情報を彼女に伝えようとしているかのように。

裴玄静は低い声で言った。「ありがとうございます。叔父さまのために生命の危険も顧みず、彼の平安を守ってくださりますように」

「でももし私めが、できなかったら?」王義が猛然と尋ねた。その表情はいささか獰猛であった。

「わたくしはあなたを信じております、すでに全力をつくしてくださっていると」裴玄静は真剣に答えた。「この世の中に万全の策というものはありません。けれども心に恥じないようありたいものです」

王義は両目を真っ赤にして見開き、じっと裴玄静を見つめた。

「お嬢さま、ずいぶん探しましたよ！」澄んだ呼び声とともに、阿霊がばたばたと走ってきた。「ご主人さまがお嬢さまと一緒に晩御飯を食べたいそうです。ええっ、あなたたち？」

裴玄静は答えた。「待っていて。すぐに行くから」身体は動かず、ただじっと王義を見つめたままだった。

王義もはっと気づいたのか、もごもごと言った。「お嬢さま、ちょっとお待ちくださ い、ものを取ってまいります」身をひるがえして耳房に駆け込み、しばらくしてまた走り出てきたが、手には……帽子をひとつ持っていた。

王義は両手で帽子を裴玄静に渡した。「お嬢さま、この帽子は私めが数日前に東市で買い求めたものです。彼らの言うことには、揚州から入って来たばかりの新しい様式だとか。なかなかいいものだと思いまして、ひとつ購入いたしました。数日前に過ちをおかしてご主人さまの足に怪我をさせてしまいました。お詫びをしたいのですが、ご主人さまはまったく気になさっておられません……ですので、どうかお嬢さまにお骨折りいただき、私めに代わってこの帽子をご主人さまにお渡しいただけませんでしょうか？感謝いたします」

帽子を贈る？　裴玄静はさっぱり訳が分からなくなった。彼女は帽子をうけとってこねくりまわしたが、確かに上質で、様式も落ち着いていて、叔父もきっと好むだろう。とはいえ今はちょうど酷暑の時期で、こんなに分厚い中折れ帽子はかぶることができない。彼女は困ってしまった。「気持ちは得難いものだし、帽子も良いものです。ですが、もう何日か待って、天気が涼しくなってから贈ればもっと良いのではないでしょうか？」

王義は奇妙な笑みを浮かべた。「何日か待ったら、おそらく間に合わなくなります」彼は裴玄静の困惑した眼差しを直視し、言った。「もし簡単なことであるなら、王義もお嬢さまにお願いはいたしません。ご主人さまは一心に皇帝の力になって仕事をなさろうとされています。思いますに足の怪我がきちんと治るのを待たずに、急いで朝廷に出仕して公務を行おうとなさるでしょう。ご主人さまが門をでられる時に、王義はこの帽子をかぶっておいていただきたいのです」

裴玄静はまだ納得できなかった。足の怪我と中折れ帽と何の関係があるのか、どうして家を出る時にそれをかぶらなければならないのか？

彼女が尋ねた。「こんな風に言うなんて、なにか特別な意味があるのですか？」

「ございません」王義はきっぱりと答えた。「王義はただ一心にご主人さまのためによかれと思っているだけです。どうかお嬢さま、お骨折りください」言いながら、裴玄静に向かってこぶしを握って鄭重に礼をした。

「わかりました。尽力いたします」裴玄静は答えた。王義の身の上には疑わしい点が確かに多くあったが、この時、彼の眼光からは忠誠心が見て取れた。裴玄静は彼の言う通りにしようと決心した。

立ち去るとき、裴玄静は手の中の中折れ帽が重たく感じられた。

叔父、叔母と一緒に夕飯を食べたが、裴玄静は中折れ帽のことを口に出さなかった。いま帽子を叔父に贈れば、叔母に行李に入れられる可能性が最も高い。秋風が吹いてくるのを待って取り出し、叔父がかぶるだろう。けれども王義の言うことは明白で、彼は叔父が家を出る時にこの帽子をかぶっていてもらいたいのだ。

どうすればいい？

裴玄静はただ、叔父の足の怪我の角度から関心を寄せて話すしかなかった。筋骨をいためると百日、叔父も歳をとってきている、必ず我慢して休養しなければならないし、徹底的に回復するのを待ってから活動すべきで、そうでないと後々の災いになるだろう。

裴度は微笑んで頷いたが、何も言わなかった。

裴玄静は探るのを失敗した。彼女は叔父がいつ家を出るのか確定できないままだった。

10

同日、宰相の武元衡は酷暑をものともせず慌ただしい一日を過ごし、夜になってやっと靖安坊にある宰相府に戻ってきた。坊に入るや否や、彼はある種特別に異様な感覚を覚えた。陰鬱な庭の壁の影の下になにかそびえているようで、その上、木の濃い影の間からカサコソという音が聞こえてきた。手下に命じて付近を捜索させたが、すべては奇妙なまでに静かで、怪しい雰囲気が透けていた。

同日の夜、武元衡は文机の前に三更（午後十一時頃）までじっと座っていたものの、心は相変わらずとても不愉快だった。

気持ちを落ち着かせるため、裴玄静との約束を守るため、さらには深く陥った困惑させられるような巨大な謎についてはっきりさせるため、今夜の武元衡はひたすら全神経を集中して王羲之の『蘭亭序』を模写していた。しかしこの時刻になって、失敗したと認めるしかなかった。

皇帝の言うことが正しい。物事は人の意のままにはならない、書聖も手助けしてくれない。

武元衡の筆端は最終的にここで止まった。「是日也，天朗氣清，惠風和暢，仰観宇宙之大，俯察品類之盛，所以遊目騁懷，足以極視聴之娯，信可樂也」古い友人と集まって楽しく心たかぶる気持ちがあふれている。そのあと王羲之の筆は一転して、人生の無常、歳月の無情を感嘆しはじめる。武元衡が二度と触れたくない部分だった。彼は『蘭亭序』の半分しか模写しなかった。

武元衡は長くため息をついた。ここでやめるべきだった。しかし心は平静になったものの、不吉な予感はさらに深く黒くなった夜色と同じで、彼を圧倒して息をできなくさせた。武元衡は適当に一枚の白紙を取って、筆に任せて書きなぐった。見ると、自分が一篇の新しい詩を作ったことに気がついた。

夜久しく　喧《かまびす》しき　暫《しばら》く息《や》み
池臺　惟《た》だ　月明し
因《よ》る無し　清景を駐《とど》むるに
日出《い》づれば　事　還《ま》た生ぜん[1]

この詩は彼の一貫して華やかで難解な詩風とは合わなかったが、かえって素朴で正直

1　原文：夜久喧暫息、池臺惟月明。無因駐清景、日出事還生。（武元衡「夏夜作」）

な魅力があり、明らかに内心の奥深くの彷徨を吐露していた。

武元衡の詩は今の世の中でとても尊重されていたものの、彼は心の中で、自分の詩の大多数は奉和（貴人の詩句に和してつくること）の作であり、熟練した技巧と高雅な品格でも、情感の不足をかくしきれるものではないとわかっていた。自分より上手に書く者は非常にたくさんいる。たとえば白居易、たとえば李長吉、さらには劉禹錫や柳宗元など。これらの人の詩はすべて彼よりもうまかったが、境遇でははるかに彼に及ばなかった。

最近朝廷内では、十年も流されている劉禹錫や柳宗元らを戻して召し抱えようと何人かが呼びかけはじめていた。皇帝はいまだに態度を表明していないが、少なくともあからさまな反感はなかった。すでにまるまる十年が過ぎており、その時の凄惨な永貞の革新の余波は、もしかしたら皇帝の心の中では静まってきているのかもしれなかった。

こっそりと武元衡に意見を聞きに来る者もいて、彼が支持してくれるのを望んでいた。十年前、武元衡と劉禹錫、柳宗元はおなじような始まりに立っていたが、今日《こんにち》になってこのように天地雲泥の差の境地になっていた。彼はこの機会を借りて、優位な立場であることを寛容さと道義でもって表現してもよかった。しかし武元衡は沈黙を保ち、反対とも賛成とも言わなかった。

彼は裏で人々が自分をなんと言っているのか知っていた……ごらん、武相公のなんと自己保身にたけていることか。十年前には永貞革新派と距離を保ち、今の皇帝陛下に目をかけてもらって、とんとん拍子に出世した。十年後の今日《こんにち》以前と変わらず永貞革新派とはっきり境界を設け、いざこざを免れている、と。

人々の非難が沸騰しても、武元衡はこれまで気にしたことがなかった。彼はただ心の奥底で、劉禹錫と柳宗元は朝廷に戻ってくるのに向いていないと考えていた。政治的な主張と個人の恩讐はどちらも重要ではない。ただ彼らの詩文を読みさえすれば、ありありと紙の上の情熱や魂を感じ取ることができ、彼らの本質と官僚の世界とは相反しているのだと明らかにわかるのだった。彼らを朝廷に戻せば、絶対に彼ら本人に幸運をもたらすことはないし、皇帝にさらに多くの悩みと圧力を持ち込むことになるだろう。それは武元衡の最も見たくないもので、だからこそ彼は沈黙を保っていたのである。

本物の詩人というのは詩歌の中で魂を燃焼し、自らを分析するものである。武元衡は天性の政治家であって、詩人ではない。それゆえに彼は帝国の宰相になることができて、皇帝の最も信頼する朝廷の屋台骨となったのだ。彼は決して自己保身をする臆病な小物ではない。なぜなら彼は深く理解していた、卑屈な「我」を差し出して、自分よりはるかに価値のある崇高な目標に献上することが、自分の最大の名誉なのだと。この点において、劉禹錫、柳宗元らはすでに成し遂げ、武元衡も同様に成し遂げたのだ。

もっといえば、裴玄静というあの娘でさえも成し遂げていた。ここまで考えて、武元衡は残念に、かつ満足に思った。彼のこの一生、薛濤との忘れがたいよしみはあったにせよ、裴玄静の李長吉に対するあのようなわが身を顧みない愛情は得たことがなかった。もちろん、人は何もかもを得ることはできない。

知らず知らずのうちに、武元衡は文机をきれいに整理整頓していた。まるで遠出しなければならないかのように。最後に、彼は今夜作った五言絶句をあの半分の『蘭亭序』の上に置いた。

もしかすると考えすぎなだけかもしれない。裴玄静が試験に合格し、彼の助手になれば、すべては彼の掌中になるだろう。もし不幸にして、彼の予感が当たらなければ、裴玄静は最もよい人選ではなかったというだけだ。しかし彼には斟酌する十分な時間がなかった。裴玄静はひとりきりで挑戦せざるを得ない、それは両目を失明した武士が孤独に演武台を歩くようなものだ。これは確かに最悪だ。しかしもし天意がかくのごとくであるならば、彼女に別の選択肢はない。それはまさに彼にも選択肢がないのと同様である。

もし裴玄静が智慧と決意に足りなければ、早々にでも彼の設けた障害物の前に敗北するだろうと武元衡は思った。彼女がいったん本当に秘密の核心に触れたなら、必然的に叔父の裴度に助力を求めに行くだろう。武元衡自身と同様に、裴度も皇帝に絶対的な忠誠をほこっているので、裴玄静が謎が何なのかを発見しても、その謎が陰険で本心を隠した人間に利用されるということもない。武元衡は信じていた。裴度は彼女の代わりに皇帝に最も利する、大唐に有利な決定をするだろう、と。しかし情勢が明らかになる前に、武元衡は裴度に早期介入をしてもらいたくはなかった。それで何度も考え、やはりまずは裴玄静の手にゆだねるべきだと決めたのであった。

最も肝心なのは、裴玄静がただの身の上潔白な、か弱い女性であり、どんな勢力ともかかわりあいがなく、すぐに見落とされ軽視されるということだ。この一点において、それがまぎれもなく彼女の行動の助けとなり、彼女の安全に有利にもなるのだった。

抑揚のある朝の鐘の音が大明宮から伝わってきた。また登朝する時間になった。帝国の宰相は鄭重に居住まいをただし、服を着替えた。不吉な予感がこんなにも強烈であったとしても、武元衡はやはりこの最も熟知した、東北に面した道を進むのに微塵の躊躇もなかった。

なぜなら大明宮で皇帝が彼を待っているからだ。それこそ武元衡が自身で選択した崇高な目標だった。

靖安坊の中、宰相府の外、武元衡が出勤で必ず通る道で、ある者たちがまる一夜待っていた。朝の鐘が号令であるかのように、彼らは注意力を集中させた。最も近くの樹上には弓矢を携えた者が埋伏し、通りの両側には顔を黒い薄絹で覆った暗殺者がおり、さらには数人が周囲で退路を断っていた。確実に武元衡は逃れるすべがなかった。

血なまぐさい殺戮が開始されようとしていた。

武元衡は詩歌を頼みとせず、愛情を頼みとせず、死によって一生の最高の境地へと向かおうとしていた。

第二章　刺長安

1

裴玄静は夢から覚めた。

辺りは静寂に包まれ、ただ屏風の外から阿霊の寝息が聞こえるだけだった。夜回りの鳴らす拍子木が庭に深々と響く。坊間の路上から伝わってきたのだ。

ちょうど四更（午前二時頃）になろうとしている。

裴玄静は寝台から起き、すだれをあけて阿霊を呼んだ。「阿霊、起きなさい！　髪を洗って叔父さまに挨拶に行きますよ」

「お嬢さま、何を騒いでいるんですか、まだ夜も明けてないのに……」

裴玄静はぼんやりしている阿霊をつかんで引っ張った。「しゃきっとしなさい！」

阿霊は驚いて目が覚めた。ここ数日、裴玄静は喜怒哀楽を顔に出さなかったので、こんなに慌てている姿は初めて見たのだ。

二人は急いで身支度をした。裴玄静は寝台の脇から包みをつかんで歩き出したが、扉の前でしばし考えて、その脇に置いた。阿霊はわけがわからなかった。「あの、お嬢さま、これは一体なんですか、こんなところに置いて……」

「さ、行きましょう」

二人は裴度の部屋に向かった。阿霊はもういちど尋ねた。「お嬢さま、旦那さまの脚はまだ良くなっていませんし、こんなに早くお伺いしなくてもよろしいのでは？」

「提灯をちゃんと持って、しっかり前を見て」

裴度の部屋の前につくと、既に竹のすだれは半分あがっていて、室内の燭光の揺らめきにあわせて人影も揺れ動いていた。

裴玄静はひさしの下に立って、軽く声をかけた。「叔父さま、叔母さま、ご挨拶に伺いました」

すぐさま扉が開いた。楊氏の婢の倩児が驚いた顔で裴玄静を見た。「お嬢さまがいらっしゃったんですか？　お入りください」

このとき落ち着きを取り戻していた裴玄静は、衣の裙《もすそ》をただして部屋に入った。

裴度は鏡の前に端座し、楊氏に髪を梳いてもらっていた。裴玄静は二人の背後から挨拶をした。

裴玄静を見て、楊氏は恨みがましく、「あなたの叔父さんったら、脚の傷が少し良くなった途端、どうしても朝廷に行かなきゃいけないと言ってね。聖上は養生させてくださったんじゃないの。なにをそんなに急いでいるのやら」と言った。

裴玄静はただ黙っていた。裴度は力のこもった目線を彼女に向けた――聡明すぎる裴玄静は、大明宮から声なき命令が来たことを見て取った。彼は意識した。自分の願いはかなわないかもしれない。かかわるべきではない巨大な渦に姪っ子を巻き込んでしまう運命なのだろうか。

倩児が報告に来た。「王義が扉の外で待っています」

夜明け前の最も暗い時だ。裴玄静は頭を廻らしたが、扉の脇に立つ王義の影が見えるのみだった。しかし、彼女は、絶望と希望の混ざった王義の眼差しを感じ取った。刹那の間に彼女の手のひらは汗まみれになった。

楊氏はぶつくさ言いながら裴度の髪を梳き終えた。裴玄静は、「わたくしが叔父さまの帽子をとってきます」と口をはさんだ。彼女は部屋の奥に進み、東壁の帽子掛けの上に置かれた裴度の幞頭（官吏の被る黒い薄絹の冠）を見つけると、近づいて両手で持ち上げた。

「ちょっと、どうして取りに来ないの？」彼女は阿霊を呼び、「手伝いなさいな」と言った。

「はい」阿霊は燭台を持って、あわてて裴玄静の前で背伸びをすると、突然「わぁ！」と声をあげて、裴玄静に倒れかかった。

「危ない！」裴度と楊氏が異口同音に叫んだ。

間に合わなかった。燭火は裴玄静の持つ幞頭に燃え移ってしまった。倩児が前に出て、阿霊の手から燭台を奪い、裴玄静も急いで幞頭上の火種を叩き消したが、黒紗の表面には既に焦げ穴ができていた。

楊氏はいらいらしながら、阿霊を叱った。「何をしているのですか！」

阿霊は答えようとしたが、裴玄静に右手を強く摑まれた。阿霊は悔しさと疑念で腸が煮えくり返っていた——お嬢さまは一体何がしたいの？ さっきはちゃんと立っていたのに、足先でひっかけて倒して、面倒事を引き起こしておきながら、言いわけもさせてくれないなんて。

しかし、阿霊は我慢して、顔を赤くしながら黙っていた。

今度は裴度が焦りはじめた。

参内する時間が迫っている。脚の傷が治っておらず、動きも順調にはいかないので、早めに出発しなければならないのだ。まずいことに、倹約を身上とする御史中丞には普段使っているこの幞頭しかないのだ。となると、今日はぼろ帽子をかぶって参内することになってしまう！ 監察御史への言いわけを考えねば。

突然、裴玄静は、「叔父さま、わたくしが家から持ってきた毡帽（毛織物のかぶりもの）があります。叔父さまに送ろうと思っていたのですが、この二日間、心が乱れていて忘れていました……」と言い出した。

「はやく持ってきてくれ！」裴度もあれこれ構っている余裕はなかった。

王義が扉の脇で「私めが行きましょう！」と大声をあげた。

彼は瞬く間に包みを抱えて戻ってきた。裴度が毡帽を被ったとき、王義はじっと裴玄静を見つめ、足を引きずる裴度を支えて出かけた。

朝の鐘が響き始めた。長安城について数日、裴玄静はすでに東北から聞こえる荘厳な鐘の音に聞きなじんでいた。しかし今日の響きは、荒涼たる啓示をもたらすかのようだ。

裴玄静は王義に託されたことを果たしたけれども、深い無力感に包まれていた。何かが起きると直感が伝えてくる。しかし、いまは待つほかない。

興化坊から大明宮に参内するには、まず西に向かって坊門を出て、それから北に曲がる。裴度はいつも通り馬に乗り、王義は右手で馬を引き、左手に灯籠を持ち、屋敷の門を出て東西方向に走る坊街に沿って進んだ。

まだ夜は明けていなかった。明けの明星は独り寂しく東の空にかかり、月の光が背後から彼らを照らしていた。馬蹄の音が無人の街道に響き渡る。

このとき、いつになく五感が研ぎ澄まされていた王義は、指笛の鳴りはじめの一瞬の微かな音を聞き取るやいなや、裴度を馬から突き落とした。

裴度が地面に落ちた時、すでに数本の矢が馬に刺さっていた。痛みを感じた馬はいななき、その他の矢は王義の振りまわした長刀に叩き落とされた。

最初の遠距離攻撃の後、すぐさま塀の角の樹の陰から、数人の黒布で顔を隠した刺客が飛び出してきて、肉弾戦が始まった。

　刀光がほとばしり、早朝の興化坊を明るく照らし出す。

　王義は一人で立て続けに数名の刺客を撃退したが、全てを防ぐことはできなかった。裴度の絶叫が聞こえたので振り向くと、刺客が裴度の頭上に刀を振りかざしているのが見えた。

　王義は叫びながらその刺客を切り倒すと、他を顧みずに裴度を路端に蹴り飛ばした。裴度はごろごろと回転しながら樹下の溝渠に転げ落ちていった。

　刺客がまた湧きあがる。王義は思った。こんなに大きな物音がすれば、きっと夜回りの金吾衛も気づくだろう。しばらくしのげば、駆けつけてくるはずだ。いまはただ溝渠の前を守ればよかった。長く守れば守るほどよいのだ。死力を尽くして絞りだした最後の手だった。

　攻撃は四方八方から来た。刀は肉を抉ったが、痛みを覚えなかった。血糊で目が塞ると、耳を頼りにした。王義は全ての知覚を失い、完全に本能だけで戦い続けた。どれくらいの時間がたっただろう。突然、馬の嘶きと人の叫び声が聞こえた。周囲に多くの人が集まったようだ。きっと金吾衛が到着したのだ。王義は力を振り絞って彼らに叫んだ。「裴中丞がここに！　はやく裴中丞を救けろ！」

　彼は気が緩み、両足の力が抜けてきた。刀で地を突き身体を支えようとしたが、奇妙な感覚に襲われた。どうして両肩がすかすかなんだ？　そのとき思い出した。自分の両腕はとっくに戦闘中に斬られて失われていたのだった。

　王義の身体は轟然と血泥の中に倒れたが、最後まで意識を保っていた。彼は金吾衛の「裴中丞は生きてる、生きてるぞ！」という叫び声を聞くと、血肉で塗れた顔に重責を果たした笑みを浮かべ、闇に落ちるに任せた。


政務の時間は過ぎていたが、皇帝はまだ延英殿に留まり、朝見を行う紫宸殿に向かっていなかった。

　皇帝は泣いていた。

既に長いこと泣いており、自分でも泣き止むべきだとわかっていた。しかし、涙があとからあとから湧き出てきた。

　訃報を伝えてきた左金吾衛大将軍の李文通《リー・ウェントン》、皇帝に緊急に呼び出された宰相李吉甫《リー・ジーフー》と鄭絪《ジョン・イン》は殿前で静かに待っていた。時間がたつにつれて、最初の驚愕と恐怖、そして憤怒は次第に落ち着いてきた。涙の止まらない殿上の皇帝を見ていたら、仲間を失った大きな寂寥感が三人の重臣の心にも浸み込んできた。

　皇帝は遂に泣きやみ、かすれ声で李文通に言った。「もう一度、朕に事件の経緯を話してくれ」

李文通はしかたなくもう一度語った——宰相武元衡の痛ましい惨劇の様子を。

裴度と違い、武元衡は十人ほどで構成された侍衛を引き連れていた。今朝、彼らはいつも通り靖安坊中の宰相の屋敷を離れ、中心街に出たところ、樹上から「火を消せ！」の声が聞こえると同時に、侍衛の持つ灯籠が全て射抜かれ、数十名の刺客が暗闇から湧き出てきたのだ。

侍衛は次々と切り倒され、あるものは形勢不利と見て逃げ出した。武元衡の乗る馬だけがその場に取り残され、狼狽して周りを見ているうちに、先頭の刺客が突っ込んできて、武元衡の脚を斬った。武元衡は絶叫して馬上に伏し、身動きできなくなった。その刺客は落ち着いた様子で、武元衡の乗る馬を引いて十歩ばかり進み、人家の前までくると、灯籠の光を頼りに武元衡の顔を確認した。そして刀を振って、宰相の首を切り落とした。

このことは逃げ出した侍衛と付近の住民の供述とも一致した。刺客は凶行に及んだ後、武元衡の首級を持ち去った。武元衡の馬は頭を失った主人を乗せて、大明宮の丹鳳門の前に走ってきた。

武元衡の魂魄は、参内を、天子を、そして未だ終わらぬ使命を気にかけていたのだろう。

武元衡が殺されたのと同じ頃、御史中丞の裴度も興化坊で刺客に遭遇していた。幸いにも死に至らず、金吾衛に救われて屋敷に戻った。しかし、頭部に重傷を負い、いまだ昏睡状態にある。

「金吾衛！」皇帝は叫びだした。「はやく金吾衛を遣わして裴中丞の屋敷を守るのだ」

李文通は即答した。「既に派遣しております」

「それから御医だ、朕の御医を遣わして裴中丞を治療させろ、必ず救うのだ！」

宰相の李吉甫が、「既に手配しております」と言った。

皇帝はやっと落ち着いてきた。しばらくして、泣き通しで赤くなった目をあげた。

「お前たちの意見を聞きたい。これは何者の仕業だ？　その目的は何だ？」

三名の重臣はそろって頭を下げて沈黙している。皇帝が泣いている時、彼らは長いこと顔を見合わせていたので、お互いの考えが手に取るようにわかっていた。しかし、いざその時になると、誰も口火を切りたくなかった。

「どうしたのだ？　おまえたちは朕の質問に答えないのか？」

李吉甫が答えた。「陛下、臣らの推測に拠りますと、今回の事件が藩鎮の仕業であることは疑いの余地がありません。おそらく刺客は淮西の呉元済が放ったものと思われます。武相公と裴中丞が陛下の削藩政策の最大の支持者であることを知らぬ者はおりません。彼らを襲撃したのは、陛下の削藩政策の両腕をもぎ、朝廷を威嚇し、淮西討伐を止めさせる目的であったとみて間違いありません」

「おまえたちは、みなそう思うのか?」

重臣たちは黙って頷いた。

皇帝は嘆息した。「では、朕がすべきことは何だ?」

沈黙が続いた。延英殿内の蒸し暑い空気が凝結して巨大な鉛となったかのようだ。その圧迫感で即刻逃げ出したくなる。遠くに、もっと遠くに。

「答えよ!」

「し、臣が思うに、陛下は熟慮してから行動すべきです」

「熟慮? 熟慮?」皇帝の顔が歪みはじめ、哀哭の表情が凶悪なものにかわっていった。「おまえたちはこう言いたいんだろ。呉元済の威嚇を聞き入れ、削藩を停止し、撤兵すべきだとな?」

答える者は誰もいなかった。

皇帝は眼前の臣下をきつくにらんだ。武元衡と裴度を失ったいま、目の前の三人こそが頼るべき人材なのだ。しかし、彼らは頭を低く垂れ、目線を合わせようとしなかった。

皇帝は全身の血が冷めていくのを感じた。

門の外から突然喧騒が聞こえてきた。

「中に入れよ。陛下にお会いしたいのだ!」「いけません、いまはだめです……」騒ぎとともに、二人がもみ合いながら入ってきた。そのうちの一人は吐突承璀で、全力で闖入者を阻止しようとしていた。しかし、その相手も無作法者などではなかった。吐突承璀など眼中になく、直接、皇帝の前に進んできた。

「陛下！」この髭も髪も真っ白な老人は、御坐の前に這いつくばうと、高らかに叫んだ。

「陛下！　一国の宰相が街頭で横死するとは、古今未曾有の惨事ですぞ！　賊どもの狂妄がここまで達し、この都の、天子のお脚下で暗殺を行うとは！　そのうえ刺殺されたのは我が大唐の宰相ですぞ！　や、奴らは明らかに我が朝廷が軟弱で、大唐に人材などいないと侮っているのです！　陛下、これはまことに国の恥、帝の哀しみ、民の痛みですぞ！　陛下……」七十三歳の兵部侍郎許孟容《シュー・モンロン》は、痛切のあまり、涙で声が出せなくなった。

昼までかかって、皇帝はやっと聞きたい言葉を耳にすることができた。彼は決然として立ち上がると、吠えるように命じた。「許侍郎よ、悲しむな！　ただちに朕とともに紫宸殿に行くぞ。群僚は既に長いこと待っておる。いまから政務を始め、賊を滅ぼす計画をねろうではないか！」

「大家……」吐突承璀は皇帝の面前に立ちふさがった。

「なんのつもりだ！」

「大家！」吐突承璀は額に青筋を立てて、「紫宸殿には大しておりません」と言った。

「……どういう意味だ？」

「武相公と裴中丞が害に遭われたことで、百官は恐れをなし、多くの者が家を出ず、次々に休暇を申し出ております。そのためこの時間になっても、紫宸殿に参内している者は三分の一にも達しておりません」

皇帝は吐突承璀を睨み、またゆっくりと座った。

再び延英殿は静寂に包まれた。許孟容でさえも号泣するのを止めた。皇帝が考え込んだので、その場の人々はただ待っていた。しかし、皇帝が何を考えているのか、誰にもわからならかった。

――皇帝は十年前を思い出していた。

あの凄惨な永貞の革新こそが、彼の側に武元衡をもたらしたのだった。そのとき彼は、まだ皇太子の李純だった。

当時、前皇帝の順宗は重病を押して登極（即位）したため、政務を執れず、全てを信任する王叔文《ワン・シューウェン》らに任せるしかなかった。王叔文を頭とする革新派は天子の名を借りて政治を執り、帝国の権力をほとんど彼らの手中におさめた。当然のことながら、これは多くの人々に不満を抱かせた。彼らはすぐに王叔文一派と対立し、朝廷の内外で両派が争うようになった。

このとき武元衡は御史中丞に任じられており、朝廷内の実力者だった。王叔文はぜひとも彼を革新派に引き入れたかった。しかし、再三の誘いにもかかわらず、武元衡は少しもなびかなかった。その非協力的な態度は王叔文を激怒させた。王叔文は遂に順宗の名義で武元衡の罷免を命じた。

病のために半身不随となっていた順宗は話ができなかったので、いつも王叔文の作成した詔書に頷いて同意していた。しかし、武元衡を罷免する詔書を見たときには、もがきながら筆を執り、「太子右庶子に遷す」という文字を書き加えた。

このようにして、左遷された武元衡は詔を奉じて太子東宮にきて、右春坊（皇太子の補佐官）の主官となったのだ。李純が皇太子に冊封され、わずか三日後のことだった。

数か月後、皇太子李純は新皇帝となり、すぐさま王叔文の一派を粛清した。武元衡は正しい道を選んだので、あっというまに原職に戻ることができた。元和二年（八〇七）には戸部侍郎同平章事に昇進し、帝国の宰相にのし上がった。

数か月の短い東宮生活の間に、李純と武元衡はお互いの性格や才能・主張を深く理解しあった。これこそが、その後の息の合った君臣関係の基礎となったのである。まさに「太子右庶子」任命の成果である。

しかし、この任命が順宗の命令だったため、李純の心中にはもやもやしたものが残っていて、武元衡を心の底から信頼することができなかった。そのため、元和二年末には武元衡を西川節度使に任命して成都に派遣した。

七年間も蜀を治めた武元衡は優れた功績をあげた。元和八年（八一三）に藩鎮の弱体化を目指した軍事行動が膠着状態に陥ったので、急遽、戦略を調整して全体の局面を任せるに足る忠誠心あふれる有能な人物が必要となった。大唐の命運を決める重要な時にあたり、最終的に李純は西川から武元衡を召喚することに決めた。そして彼を門下侍郎同平章事に任命し、帝国の重任と君主の信頼を全て彼に託した。あの時から、武元衡にとって李純との関係は、明君と賢臣のめぐりあいの範疇を遙かに越えていた。

李純にとって武元衡は、繰り返し否定し、そして繰り返し認めてきた父の愛の証拠だった。

2

延英殿で、皇帝の視線は臣下たちの頭頂部にそそがれていた。

誰もいない、彼らの中に本当にわかるものはいない、今日、皇帝が何を失ったのかを。その後、臣下たちは皇帝がしゃがれつつも確固とした声で命令を下すのを聞いた――国を挙げて宰相を殺害した犯人をとらえること。いまから皇帝は、政務をやめて絶食する、元凶を法に服させるまでは！

「凶狡竊に發し、我が股肱を殲す、是を用て當寧朝を廢し、通宵寐を忘る。永く良輔を懐い、何ぞ痛み之の如きか？　宜しく亟やかに捜擒し、以て憤毒を攄すべし。天下の悪、天下共に誅す、茲を念う臣庶、固く憤嘆を同じくす」——元和十年（八一五）六月三日、武元衡暗殺のその日、皇帝は犯人逮捕を呼びかける詔書を発布し、天下中に絶対にこのままうやむやにしないことを誓った。同時に皇帝は都の内外の武力を増強して警戒に当たらせ、四方に包囲網を張り巡らして刺客の逃亡を防いだ。さらに四品以上の朝臣全てに金吾衛を派遣し、内庫の弓箭と陌刀を授けて、外出時の護衛の任に当たらせた。

裴度が護送されてきた時も、金吾衛は裴氏の屋敷を何重にも包囲して護衛した。

しかし、屋敷内の混乱は少しもおさまらなかった。楊氏は満身血だらけの裴度を見たとたん、昏倒してしまった。やっとのことで目を覚ましたが、今度は両腕を失い、血だるまと化した王義を見て、再び卒倒し、完全に気を失ってしまった。

屋敷中が上から下まで混乱する中、主にかわって裴玄静が前に出ざるを得なくなった。当務の急は裴度の治療である。皇帝の派遣した御医がすぐに到着した。裴度は頭と肩と脚に傷があり、どれも致命傷ではないけれども、出血多量によって昏睡状態に陥っていた。御医たちは急いで包帯を巻いて止血した。彼らの話によれば、命に別条はないとのことである。注意深く世話をして、彼が目覚めるのを待たなければならなかった。

しかし、楊氏は驚きのあまり、心を落ち着かせる湯薬を飲み、婢女たちに看護される有様だった。

みなとりあえず一息つくことができた。御医もようやく手が空いたので、裴玄静は王義の診察を懇請した。

法度によれば御医は皇帝にのみ仕え、たとえ皇子や后妃の看病であっても、皇帝の恩沢が必要だった。今日、裴度の治療に当たったことは、例外中の例外ともいうべき恩典なのだった。

しかし、裴玄静はそんなことにこだわらなかった。王義の容態は悪く、屋敷も金吾衛に取り囲まれて出入りに不自由だったので、御医にたよるほかなかったのだ。

御医はざっと王義の切断された腕を診ると、嘆息して「後のことを考えておきなさい」と言った。

裴玄静も王義はだめだとわかっていたが、少しでもいいから意識が戻ることを願っていた。多くの疑問に答えて欲しかったし、王義もきっと説明したいだろう。

昏睡中の王義の呼吸がだんだん弱くなり、今にもあの世にいってしまいそうだった。なすすべもなく途方に暮れていると、阿霊が小走りに入ってきて「お嬢さま、お嬢さま、誰かが門を叩いています！」と言った。

裴玄静が何事かと問い直す間もなく、二名の金吾衛が左右に男を挟んで連れてきた。

「お嬢さま、こいつは約束がないにもかかわらず、死に物狂いでお屋敷に入ろうと騒いでいました。我々はお屋敷の門前でやかましく騒がれたくなかったので引っぱってきました。こいつをご存知ですか？」

当然、知っている！　先に阿霊が、「崔郎中、どうしてあなたが！」と叫んだ。

崔淼は両腕を後ろ手につかまれ、苦笑しながら「それがしは裴氏のお屋敷に事件が起きたと聞いて、何かお手伝いできるのではないかと思ったのです。お嬢さん、これを見てください……」と言った。

裴玄静はあわてて金吾衛に「お二方、この人はよく屋敷に来ていた崔郎中です。放してあげてください」と言った。

金吾衛は立ち去った。崔淼は曲がった頭巾を直すと、裴玄静と阿霊に「裴中丞の容態はどうだい？」と尋ねた。

「旦那さまは……」阿霊は口を開きかけたが、裴玄静に止められた。彼女は目を離さずに崔淼に聞いた。「崔郎中はどこから来たのですか？」

「今朝、西市の医館で仕事をしているときに、裴中丞の事件を聞いてすぐに出てきたんです。でも、屋敷の前で長いこと邪魔されてしまいました。あの金吾衛らと話してもらちが明かなくてね」

「西市の医館？　崔郎中は少し前に長安に来たんじゃありませんでした？」

崔淼は答えずに、平然と裴玄静を見ていた。その表情は医者が病人を宥めるかのようだった。

裴玄静は少し腹が立ったが、ぐっとこらえて、「叔父は御医に診ていただいたので、もう大丈夫です。それより王義を診てください。……相当具合が悪いのです」と言った。

「わかった」崔郎中は薬箱を背負って歩き出した。「道案内を頼みます」

王義は両目をきつく閉じ、生気もなく、最後の一息も飲み下せなかった。

崔淼は頭を揺らして「申し訳ない、それがしにも瀕死者を蘇らせる手立てはない」と言った。

「では、ほんのひととき意識を戻すことはできますか？」裴玄静は切羽詰まった様子で言った。「心残りを語らせてあげたいのです。できますか？」

「やってみよう」崔淼は薬箱から銀の針をまとめて取り出し、その中の一本を抜いて、王義の頭頂部のつぼに刺そうとした。すると裴玄静が彼を引きとめた。

「待ってください！」彼女は抑えた声で「害意はないでしょうね」と言った。

崔淼は驚いてから、笑って言った。「お嬢さん、彼の様子をみてください、害意を持つ必要がありますか？」

裴玄静はしぶしぶ手をゆるめたが、依然として彼の一挙手一投足をじっと睨んでいた。

崔淼が王義に数針刺しこむと、生気のない顔に徐々に変化があらわれた。突然、王義の目が開いた。

「お嬢さま……」彼は裴玄静を見た。

裴玄静は彼が何を聞きたいのかわかったので、すぐに答えた。「王義、あなたは叔父さまを救いました。無事でしたよ」

王義は安心した表情を浮かべた。

裴玄静は目の縁を紅くしながら、「あなたが叔父に毡帽をかぶせたから助かったのよ。刺客の刀が叔父の頭に振り下ろされたけど、あの帽子が分厚かったおかげで、重傷を受けずにすみました」と言った。

王義は会心の笑みを浮かべた。裴玄静は近寄って、彼が微かな声で話す内容を聞きとった。「考えたのです。刺客が来たとき……旦那さまを蹴、蹴って溝に落としたら、帽子があるので、き、きっと頭を守れるだろうと……」

やはり王義は襲撃のことを事前に知っていたのだ。裴玄静は推測が当たっていたことを知ったが、さらに多くの困惑と悲しみを感じた。どうして？　どうして彼は危険を知っていたのに警告せず、かえって主人の身を危険にさらしたのか。それと同時に、なぜ彼は万全を尽くして、命も惜しまずに主人を守ったのか。

「王義、この前わざと叔父を打擲させたのは参内してほしくなかったからでしょ？　危険な目に遭うことを知っていたからじゃないの？　刺客が誰だか知っていますか？」

王義は答えず、大きな笑みを浮かべた。瀕死の顔がますます奇怪になっていった。

裴玄静は悟った。彼の口から真相が漏れることはないと。そこで「とにかく、あなたは叔父さまの命の恩人よ。ありがとう王義」と言った。

「お嬢さま……」王義は、「私めのふところ、ふところに……」と言った。

裴玄静が彼の胸元を開くと、血が浸み込んだ絹の包みが見えてきた。手を伸ばして取ろうとしたが取れない。にかわで皮膚につけているのだ。裴玄静が歯を食いしばって包みを破くと、にわかに心に痛みがはしった——やはりあの金の簪だ。彼女が送った紅の房が結わえつけられている。血まみれになったせいで、さらに紅くなっていた。

「お嬢さま、わ、私めにかわって、娘に渡してください……」

裴玄静は涙を浮かべながら頷いた。

「それから阿霊……」王義は突然阿霊を見つけたかのようだった。「お、おれの不作法を恨まないでくれ。おまえを見ると、い、いつも娘を思い出してしまうんだ、だから……」

何がなんだかさっぱりわからなかったが、痛ましくて阿霊も泣き出した。

「私めは……申し訳ありません、お嬢さま。あ、あの日、旦那さまを、だ、だまして出かけ……お嬢さまを探しにといって。でも実際には、いかなかったのです。わ、私めは探しに……」彼の声は完全に途絶えてしまった。

崔淼は沈んだ声で「もうだめだ」と告げた。

裴玄静は叫んだ。「王義、娘さんはどこにいるの？　名前は？　どうやってみつけたらいいの？」

王義は必死に口を開いたが、黒紅色の血が湧き出してきただけだった。身を起こそうともがいたが、最後は頭を少し上げただけで、その眦は裂けそうなほどだった。しかし、すぐに、両目の光は混沌に呑みこまれていった。

崔淼は手を伸ばして彼の鼻息を確認して、ため息をついた。

彼は間に合わなかった。娘の名前を伝えられなかったのだ！　裴玄静は焦った。どうやって王義の最期の頼みに答えればよいのか。王義の最後の目線の先を見ると、夕陽が窓から差しこみ、ちょうど対面の壁にかかっている銅鏡を照らしていた。

もう日没の時刻になっていたのだ。今日は本当に長い一日だった。裴玄静は疲れを覚えた。

崔淼が、「誰か呼んで納棺させますか？」と聞いてきた。

裴玄静は阿霊に指示して人を探しに行かせ、崔淼に「もう遅いので、門までお送りしましょう」と言った。

二人とも黙って歩いた。もうすぐ屋敷の門だというとき、裴玄静は足を止めた。「いくつかお聞きしたいことがあります」

「言ってみてください」

「どうして騙したのですか？」

崔淼はかすかにきりっとした眉をあげた。「ん？」

「分かっていますよね。春明門の外の賈昌老人の屋敷で起きたことは、絶対に幻覚なんかではありません」

崔淼はまた「ん」と声をだした。

「あなたと王義の関係は？　彼はどうしてあなたを屋敷に呼んだのですか？」

崔淼は、「まずお嬢さんが西市の医館に調査に行って、それから質問するというのでどうでしょうか？」と言った。

「行きます」続けて裴玄静は、「でもいまはあなたが先に事情を話すべきでしょう」と言った。

「事情？　お嬢さんのほうがそれがしよりもよく知ってると思いますよ」夕陽が西から照らしてくる。崔淼の笑顔は夕暮れの風よりも爽やかで、何とも言えない魅力にあふれていた。彼を信じて頼ってしまったほうが、疑うよりも楽で自然なことのように感じられる。しかし、裴玄静の考えはまるで正反対だった。

「崔郎中、わたくしはあなたを疑っています」裴玄静は落ち着き払って話し出した。「あなたが賈昌老人の死に関与しているのではないかと疑っています。そうでなければ幻覚なんて馬鹿な話でごまかす必要ありませんから。また、あなたと王義の関係は普通ではないと疑っています。そうでなければあんなに簡単にわたくしと車夫を見つけることはできませんし、賈昌の屋敷にいったことを完全に否定したりしません……。それから、あなたが叔父の襲撃に関係しているのではないかと疑っています。叔父は負傷して休んでいて、今朝早くいきなり参内することを決めました。屋敷の人間でさえ準備していなかったのに、どうして刺客は待ち伏せできたのでしょうか？　ただあなただけが、叔父の傷の状況を踏まえて、今朝ならむりやり参内するだろうと推測できたのです。崔郎中があんなにも急いで屋敷に来たのも、状況を探るためだったんじゃないですか？」

崔淼は両目を丸くした。「お嬢さん、それはまた思いもよらないことを。それではまるでそれがしが極悪非道の凶徒ではありませんか」

「違いますか？」

「当たり前ですよ！」

「では本当のことを話してください！」

「話したことは全て本当です」

裴玄静はしばらく黙ると、大声で屋敷の門を守る金吾衛を呼んだ。「この人は様子が変です。はやく取り押さえてください！」

数名の金吾衛が動き、崔淼は何もできないうちにきつく縛られてしまった。

崔淼は余裕を失い、泣き顔で喚いた。「お嬢さん！　どうしてこんなひどいことを！」

「お嬢さま、こいつは刺客の仲間ですか？　今回の案件は朝廷の最優先案件です。容疑者は大理寺に送って拘禁して裁かれます。いま彼を拘束しましょうか？」金吾衛たちは興奮して、立てつづけに聞いてきた。

裴玄静は少しためらってから、「まあ襲撃事件とは関係ないでしょう。叔父の大切な物が見当たらなくて、ここ数日の間屋敷に来たのは彼だけだったので、ちょっと疑わしいのです。ひとまず屋敷の中に拘束して、明日になってから処分を進めるというのはどうでしょうか？」と言った。自分がこんなにも流暢に嘘をつけるとは思いもよらなかった。まるで言い慣れているかのようだ。

金吾衛たちは顔を見合わせた。これでは私刑になってしまう。しかし、いまは裴度と関係するもの全てが重要である。むろん彼らは怠慢なわけではないが、裴家の心証を害したくもなかった。そこで「お嬢さまの言うとおりにいたします」と答えた。

崔淼は馬小屋に閉じ込められた。敷きつめられたまぐさと馬糞で、足の踏み場もなかった。なんとかましな隅をみつけて座った。日も落ちて暗くなってきた。馬小屋には窓もなかったので、あたりは真っ暗になった。ちょっと眠りたかったが、鼻を刺すような臭いで頭がくらくらしてしまった。今夜はつらいぞと思った。

彼は半睡半醒状態でぼんやりすごした。三更になった時、馬小屋の扉が開いた。微かな燭光がしとやかな影をうつしだす。崔淼は少し嬉しくなった——彼女が来たのだ。

裴玄静はお茶と蒸餅をもってきた。彼の前に手かごを置くと、「のどが乾いたでしょう？」と言った。

崔淼はお茶を受け取って一息に飲んだが、蒸餅には見向きもせず、また目を閉じた。

「お腹は減ってないのですか？」

実のところ、彼は気力をほとんど失っていたが、仏頂面で「それがしはこのような汚いところで何か食べたりしません」と言った。

裴玄静がくすくすと笑った。汚濁まみれの穢れた空気に一陣の香しい風が吹き込んだかのようだった。崔淼は気分がすっきりし、おでこから首の後ろまで味わったことのない快感を覚えた。

彼はもうこらえきれず、ため息をついた。「お嬢さん、屁理屈をいうわけではありませんが、御史中丞のお屋敷に、閉じ込めたりなんかしてはいけません、ましてやこんな臭気が立ち込める場所になんて。ともかくそれがしは医者なんだから、清潔な場所がいいんだ」

「本当に医者なの？」

「お嬢さんも知っているじゃないですか？」

瞬く燭光の下、互いの力量を見極めるかのように、二人は鋭く目を光らせた。裴玄静が先に視線をずらし、低い声で言った。「どちらにせよ、馬小屋の方が大理寺よりましでしょう」

「お嬢さんに感謝すべきってことかな？」崔淼は皮肉をいってから、すぐに気遣うように語気をかえた。「裴中丞が目覚めたんだね？」

「どうしてわかったのですか？」

「お嬢さんの顔はまだ疲れているけれど、午後に比べれば多少よくなっている。この状況下で、お嬢さんの愁眉を開けるのは、裴中丞の病状が好転した時だけだ」

裴玄静は頷いた。「その通りです。叔父は半時前に目覚めました。でもまだとても弱っていて、できるかぎり宥めて安心させるしかありませんでした。いま御医に出していただいた心を鎮める薬を飲んで、寝たところです」

「安静にして養生するしかありませんね」崔淼の口ぶりは専門家のようだった。

裴玄静はまた声を低くした。「王義のことは言いませんでした。ただ傷を癒やすように言っただけです」

「武相公のことも言わなかったんですか」

裴玄静は慄然として顔色を変えた。「崔郎中は本当に事情通ですね」

崔淼は冷笑した。「何が事情通だか。あっというまに坊から坊へと伝わって、半日の内に長安中の人々がびくびく怯えていますよ」その顔には現状に対する憤りが再び浮かんでいた。最初に賈昌の屋敷であったとき、この表情が一番印象的だった。

彼女は、「わたくしが間違っていました。やはりあなたを金吾衛に引き渡して大理寺に連行してもらうべきでした」と言った。

「どうして？」

「わたくしでは、あなたから実情を聞き出せませんが、大理寺なら聞きだす方法があるでしょうから」

「どうやって聞くんです？」崔淼は見下げた様子で聞き返した。「拷問でもするのか？ははは、まさかお嬢さんは今までもこんな風に事件を解決してきたのかい？」

裴玄静は心の底から驚いた。「これでもまだ、ただの医者だって言い張るつもりなんですか？」

「お嬢さんの名声は、あなた自身が思っているよりも鳴り響いていますよ。すぐにわかりました」

裴玄静は黙った。しばらくしてから、恨めしそうに言った。「毎回、あなたを信じようとすると、いろんな手段で更に惑わしてくるんですね」

崔淼は嬉しそうに笑った。

「いつか必ず本当のことを話させますからね」

「いいだろう。それがしも辛抱強く待っていますよ」崔淼は微笑んだ。「ところで本当に知りたいのだけれど、お嬢さんはどうしてそれがしを金吾衛に引き渡さなかったのですか？」

「どうしてって……あの雨の日にわたくしを助けてくれましたし。もしあなたでなければ、どうなっていたかわかりませんから」

「お嬢さんは、やっぱり道理をわきまえておられますね」

裴玄静の目が光った。「認めましたね？」

「何を？」

「あの夜、賈昌の屋敷でわたくしに会ったことですよ」

崔淼はまじめくさって答えた。「善行なんですから、認めるに決まっているでしょう」

裴玄静はそう答えるだろうとわかっていたかのように、続けて「ではもう一つ善行をしませんか？」といって、手かごの底からあるものを取り出した――一枚の銅鏡だ。

彼女は崔淼を注視しながら「手伝ってほしいのですが」と言った。

「王義」

裴玄静はまぶたを閉じずにはいられなかった――崔淼は確かに人よりも聡明だけど、それを表に出しすぎる。彼とのやりとりは楽しいけれど、骨が折れる。しかし、胸に手を当てて自問すると、やはり彼と過ごすのはとても楽しい。たとえ嘘つきだとしても、崔淼はさっぱりしていて気持ちがいい。裴玄静は思った。もし彼を包み込む霧を晴らすことができたら、なかから一人の君子があらわれるのではないだろうか。

彼女は銅鏡を膝の上に置き、手で軽くこすった。

「王義は臨終の床で娘を探すよう頼んできました。わたくしは彼の願いを叶えることを誓いました。でも今は叔父が重傷を負って静養する必要があり、叔母はことに当たれません。そこで、従兄たちに手紙を送って、速やかに帰京するよう伝えました。しかし、彼らが到着するまでは、わたくしが屋敷を支えなければならず、抜けることはできません。それに王義の娘については何の手がかりもないので、もし先延ばしにしたら、もっとやりにくくなるのではないかと心配しています。色々考えたけれど、崔郎中に手伝ってもらうしかありません」

「どうしてそれがしが？」

「応じるかどうかだけ答えてください」

「やれやれ」崔淼はかえってさっぱりとした。「王義の忠勇は称賛すべきだ。英雄のために微力を尽くすのもいいでしょう」

裴玄静は頭をあげ、崔淼に向かって満面の笑みを浮かべると、両手で銅鏡を手渡した。

崔淼も両手で受け取った。「これが王義の壁にかかっていたあの銅鏡ですか？」

「そうです。崔郎中も気づいておいでしたね。これこそ王義が臨終間際にじっとみつめていた鏡です」裴玄静は、「王義の娘については、目下のところ何の手がかりもありません。ただ、最後に娘の名前を聞いた時、話せなくなった彼は必死にこの銅鏡を睨んでいました。だから銅鏡になにか手がかりがあるのではないかと推測したのです。でも……」と言った。ここまで話すと彼女は眉を顰め、いぶかりながら、「何度も調べたのですが、銅鏡本体には少しも特別なところはなく、普通の鏡にすぎませんでした。念のためかかっていた壁面も詳しく調べましたが、記号や暗号の類は見つかりませんでした。もし何かおかしなことがあるとすれば、それは……」と言った。

「何でしょうか？」

「鏡は最近かけられたものでした。鏡の後と壁面に埃がなかったことからわかります」

「そうですね」崔淼は賛同した。「見てご覧、鏡面がこんなにも光沢を帯びている。明らかに磨いたばかりですね」

「つまり、この鏡は王義が数日以内にわざわざ手に入れたものですね」

崔淼は、「それからもうひとつ。王義は一介の武人だ。鏡を壁にかけて毎日覗いたとでも？」と言った。

「でもこれはただの平凡な銅鏡です」

崔淼は答えなかった。銅鏡を何度もひっくり返してよく見てから、「うん、もしかしたら贈り物？　それとも何かの象徴？　なぞかけ？　とにかく、これが王義の娘まで導いてくれるはずだ」と言った。

裴玄静は嬉しそうに「あなたもそう思いますか？」と聞いた。

「いくつか思いつきましたよ、ちょっと試してみましょう」崔淼はもったいぶった様子で、意味ありげに笑った。「お嬢さんがそれがしをこの臭気に満ちた場所から出してくれさえすれば、すぐに調査に行くのですが」

「あなたが戻ってくるかどうかわかりませんよね？　そのまま失踪してしまうんじゃありませんか？」

崔淼は裴玄静を見て色を正した。「お嬢さんは人より聡明だけれど、かえってちょっとしたことを見落としてしまうみたいだ」

「どんな点ですか？」

「世間には、道理のほかに人情というものがあります。王義が臨終の際に娘のことを忘れなかったのも情だし、お嬢さんが彼の最後の願いに答えようとするのも情、まさか崔淼の少しばかりの助力は情ではないとでも？」

しかし、裴玄静は納得しなかった。「一体何がおっしゃりたいの？」

「王義とお嬢さんとそれがしは理屈じゃなくて、情に動かされているってことを言いたいのです。こういうとき、人は危険を避けて保身に走るばかりではないということ」

「そんなに回りくどいことといって、結局、解放してほしいだけじゃありませんか？」

「はぁ！」崔淼はため息をついた。

裴玄静は、「王義を助けるのであれば、解放しますよ」と言った。

「では、それがしはまずお嬢さんに謝りますよ」崔淼は意味深長に語りだした。「お嬢さんはやっぱり人情深かったのですね。まさしく詩に書いてある通りです。天に若し情あらば、天も亦た老いん……」[1]

「なんて言ったの？」裴玄静の口調が突然変わった。

崔淼はよくわからず、「どうした？　何か言い間違えましたか？」と言った。

「それは李長吉の詩ですね」

「そうです。李長吉の詩は精彩があって、千古の絶唱にも堪えられると……」

彼女は冷たく言い放った。「あなたにはふさわしくありません」

「それがしは……」

裴玄静は身を起こして馬小屋の外に向かった。

崔淼は彼女の影に叫んだ。「お嬢さん！」

彼女は既に馬小屋を出て、鍵をかけていた。最後に振り返った。「気をつけて待っていてくださいね。夜が明けたら誰か来て解放してくれますから」

崔淼はがっかりして倒れこんだ。はじめて口がまわりすぎることを後悔した。

1　原文：天若有情天亦老。（李賀「金銅仙人辞漢歌」の一句）

3

朝の鐘が響いた後、下僕が来て崔淼を屋敷の外に出してくれた。裴玄静は見送りもせず、部屋で死んだように眠っていた。ここ数日、ゆっくり休めなかったので、こらえきれなかったのだ。

彼女が目覚めると、阿霊は榻の前で呆けたように膝を抱えて座っていた。

裴玄静はあわてて聞いた。「いま何時？」

「辰時（午前八時）をすぎたばかりです」阿霊は口をとがらせて「お嬢さま、慌てて起きなくても大丈夫です。旦那さまは朝方に目覚めました。すこぶる快調で、多くの指示をお出しになりました。特にお嬢さまにお休みになるよう言いつけなさいました。旦那さまは湯薬を飲まれてお休みになりましたので、お嬢さまもご安心ください。あ、そうです、ご長男のお手紙も届きました。今日の夕方前にはお屋敷におつきになるそうです」と言った。

裴玄静は安堵のため息をついた。

阿霊は、「奥様は武相公のことを旦那さまにお話になりました。旦那さまは大変お心を痛め、涙を流しておられました」と言った。

裴玄静は暗然と頷いた。おそかれはやかれ知るのだから、鈍痛が長く続くよりも一瞬で済む激痛の方がましだろう。しかし、彼女にはわかっていた。武元衡の死は裴度の心中に大きな波を引き起こしただろう。数滴の涙で済むような簡単な話ではないのだ。これは驚天動地の大事件で、大唐ひいては一人ひとりの運命にも重大な影響を及ぼすはずだ。いや、すでにその影響があらわれはじめている。

話をしている間に、下僕が報告に来た。左神策軍中尉の吐突承璀が皇帝の命を奉じて裴度の見舞いに来たのだ。吐突承璀の意表をつき、裴度の屋敷は大人数を駆り出して皇帝の特使を出迎えるのではなく、たった一人のうら若き娘に接待させた。彼女は、裴度の侄の玄静であると名のり、ちょうど叔父の家に滞在しているところだと説明した。

裴玄静は、吐突承璀を裴度の寝室まで案内した。裴度はちょうど寝ているところで、吐突承璀は顔面蒼白で頭に包帯を巻かれた病人の寝姿を見るのみだった。裴玄静は吐突中尉に向かって説明した。裴度は二度目覚めたものの、傷の痛みが激烈だったので、御医に心を鎮める薬の分量を増やしてもらって、眠っている間に十分休養できるようにしてもらいました、それゆえ短時間でも起こすことができません、と。

吐突承璀は、心中納得がいかなかったが、何も言わなかった。皇帝の厚恩を蒙って原職に復したばかりなのに、襲撃事件で朝廷の重臣が一人は死亡し、一人は重傷を負った。吐突承璀は自分の重要度が急上昇したような気がして、すぐにでも天下中に号令したくてたまらなかった。それにしても、まさか手を出そうとしたら、こんなかたちで裴度にかわされるとは。

　誰もお前を見ようとはしないし、お前も彼の過ちに挑めない。

　裴度を見舞った後、裴玄静は吐突承璀に付き添って叔父の書斎で休憩した。吐突中尉は涼茶を飲みほしたが、心のしこりは依然として変わらなかった。そこで彼は裴玄静をひととおり観察してから、何の気なしに口を開いた。「以前、裴中丞が娘のいないことを残念がっていたと耳にしたことがある。今日来てみたら、彼にいくらか似ている娘がいるではないか。お父上はどなたかな？」

「亡父の諱は上が日で下が升で[1]、かつて蒲州永楽県令でした」

「うん、永楽県……」吐突承璀の目が豁然と開いた。「永楽県に一人の女名探偵がいると聞いたことがあるぞ、確か姓は裴だったか？　もしかしてそなたが？」

　裴玄静はへりくだった。「中貴人（皇帝の恩寵を受ける内臣。吐突承璀のこと）は本当に博覧強記ですね。ご明察の通りです」

「そなたがそうだったとは」吐突承璀の裴玄静を見る目が少し変わった。もともと裴度は適当に小娘を表舞台に出したりはしない。ふん、彼は軽蔑の念を持った。彼女に頼っ

1　亡父の諱は昇。君主や父母の本名を口に出してはいけない避諱の風習のため、このようないいかたをしている。

てごまかして逃れようだなんて思うなよ。そんなに簡単にはいかないぞ。

「よしよし」吐突承璀は作り笑いした。「『女名探偵』がここにいる以上は、今回の襲撃事件をすっきり解決してもらえないかね？」

裴玄静は落ち着いて答えた。「これは朝廷の重要案件でございまして、聖上が既に有能な大臣たちにまかせておられるはずです。どうしてわたくしごときがとやかくいうことがありましょうか。ましてやわたくしは長安に着いたばかりで、事件前後の状況も一切知りません。妄言すべきではないでしょう」

「お嬢さん、謙遜は不要だ。今回の事件は社稷を危うくするものであり、近親も巻き込まれておる。道義からいっても辞退すべきではなかろう」

裴玄静は頭を垂れて語らなかった。彼女には確かにいくつか疑問があった。しかし、面前の宦官にいうべきだろうか？　裴玄静はすぐには決断できなかった。

吐突承璀は冷笑した。「言わないのだったら、こちらから聞きたいことがある」

「なんでしょうか？」

「小官の見たところ、裴中丞は頭部の傷が最も深い」

「そうです。賊の刀が叔父の後頭部を斬ったからです」

「しかし、裴中丞は九死に一生を得た」

「天のご加護で、幸いにも難を免れました」

「そんな簡単なことじゃないだろう？」

裴玄静は両目をあげて、吐突承璀を直視した。彼女は人生で初めて宦官と対面し、その顔のぬめりに不気味さを覚えるとともに、哀れみが生じた。

そして吐突承璀が落ち着き払って話すのを聞いていた。「報告によれば、裴中丞は特別分厚い毡帽を被っていたので死なずに済んだそうではないか」

「はい」

「その帽子は？」

「大理寺が証拠の品として持っていきました」

「本当にそうか？」

裴玄静は、「もしお疑いでしたら、大理寺に行ってお調べください」と言った。

「ははは」吐突承璀は鋭い笑い声をあげた。「お嬢さんはやはり聡明だね。遠まわしに話すのは止めよう。今日、小官は一つ質問したかったのだ。裴中丞はどうして襲撃された日に分厚い毡帽を被っていたのかね？　いつものことじゃあるまい？」

裴玄静は黙った。この問題に答えるのは難しくない。しかし、吐突承璀の言葉に含まれる悪意に、彼女は怒りを掻き立てられたのだ。王義は死に、叔父は危険を脱したばかりだというのに、この宦官ときたら犯人を追わずに、被害者の親族に高圧的な態度をとっているのだ。どうりで天下中の人々がこの皇帝の下僕に好感を抱かないわけだ。

彼女は勢いに任せて言ってしまった。「それはどういう意味ですか？」

吐突承璀は裴玄静が挑発的な態度を示すとは思っていなかったので、怒鳴ってしまった。「そなたに聞いているんだ！」

裴玄静はまぶたを下げ、「あれは、わたくしの用意したものです」と言った。

「お主が？」

「わたくしの不注意で叔父の幞頭を焦がしてしまいました。そこでわたくしが家から持ってきた毡帽を叔父に渡したのです」裴玄静は悠々たる態度で言い終えると、「中貴人にはご想像できないかもしれませんが、叔父は節約家でして、家中には便帽しかなかったのです」と付け加えた。

吐突承璀は顔が真っ赤になった。彼は蓄財に貪欲で、収賄のために群臣に弾劾され、都から左遷されたことがあるのだ。いまでは原職に復官しているとはいえ、まさか小娘に正面から攻撃されるとは。この物言いを呑み込むことができようか？

「よい、よい。お嬢さんの答えは天衣無縫だ。だが、あまりにも出来すぎていないか？」吐突承璀は怒りのあまり歯ぎしりしながら言った。「早くても遅くても駄目、たまたま襲撃の直前に唯一の幞頭を焼いてしまったことで、裴中丞の命を救えたのだ。つまりはお嬢さんか裴中丞の神機妙算ということではないかね？」

裴玄静は動揺することなく、「わたくしは愚鈍なので、お話がよくわかりません」と答えた。

吐突承璀は激怒して、勢いよく机を叩くと、声をはりあげた。「では直接言ってやろうではないか！　大理寺が毡帽を調べたところ、藤の蔓は編みこまれて二層になっていたのだ！　いくら分厚かろうが普通の毡帽ごときでは刀を防げないのだよ！　だから、事件当日、お前の叔父がかぶっていたのは普通の毡帽ではなく、一種の兜だったというわけだ！　これをどう解釈するのかね？」

だから毡帽はあんなに重かったのか！　裴玄静は驚いた。叔父の命を救うため、王義は本当に苦心していたのだ。しかし、彼女の困惑は深まるばかりだった。王義はこんなに多くの準備をし、命を投げ出すことまでしたのに、どうして真っ先に叔父に警告しなかったのだろうか？

裴玄静が頭を下げて黙ったのを見て、吐突承璀は得意げに「どうした？　なにも言えないのかね？　おまえたちは刺客と暗につながっていて、事前に襲撃計画を知り、苦心して帽子交換の話を考えたのではないか？　要するに、保身しつつ嫌疑を免れようとした苦肉の策ではないのか！」と言った。

もう黙っていられなかった。彼女は頭をあげると落ち着いた様子で話し出した。「中貴人もご存じのことと思いますが、叔父は数日前に足を挫いてしまって、休みをとったので、昨日まで参内するに及びませんでした。これを口実に襲撃を逃れたのでしたら、筋が通ります。わざわざ手間ひまかけて苦肉の策を設ける必要ありませんよね？　むざむざと中貴人の疑惑をかきたてるようなことをしますか？　それに襲撃前日、聖上は叔父の見舞いにわざわざ武相公を遣わしてくださり、安心して傷を癒やし、朝廷への参内を焦らなくてよいとことづけてくださいました。中貴人のご推測に基づけば、聖上も襲撃事件を知っていて、あらかじめ叔父に警告してくださったことになりませんか？」

　吐突承璀はぐうの音もでなかった。

　続けて裴玄静は、「毡帽はわたくしの家から持ってきたもので、わたくし自身が叔父に渡したものです。もし刺客と繋がっているとすれば、それはわたくしと刺客の間での話になります。中貴人におかれましては、わたくしを取り調べになってはいかがですか」と言った。

「ふん！」吐突承璀は立ち上がり、袖を払って去った。裴玄静は屋敷の門まで送ったが、彼は一言もしゃべらなかった。

　彼女は立派な馬に乗った紫色の影が街頭に消えていくのを見届けてから屋敷に戻った。

　裴度は榻の上にもたれかかって、長い時間待っていた。裴玄静は先ほどの会話を敢えて遺漏なく細部まで話した。裴度は真剣に耳を傾けていたが、最後に吐突承璀が激怒して帰ったくだりを聞くと、憔悴しきった顔にうっすら笑みを浮かべた。

でしょうか？」

裴玄静は不安げに尋ねた。「叔父さま、わたくしは吐突将軍の恨みを買ってしまった

「言ってごらん」裴度の口調は慈愛に満ちていた。

裴玄静はさらに不安になって、口ごもりながら「実のところ、あんな風にすべきじゃなかったと分かっているのです。でも根拠もなく叔父さまを疑っているのを見て、叔父さまの受けたこんなにも深い傷や王義の死を思い出したら、我慢できなかったのです」と言った。

裴度はかすかに頷いた。この姪っ子は、普段は品行方正だが、衝動に駆られると、誰よりも感情的になるのだ。本当にいい子だ——裴度は心から裴玄静を可愛く思った。「お前の対応は正しかったよ」裴度は弱々しい声で続けた。「お前がどんな言い方をしようが、どっちみち吐突承璀のわしに対する敵意は減らなかっただろう。少なくともあいつがやたらに虚勢を張ってわしを陥れようとするのを防いでくれたよ」

もともと吐突承璀が左遷された後、皇帝はずっと法を曲げてでも彼を呼び戻そうとしていた。前年、淮西の軍事行動が進まなかったことを理由に、皇帝は吐突承璀を召喚して監軍に任命しようとした。これに対して裴度は口を極めて皇帝を諌めた。元和四年（八〇九）に成徳藩鎮を討伐した際、監軍を務めたのが吐突承璀だった。しかし、彼は軍隊をうまく統率できず、討伐は失敗に終わった。最終的に朝廷は、やむを得ず元の成

徳節度使の子の王承宗《ワン・チョンゾン》を新節度使に任命し、成徳藩鎮を手に入れる最大の好機を逃してしまった。そのため裴度は、宦官を再び削藩の監軍に用いないよう強く主張したのである。皇帝も沙汰やみにするほかなかった。吐突承璀はまる二年たって、やっと都に戻ることができた。当然、裴度に対する恨みは骨髄に入るほどである。

裴玄静は、「聖上は吐突承璀が叔父さまを恨んでいることを知っていて、どうして彼を見舞いによこしたのでしょうか？」と尋ねた。

裴度は微笑むだけで何も言わなかった。

裴玄静は抑えきれずに、心の中の疑惑をはっきりと口に出した。「それから、昨日叔父さまは脚の傷も治っていないのに急いで参内なさろうとしましたが、それは武相公が持ってきた聖上のお手紙が原因なのではありませんか？　聖上は表向き養生するようにいいながら、実際にはすぐに朝廷に戻るよう暗にお示しになったのではありませんか？」

裴度は笑みを収め、厳しい声で「玄静や、覚えておきなさい。いかなる時も聖意を推し量ってはいけない」と言った。

「でもわたくしにはわかりません。武相公と吐突中尉はまるっきり違う人です。どうして聖上は同じように寵愛し、そして次々に叔父さまの見舞いに遣わしたのでしょうか？」

「わしに話させるのかい、玄静」裴度の表情が重苦しくなった。「臣たる者、聖上に対して忠義を尽くすだけでなく、心を寄り添わせなければならないのだよ。武相公と吐突中尉のひととなりは確かに雲泥の差がある。しかし、彼らの聖上に対する忠誠心は甲乙つけられないのだ。それに彼らは朝廷内で最も聖上の心に寄り添っている。今、武相公はいなくなってしまった……。おそらく聖上は今後ますます吐突承璀を手離せなくなるだろう」

裴玄静は黙然とした。しばらくして、勇気を奮って尋ねた。「叔父さま、王義についてどう思われますか？」

ちょっと黙ってから、裴度は「何はともあれ、王義の忠義心は称えるべきであろう」と言った。

裴玄静は少し怖くなった。言外の意は明らかだ。たとえ多くの疑点があろうとも、王義は叔父に対して下僕としての責任を果たしたのだ。でも大唐には？　武元衡には？　彼女は叔父に王義の娘のことを持ち出そうとしたが、やめることにした。裴度は大唐の御史中丞であり、国事を最優先にするだろう。王義はわたくしに娘のことを託したのだから、責任を持たなければ。

長いこと話をしていたので、裴度は明らかに疲れていた。「玄静や」彼は力を込めて言い含めた。「今後は襲撃事件に関することは聞かないでくれよ」

「はい」

　吐突承璀が裴玄静にもたらした陰影は、たちまち消え去った。裴度の長男の裴識《ペイ・シー》が屋敷に戻ってきたのだ。従兄に家を任せることができ、叔父の状態も随分と好転したので、裴玄静は肩の荷を下ろすことができた。昼食後、裴玄静は阿霊を連れて外出した。

長安城に到着してから、裴玄静は屋敷から一歩も出ていなかった。ちょっと外出したいという申し出に、叔父・叔母だけでなく、従兄もすぐさま応じてくれた。

　裴玄静の要望で阿霊だけを連れて行くことにした。主人と下僕の二人はそれぞれ馬に乗り、屋敷の隅の門を出て興化坊内の十字路に沿って北に向かった。

　裴玄静の計画は、先に西市の医館に行き、崔淼がいるかどうか確認した後、東に向かって春明門を出て、どうしても自分自身の目で賈昌の屋敷を探し出すというものだった。

　血なまぐさい凶悪事件が起きたばかりとはいっても、長安城の喧騒は未だ大きな影響を受けていなかった。興化坊は大きな坊であり、北面は西域商人が集まる西市と接しており、坊間の街路には胡人（主にソグド人）と漢人などが混じりあっていて、裴玄静にとってとても新鮮だった。

　まだ興化坊を出ないうちに、突然馬の前に人が現れた。粗末な服をまとった中年男で、背が低くて左肩も垂れ下がり、障碍があるようだった。彼は野太く低い声で呼びかけてきた。「お二人さん、鏡磨きはいらんかね？」その言葉はもごもごしてはっきりしない。

「どいてどいて、いらないわよ」阿霊は追い払おうとした。

「ちょっと待って」裴玄静はふと思いついて、その男を呼んだ。「ずっとここで鏡磨きをしているの？」

「わたくしめは数十年鏡を磨いており、あちこちいっております。お嬢さん、まずはわたくしめの手業をご覧ください」彼は肩にかけた包みから一枚の銅鏡を取り出すと、裴玄静に手渡した。

裴玄静はさっと見ただけで、王義の部屋の壁にあった銅鏡と同じものだと気付いた。崔淼に王義の娘を探す手伝いを持ちかけるため、一昨日の夜に馬小屋で崔淼にこの銅鏡を渡したのだ。

「どうですか？　わたくしめの手業はなかなかのものでしょう？」男は重ねて「お嬢さん、わたくしめにおまかせくださいませんか」といってきた。その皺に埋もれた両目は裴玄静の顔をじっと見ていた。

裴玄静は少し考えて、「磨いてほしい鏡があるけど、手元にないのよ。わたくしと一緒に屋敷に取りに戻るのはどう？」と言った。

「こちらの娘さんに取ってきてもらうのは、いかがでしょうか？」

「ちょっと、あんた何いって……」阿霊は怒りだそうとしたが、裴玄静に遮られた。彼女は大声で「阿霊、今すぐ屋敷に戻って、わたくしの部屋のあの銅鏡を持ってきてちょうだい」と言った。

「お嬢さま、あたしにはわかりません」

裴玄静は、「どうしてわからないのでしょう、榻の近くの机に置いてある……」といいながら阿霊に近づき、声を潜めて「すぐに屋敷に戻ってご長男にわたくしたちの後をつけるようにお知らせして。早く行って！」と言った。

阿霊は青ざめて、目を白黒させた。裴玄静がちょっと押すと、慌てて動き出した。

阿霊の影が路上から消えるのを待って、鏡磨きの男は裴玄静に「ついてきてくださいと言った。

「どこに行くの？」

「ご存知でしょう」

裴玄静は歯ぎしりして「いいでしょう」と言った。男は裴玄静の馬を引いて歩き出した。裴玄静はその隙に頭から簪を一本抜いて、その先端で壁面に矢印をつけた。少なくとも阿霊は、従兄の裴識が遣わした人をここまでは連れてくるだろう。裴玄静は信じていた。従兄ならきっと私の残した記号に気づいてくれる。

裴玄静は、「崔淼はどこにいるの？」と尋ねた。

男はひたすら黙々と道を進むだけだった。

「王義の娘はあなたたちの手中にあるの？」

男は頭一つ動かさない。

裴玄静は聞くのを止めて、ただ角を曲がるたびに、ひそかに壁面に一本線を引いた。何度も何度も曲がって、行けば行くほどどうすら寒くなってきた。裴玄静は都をぶらつくのが初めてだったので、東西南北もわからなくなってしまった。彼女はだんだん怖くなってきて、ついに我慢できなくなった。「一体どこに行くのですか、もう行きません！」

「思うようにはいかないよ、娘さん」男が垂らしていた左腕を急に振り上げると、裴玄静の眼前に一陣の青い煙が立ち上り、彼女は馬から転げ落ちた。

4

彼女が目を覚ますと、そこは室内だった。

狭隘な空間に黴の臭いが漂っている。数筋の陽光が天井にあいた穴から零れ落ちる。部屋には窓もなく、雑物とごみで埋めつくされている。遠くに微かに木の扉がみえる。不用品を置く倉庫のようだ。

裴玄静は身を起こし、手足の動きを確認してみた。部屋の中には誰もいなかったが、屋外から間断なく人の声が聞こえてくる。かなり賑やかな地域らしい。
彼女は木の扉に触って、力を込めて押してみたが動かなかった。どうやら外から鍵がかけられているようだ。

裴玄静は全力で門を叩いて叫んだ。「誰かいないのですか？　はやく門を開けなさい！」

誰も答えない。外からシャーシャーシャーという金属の摩擦音が絶えず聞こえてくる。

裴玄静はちょっと考えた。そうだ、きっと鏡や刀具なんかを磨く音だ。この様子では鏡磨きの男に監禁されたようだ。彼女は怒りだし、さらに力を込めて扉を叩いて絶叫した。

「はやく開けなさい！　わたくしの叔父がすぐに見つけだしますよ、解放しなければお上に捕まりますよ！」

外にいた人は、その声に耐えきれなくなって、扉越しに叫んだ。「大人しくしろ！　叫んだって無駄さ。屋敷の人間に期待したって意味ないね。ここはお前が最後に矢印を書いたところから、いくつも坊を隔てているからね。ここを探し当てたければ、仙人にでも聞くしかないね」

裴玄静は愕然とした。「一体、何が目的なの？」

扉の外は再び静かになった。

裴玄静も疲れ切ってしまい、がっくりと地面に座り込んだ。

「お嬢さん……静娘……」突然、自分を呼ぶ声が聞こえた気がした。その声は低く、すぐ近くのようだ。裴玄静は勢いよく立ち上がると、部屋の中をあちこち探し始めた。しかし、声はまた聞こえなくなった。

「お嬢さん……足元を見て、君の下にいるんだ……」

裴玄静は急いで地面に這いつくばった。光は弱く、ただ探しながら呼びかけるしかなかった。「誰？　誰が呼んだの？　崔郎中ですか？」

「ちょうどその下だよ、お嬢さん！」

彼女はやっと鉄の取っ手を見つけた。その下は円形の鉄の蓋だった。まるで穴蔵を塞ぐ蓋のようだった。

「見つけました！」裴玄静は嬉しくなって声をあげ、顔を蓋に張りつけた。下から伝わる音がはっきり聞こえるようになった。

「本当に、お嬢さんが来てくれたのですか！」崔淼の声には喜びがあふれていた。「穴蔵に閉じ込められているんだ。お嬢さん、開けられますか？」

裴玄静は蓋を持ち上げようとしたが、一寸たりとも動かなかった。彼女はがっかりした。腕力はたいした問題じゃない。なにか棒のような物を探せば解決できる。しかし、取っ手にかかっている巨大な銅の鎖はどうすることもできない。

「だめです」彼女は悔しげに言った。

地下の物音はしばらく途絶えたが、また声が聞こえてきた。「お嬢さん、どうやってここまで来たのですか？」

「あの銅鏡です」裴玄静は力なく答えた。「鏡磨きがあの鏡を持ってわたくしに近づいてきたので、ついてきてしまったのです」

「お嬢さん、君……君はそれがしに何かあったと考えて、助けに来てくれたんじゃないのか？」

裴玄静は急に怒りがこみ上げてきた。「はいはい！　あなたを過大評価してましたよ！　人探しをお願いしたら、なんとまあこんなところを見つけてくるんですから！　あの鏡磨きに銅鏡を持たせるなんて、そりゃわたくしでも引っかかりますよ！　さあさあおっしゃってくださいよ、あなたの狙いは何なのですか？」

「いやいやいや、お嬢さん！　それは筋が通らないでしょう？　いまのそれがしは君よりも悲惨なんですよ、狙いも何もあるわけないでしょう？」

「自業自得でしょう！」裴玄静は話せば話すほどむかついてきた。「どうしてこんな人を信じてしまったのかしら！　はじめからずっと嘘ばっかりで、なにを考えているか誰にも分からないじゃない！　あなたに銅鏡を渡したのは人を探してもらうためだったのに、穴蔵なんかに閉じ込められちゃっているし、そのうえわたくしを巻き添えにして。あ、あなたは本当に……」

「お嬢さん……」崔淼の声がむなしく蓋の下から漂ってきた。「あいつは白昼堂々と君を攫ったわけではないでしょう。あなた自身がやって来たんじゃないのですか……」

そうだ、確かにあまりにも軽率だった。裴玄静は烈火のごとく怒っていたが、内心では崔淼に同意せざるを得なかった。自分は一体どうしてしまったのだ？　義憤、憂慮、自信過剰、それとも功を焦りすぎた？

かたんと音がして木の扉が開いた。

誰かが、「鉄の蓋ごしに喧嘩なんて疲れないの？」と言った。

女の声だ。年齢はわからない。扉の外では太陽がぎらつき、光とともに熱波が入ってきて、女の周りに紫煙が立ち込めているようだ。逆光のせいで、その顔はよく見えない。すぐに裴玄静の頭に疑問が湧きだした。どんな女？　誰？　あの鏡磨きとの関係は？どうして私たちを監禁したのか？　王義を知っているのか？　王義の娘を知っているのか？　それとも王義の娘?!

裴玄静はすぐに最後の疑問を否定した。王義の娘は未成年で、年は十五歳を超えていないはず。目の前の女は、年齢はわからないけれど、絶対に少女ではない。

裴玄静は、「お尋ねしますが、どうして見ず知らずのわたくしをこんなところに閉じ込めたのですか？」と言った。

「自分からやってきたんでしょ」女の口ぶりはぞっとするほど冷たかった。

裴玄静は探ってみた。「あなたと鏡磨きは……」

「私の夫よ」

「そうですか」裴玄静は、「どうやってあの銅鏡を手に入れたのですか？」と聞いた。

女は冷笑した。「本当にいいとこのお嬢ちゃんだこと。庶民の世界を知らないのね。どの鏡磨きも、鏡を磨き終えたら自分の印を残しておくのさ。後日見分けられるようにね。あんたのいってる鏡は、夫が磨いたもんだよ」

そういうことだったのか！　裴玄静は理解した。崔淼はそのことを知っていたから、鏡を手がかりに探し始めたのだ。彼女は直接聞いてみた。「王義のことをご存知ですか？　その鏡は彼のものです」

女が答えないうちに、外から誰かが飛び込んできた。扉が開いた瞬間、女の顔がはっきり見えた。

整った顔立ちで、皮膚にも光沢がある。しかし、氷のような冷たさの中に、平凡とはほど遠い転変の陰が垣間見えた。まるで青春まっただ中の身体に、世間に失望しきった霊魂が住み着いているようだ。裴玄静は腑に落ちなかった。この女の気位は高いのに、夫の容貌は見苦しく、路上で生計をたてる手業職人にすぎず、そのうえ身体にも障碍がありそうだ――彼女の人生に一体どんな紆余曲折があったのだろうか？

「なにしに来たの！」女は問いただした。その声には怒りが込められていて、殺気すら感じられた。

入ってきた者が女の耳元で何かをささやいた。その仕草から、女を畏れ敬っているのが窺える。

「お嬢ちゃんは家に帰りたいかい？」耳打ちが終わると、女は突然聞いてきた。

「もちろんです。いますぐ帰れますか？」

「帰れるよ。ある条件に応じればね」

「どんな条件ですか？」

「朝廷は成徳進奏院の兵士である張晏《ジャン・イエン》ら数人を捕えて、武元衡暗殺の犯人だと侮辱しているんだよ。家に帰ったら、あんたの叔父さんに手紙を渡して張晏らを釈放させな」

また武元衡暗殺事件がからむの？　裴玄静は意外に思った。ちょっと考えて「その条件には応じられません」と言った。

「なぜ？」

「武相公の暗殺は朝廷の最優先事項です。聖上はご自身で暗殺犯逮捕の詔をお書きになりました。側近があれこれ言ったわけではありません。たとえ叔父にその条件を伝えても、絶対に聞き入れないでしょう」

「姪っ子の命と引き換えなら聞くんじゃないかい？」

あからさまな脅しだ。裴玄静がそんなに簡単に怯えるわけもなかった。かえって落ち着いた。「叔父は重傷を負い、いまも床に臥せて休養しています。たとえわたくしのことを見捨てることができなくても、朝廷に干渉するだけの権力は持っていません。わたくしの命と引き換えに迫っても、叔父の悩みとあなたたちの危険を増やすだけで、目的を果たすことはできません」

相手はしばし考えて、「世間の変化は激しくて、往々にして予想外の展開が待っているもんなんだよ。知らないだろうが、あんたが長安中をぶらついて、ここに閉じ込められている間に、大事件が起きたんだよ……あんたと深く関わることがね」と言った。

「なにが起きたのですか？」

「そりゃ、いいことさ」女は悠々たる態度で「あんたの叔父さんは、もう御史中丞なんかじゃないよ。宰相様になったんだよ」と言った。

「なんですって?!」裴玄静は目玉が飛び出そうになった。

「今日の午後、皇帝は裴度の屋敷に使者を送って、あんたの叔父さんの榻の前で詔を宣して、同中書門下平章事に任命し、武元衡の死で開いた穴を埋めたんだよ。そのうえ襲撃事件の解決を委ねたんだ——だから、裴相公がもし本当にお嬢さんを可愛がっているなら、張晏らを釈放させることぐらい簡単なんだよ。どうだい？　うんといいさえすればいいんだ。すぐに帰してあげるよ」

裴玄静は頭を振った。「できません」

「じゃあ仕方がないね。痛い思いをしてもらうしかないね」

「なにをする気？」

「お嬢ちゃんの身に付けている物を借りるよ」

裴玄静は後ろに回した右手でしっかり棍棒を握りしめた。ごみの山から見つけだしたものだ。いま扉の前には二人いて、外にも鏡磨きの男がいる。脱出できる可能性はほとんどない。しかし、必死にやってみるのが彼女なのだ。

裴玄静は甲高く叫ぶと、棍棒を振り上げて扉に突進した。しかし、扉の前に立つ二人の手前で、見えない壁にぶつかったかのように、後方に弾き飛ばされて、ひっくりかえってしまった。

その衝撃で裴玄静は気を失いかけた。一筋の温かい液体が唇から溢れ、血なまぐさい臭いが漂ってきた。目の前がちかちかしているにもかかわらず、裴玄静は上半身を起こして頭をあげようとした。

女は冷笑しながら「気骨があるね」といい、となりの者に命じた。「おまえがやれ。私の手を煩わせるんじゃないよ」

一歩一歩、裴玄静に向かってくる。

「何する気なの？」裴玄静は弱々しく聞いた。

鋭い痛みが走った。裴玄静の耳飾りを奪ったのだ。裴玄静をそのままにして、二人は扉を閉めて出て行った。

とん……とん……とん……。何かをたたく音が聞こえてきた。最初はとても遠かったが、やがてだんだんゆっくりと近づいてきた。その音がきっかけで、突然、頭の中のもやもやが晴れてきた。裴玄静は眼を開いた。

周囲は漆黒の闇。とん……とん……という音がまた響き始めた。彼女の下からだ。記憶がすっかり戻った。裴玄静は急いで体をずらすと、氷のように冷たい鉄の蓋に耳をつけた。

「まだ下にいますか？　崔郎中……」

「お嬢さん、大丈夫ですか！」崔淼の声が鉄の蓋の下から漂ってくる。

「大丈夫です……」裴玄静は耳たぶを触ってみた。耳飾りがなくなっている。指にねばした物がついた。血だ。身体中が痛くて、我慢できずにうめいた。

「殴られたのですか？」崔淼がすぐに聞いてきた。

裴玄静はまた「大丈夫です……」と答えた。ゆっくりと眼が慣れてきて、微かな光が何本か地面に差しこんでいるのがわかった。頭をあげると、屋根の穴から天空に耀く深い青色の光が透けてみえる。思わずつぶやいた。「もう夜なんですね」

「そうか……」崔淼は、「どれくらいの間、大声で呼んだかわからない。呼んでも反応がないから、蓋を叩いていたんです」と言った。

「わたくしを呼んでどうするつもりだったんですか?」彼女は緊張が緩んだようだった。

「どうしてまだここにいるって思ったんですか?」

彼は、「あなたがいるかどうかなんてわかりません。でも彼らはまだ目的を果たしてないから、きっとあなたを閉じ込めているだろうと思ったんです」と答えた。「あなたが殴られたのが聞こえました。あなたは気を失ってしまったみたいで。どうやって目覚めさせようか考えていたんだよ」

「目覚めたからってなんだっていうんですか? 扉には鍵がかけられていて、逃げられないし、あなたを助けることもできません」

彼はちょっと黙ってから、「少なくともおしゃべりはできるじゃないですか」と言った。

「こんな風に?」

「そうそう。事件について話すのも悪くないでしょう?」

いいでしょう。裴玄静は思った。絶体絶命の危機に陥り、できることが何もないときは、案外落ち着くものなのね。彼女は既にやれることはやったので、今はただ天命を待つのみだった。

「あの人たちは、わたくしの耳飾りを奪っていきましたけど、もう叔父に送ったんでしょうか？」

鉄の蓋の下から反応がない。

裴玄静はしばらく待って、我慢できずに催促した。「ねえ、眠ってしまったんですか？」

「君は彼女の様子をはっきり見たかい？」

「誰のこと？」

「それがしどもを監禁したあの女だよ」

「ん」裴玄静は、「知り合いですか？」と言った。

「鏡磨きの男に閉じ込められたから、女は見てないんだ。年は若くはないだろ？」

「外見は明らかに若いのですが、そのたたずまいは超脱していて、まるで世の中を千年も見てきた神のようでした。あんなに非凡で俗世を超越した女がどうして鏡磨きなんかに嫁いだのか全く理解できません」

「やっぱりそうか」崔淼は長嘆した。「推測は間違ってなかった。やっぱり彼女だったんだ」

「誰ですか？」

「聶、隠、娘」

聶隠娘?!

聶隠娘の話は聞いたことがあるけれど、あまりにも現実離れしていたので、本物に会う日がくるなんて想像したこともなかった。

魏博の大将であった聶峰《ニエ・フォン》の娘の隠娘は、十歳の時に女道士にさらわれ、五年後に戻ってきたときには絶技を身に付けていた。庇や壁を飛ぶように走り、白昼堂々首級をあげても見つかることはなかった。父親の聶峰でさえも驚き怪しんだ。ある日、隠娘は屋敷の門前で鏡磨きの少年を見かけ、どうしても彼に嫁がなければならないと言った。聶峰は喜ばなかったが、娘の意思に逆らわなかった。二人は結婚後、家を出た。少年は路上で鏡を磨き、隠娘はいつも夜中に外に行き、日の出とともに帰ってきた。彼女がどこに行っているのか、何をしているのか誰も知らなかった。その後、聶峰が病死すると、魏博節度使の田緒が隠娘のことを聞きつけ、多額の金銭で夫婦を麾下に入れた。田緒の死後、嘉誠公主が養子の田季安を補佐して節度使の位につけた。田季安は陳許節度使の劉昌裔《リウ・チャンイー》との仲がこじれると、隠娘に劉昌裔暗殺を命じた。しかし、田季安の暴虐荒淫に不満を抱いていた隠娘夫婦は、これを機に魏博を棄て、劉昌裔のもとに転じたのだ。

元和八年（八一三）になり、劉昌裔は詔を奉じて都に戻った。隠娘は随行を願わず、劉昌裔に別れを告げてどこかに去ってしまった。劉昌裔も都に戻る途中で病死した。これ以後、隠娘夫婦の消息は杳として知れなかった。

崔淼は、「実のところ、王義の鏡を見たときに、彼女のことを連想したんだ。まさか本当に出くわすとは……」と言った。

「魏博……」裴玄静は、この奇想天外な物語をなんとか飲み込んだ。しばらくして「王義も叔父が魏博から連れてきたそうです」と言った。

「だからか！　王義が魏博にいた頃、聶隠娘もちょうど魏博節度使の下にいたのだから、面識があるのも当然だ。聶隠娘夫婦は王義の娘の行方を知っているかもしれない。それどころか一緒にいるかもしれません」

裴玄静は、「そうですよ！　王義が手がかりに残した銅鏡は、隠娘夫婦を指していたんですね。確かに彼らにたどり着きました！」と言った。

「奇妙なのは、あの夫婦は世間から姿を消したのに、どうしてまた長安に現れたんだ？　武元衡暗殺事件に巻き込まれているみたいじゃないか？」

裴玄静は息を吸った。「暗殺の実行犯なのでは？」

「そうは思わない」

「理由は？」

「第一に、手法が違う。聶隠娘が人を殺すときは痕跡を残さず、死体でさえも化尸粉（死体を溶かす薬品）を使って溶かしてしまうんだ。今回のように多くの痕跡を残すなんてことは絶対に有り得ない。第二に、動機がない。隠娘夫婦は魏博を棄てた後、知遇の恩に感じて陳許節度使の劉昌裔に仕えた。劉昌裔は既に没しているし、もともと朝廷に好感を抱いてないにしても、暗殺までして他の藩鎮のために動く理由もない」

「そうだとしたら、どうしてわたくしを利用して叔父を脅迫し、事件の容疑者を釈放しようとするのでしょう？」

「それは……おそらく容疑者は本当に冤罪なのでは？」

まさか聶隠娘夫婦は、弱き者を救うために敢えて朝廷にはむかっているのか？　朝廷はいくつかの藩鎮に犠牲を差し出させて、宰相暗殺を早急に解決するつもりなのか？

裴玄静にはわからなかった。

崔淼は、「たとえ裴相公でも、容疑者を釈放するのは簡単にできることじゃない。君の叔父さんはあの夫婦と交渉して時間を稼ぐだろう。その時間を使って、逃げる方法を考えよう」と言った。

「逃げる？　どうやって？」

蓋の下から返事はなかった。

しばらくして、裴玄静は、「全部わたくしのせいですね。もし王義の娘を探してなんて頼まなければ、もし銅鏡を渡したりしなければ、何も起きなかったでしょうね。申し訳ありません」と言った。

「それがしを責めないのかい？」

「当たり前です」裴玄静は、「あなたはわたくしに巻き込まれたんです。無闇に疑うべきじゃありませんでした。あなたの嘘にしたたって、本当のことを話せない訳があったのでしょう」と言った。

またしばらくして、蓋の下から「お嬢さんが突然しおらしくなるもんだから、それがしもおそれいります」と聞こえてきた。

裴玄静は暗闇の中でひっそり笑った。段々わかってきた。崔淼は悪い人ではない。だからまだあきらめちゃいけない。そばには、いや、下には同盟軍がいるんだから。

「まだ夜は明けませんか？」

「まだです」裴玄静は耳をそばだてた。「でも時を知らせる音も聞こえません。変ですね。長安に着いて何日か経ちますが、毎晩路上から時を知らせる音が聞こえていたのに。叔父の屋敷は大きいけれど、その音は奥まで伝わってきました。崔郎中、わたくしたちがどこにいるかわかりませんか？」

「わかった」崔淼は、「ここは東市です」と言った。

「東市？」

「そう。長安には市が二つある。西市と東市だ。裴氏の屋敷の立つ興化坊の近くにあるのが西市。東市は朱雀大街の東側に位置し、たくさんの職人が集まって住んでいるんだ。そのなかには鏡磨き屋もたくさんある。鏡を渡されたあと、最初に思いついたのが東市で聞きこむことだったんだ。まさか入ったばかりの小さな店で、一言二言話しただけで昏倒させられて閉じ込められるとは思いもしませんでしたが」

「だから昼間にぎやかだったんですね。……でも、どうして夜になったら時の知らせる音すら聞こえないんですか？」

「東市は、夜間に閉め切られてしまうんだ。金吾衛が人を退出させるんだよ。東市の中に人家はないので、夜になると閑散としてしまうんだ。だから時を知らせる必要もない」

「まさかその市場の中に、いまいるのはわたくしたち二人だけ？」

「もしかしたら数人は倉庫番がいるかもしれませんが。まぁ……あながち間違ってないと思いますよ」

だから叫んでも人の注意を引けないのだ。裴玄静は逃げ出そうという気持ちがすっかり消え失せた。むしろ周囲の静けさに特別な安らかさを感じた。月光が屋根の穴から漏れてくる。ひっそりとした寂しさが全身を冷え冷えとつつむ。長安の盛夏が一夜のうちに遠のいてしまったかのようだ。

長安城の人口は、最も多い時で百万を数えた。しかし、この瞬間は、ただ二人だけが残されたみたいだ。

「不思議ですね」彼女は、「毎回、あなたと出くわすのは夜ですね」と言った。

「三回」崔淼は答えた。「お嬢さんと一緒に夜を過ごすのは、これで三回目だ」口調は打ちひしがれたように聞こえるが、微妙に親密さも含まれている。彼はもう春明門外のあの夜のことを否定してはいない。裴玄静は信じることにした。もし今回逃げ延びることができたら、きっと真実を話してくれるだろう。

しかし、逃げ出せるのか？

京畿は重要な場所で、天子のおひざ元である。この世に並び立つもののない都の中で、一国の宰相が路上に死体をさらしたばかり。ましてや、あの二人が巻き込んだのは単なる庶民ではないのだ。否定しようがないことに、大唐の栄光はとっくに色褪せ、あらゆる栄華も夢の欠片となってしまった。いま大唐の臣民として、あの二人に残っているのは茫漠とした記憶と動乱の日々だけだろう。

上は君主から、下は庶民に至るまで、誰もが盛世と乱世の狭間で生き抜くのに苦労している。長安に来てから数日にすぎないが、裴玄静も既にその苦難を深く味わっている。

裴玄静は軽くため息をついた。「いずれにしてもあなたに出くわすと嫌なことが起きますね」

「もしかして運勢が悪いのかも？」

「運勢？」

「そうですよ、思うんですが……」

「しっ！　黙って！」裴玄静は口をはさんだ。「誰か来ました」彼女は部屋の隅に行き、雑物の中から棍棒を取り出した。役に立つわけではないが、心の拠りどころにはなる。

5

黒紗で顔を隠した人物が入ってきた。両目だけが露出している。その身体はすらりと細く、裴玄静は一目で昼に聶隠娘の後に部屋に入ってきた人物だとわかった。手には小さな油灯を持ち、隅っこで裴玄静が縮こまっているのをみて冷笑した。「その棍棒は棄てなよ。逃がしてやるからさ」

「逃がしてくれるんですか？」裴玄静は意外に思った。

「無駄口叩くな！」うるさそうに「生きてここから出たければ言うことを聞きな」と言った。懐から鍵を取り出して、てきぱきと穴蔵の蓋についた銅鎖をはずし、力を込めて鉄の蓋をずらそうとした。裴玄静が手伝おうとすると「お前が照らせ」と遮った。そして地下に向かって「おい、下からも押し上げろ！」と叫んだ。

裴玄静はしかたなく少し下がって、ぼんやりと穴蔵の上と下の二人が努力する様を見ていた。ついに分厚くて丸い鉄の蓋が脇に転がった。すでに崔淼の頭がみえていたが、突然、その人物は腰から長剣を抜き、裴玄静の喉に向けて「お前も下りろ！」と言った。

崔淼は頭を出した。「どういうことだ？」

「ああもう！　穴蔵の下に抜け道があるんだ。連れてってやるよ。地上は無理だ。もし見つかったら終わりだよ！」

「わかりました。従います」裴玄静は急いで蓋の脇に立った。

崔淼は頭をあげて彼女を見た。美しく整えられていた顔は黒く汚れ、泥や垢まみれで蒼白だった。

彼女をじっと見て軽く言った。「君も下りてください。ひょっとしたら……逃げられないかもしれないけれど」

「どのちみちあなた一人にしておくわけにはまいりません」裴玄静は振り返って、わざと大声で「死ぬなら一緒に死にましょう。わたくしが巻き込んだのですから、一人で生き延びるなんて嫌です」と言った。

崔淼は愕然とした。裴玄静が言った。「ちょっとどいてください。どうやって下りたらいいんですか」

崔淼は数歩下りて呼んだ。「さぁ下りて。気を付けて。壁にへこみがあるから、ゆっくりそれを踏んで」

彼女は言葉通りに一歩ずつ下りてきた。壁面は湿っていた。突然、足が空を踏み、二人とも滑り落ちた。裴玄静が叫ぶまもなく、崔淼が両手を伸ばして彼女をしっかり抱きとめた。

　二人は一緒に井戸の脇の坑道に倒れこんだ。漆黒の闇の中、裴玄静は顔をなでる微かな風を感じた。ふいに崔淼の息だとわかった。驚いて崔淼の腕からもがいて抜け出した。

「あれは水じゃないか？」

　裴玄静が首を伸ばして下を見ると、黒々とした水面に微かな光が差し込んでいた。ゆらゆら揺れるとともに、ザーザーという水音がする。

「かなり深そうだ。それに流れも速い。もし転んだら、命にかかわる」

「ここは一体どこでしょう？」

「朱雀大街の両側の水路は見ましたか？　こうした水路が縦横に貫通していて、長安中につながっているんだ。どの坊にも小さな水路がある。その多くは蓋がない明渠だ。ただ、東市、西市の下にだけ暗渠がある。これはその一つです」

　裴玄静は不思議そうに下を眺め、ただ際限もなく流れる暗黒を見た。

　長安という大都市は、この瞬間に神秘の幕を開き、黄金の輝きの下に隠されていたもう一つの姿をあらわしたかのようだった。

「どこに通じているんですか？」

「地形を踏まえれば、北から南に向かっていて、その原点は太極宮と大明宮だ。すべての宮城と皇城の地下を貫いて、興慶宮の龍池に連なっている。それから東市と西市にある放生池を経て、まっすぐ南の曲江から城を出て、最後は渭水に流れこむんですよ」

裴玄静は驚いて尋ねた。「皇宮もつながっているんですか？」

「そうです。しかし、皇宮の中には暗渠と明渠の両方がある」

「話は終わったか？」彼らを助けた人物が坑道に下りてきた。「終わったならいくぞ、でないと一生ここにいることになるよ！」

閉ざされた坑道の中では、その声色を明瞭に聞き取ることができた。わざと低い声を出しているが、少女であることがわかった。裴玄静は事情がわかった。すばやく周りの状況を観察し、崔淼が話をするために、ずっと苦心して壁にはりついていたのに気づいた。本当に大変で危ないところだ。裴玄静にも感ずるところがあった。

「どうやって行くんですか？」崔淼が聞く。「坑道がふさがっていることは確認済みだ」

「当然、水の中だよ」

「水中？」裴玄静と崔淼は同時に声をあげた。

「なに騒いでいるんだ！」軽蔑した様子で「地図を見たから、どの水路が深いか分かっている。ここから西南に向かえば、ちょうど人が通れるくらいの深さだ。暗渠沿いに行けば東市の外に出られる。暗渠から明渠に変わるあたりで、人目のつかないところを探して登ればいい」と言った。

裴玄静と崔淼は目を合わせた。他に選択肢はない。これに賭けるしかないのだ。

崔淼の身長が最も高かったので、少女は油灯を彼の首にかけ、先頭で道を探らせることにした。裴玄静は真ん中で、少女が殿《しんがり》となった。三人は鼻をつまみ、次々に水中に入っていった。

裴玄静は女の中では背の高い方だったので、水も胸まで届かなかった。においは思っていたよりも臭くなかったが、水は冷たく、すこし粘り気があった。周囲はほとんど暗闇に包まれていて、先頭を行く崔淼のあたりだけが明るかった。彼女には自分がどんな水につかっているか、その周りに何が流れているのかよくわからなかった。

こうした状況では、ただ何も考えず、ひたすら前を見るしかない。さもなければすぐに心が折れてしまうだろう。

暗渠には終わりがないように思えた。三人とも一言も話さず、ただこだまを帯びた呼吸音だけが聞こえてきた。毎回、分岐点に差し掛かると、崔淼はしばらく止まって、最後方から左右の指示がくるのを待った。

どれくらい歩いたか分からなくなり、裴玄静は頭がぼんやりしてきた。もう一生出られず、永遠に日光を浴びることができないと思い始めた頃、先頭の崔淼が突然止まった。

「鉄の門があるぞ！」

「押してみな。鍵はないはずだ」後ろから伝わる声も震えていた。おそらく限界が近づいているんだろう。裴玄静は心が痛んだ……あの子は、まだ小さいんだ。

鉄の門が開いた。油灯を掲げて照らし、喜んで叫んだ。「上に穴蔵の出入り口があるぞ！」

「さあ上って」

彼らは遂に地上にかえりついた。出入り口を抜けると、三人ともずぶぬれの身体で地面に横たわって喘いだ。どこからか風が吹いてきて油灯を消しても、誰も気にしなかった。

崔淼は力なく「明渠から出るって言わなかったっけ？　ここはまだ暗渠の穴蔵だ」と尋ねた。

「もう……う、動けない。どっちみち出口は……あまりに多くて把握できない……」

「行こう」崔淼はあいまいにぶつぶつ言い始めた。「皇宮の中に入りさえしなければ……なんとか……」

「有り得ない……宮城の水路には水門がたくさんあるんだから、簡単に進入できるわけないだろ」

正気に戻った裴玄静は、口をはさんだ。「お名前をお教えいただけないでしょうか？今日はあなたのおかげで助かりました。後日、必ず礼を返します」

返事はなかった。崔淼は笑い出した。「もう分かっていますよ。姓は王だろ？　君の父親は王義じゃないのか？　お嬢さん、王義の娘を探し当てましたよ」

「違うよ。彼女は王じゃない。今から私のもとで聶姓になるんだ」

辺りが急に明るくなった。

裴玄静は驚きのあまり色を失った。最初に彼女が閉じ込められた倉庫に戻っていたのだ。なんと三人は暗渠に沿ってぐるりと一回りして、別の方向から最初の穴蔵にやってきたのだ。

聶隠娘は、端然として部屋の中央に座っていた。あの鏡磨きの夫も傍らに立ち、右手に松明を掲げていた。

「師父……」

声のした方を見ると、二人を救おうとした人物が聶隠娘の前に跪いていた。顔を覆っていた黒紗は既にはずし、散乱した髪が顔の半分にかかっていた。濡れそぼった夏衣は身体にぴたりと張りつき、その曲線をあらわにしていた。いまでは誰がみても少女だとわかるだろう。

聶隠娘が聞く。「罪を認めるか?」

少女は頭を垂れて答えない。

「おまえはその技を頼みに、穴蔵の蓋の鍵を盗み、地下の暗渠の地図を盗み見たのだな?」

少女はやはり答えない。

裴玄静は口をはさんだ。「彼女はわたくしたちを救おうとしたんです。その子を責めるなら、わたくしたちを責めてください」

「どうやって責めるというんだ？　殺せとでもいうのか？」

「玄静は以前から隠娘の侠名を聞いております。断じて濫りに無辜の民を殺したりはしないと」

聶隠娘は冷笑した。「まだ技を学んでいた頃、ある官僚を刺殺するよう師父に命じられたことがあってね。だが、その男は子どもたちと遊んでいたのだ。幼子が可愛くてねぇ、殺すのが忍びなくなってしまったのだよ。功なくして帰った私を師父は厳しく叱ったものさ。『今後、もし同じ状況に出くわしたら、まず相手の最も愛する者を殺し、それから命を奪え』と。刺客となるからには、最初に人倫なんぞは断ち斬らねばならないのだよ。そうでないと自分が死ぬことになるからね」

それを聞いた裴玄静は震え上がった。

崔淼が口をはさんだ。「だから、こんな茶番を仕組んで、この子に人倫を断たせようとしたっていうんですか？　どうして聞いてみないのですか？　この子が本当に刺客になりたいのかどうかを。多分、心の底では願っていないだろう」

「お前ら黙れ！」少女が叫びだした。「師父、わたしが間違っていました。もう二度といたしません」

「お前に父はいるか？」

「おりません」

「母はいるか？」

「おりません」

「果てしなきこの世界、これより後は、ただ敵味方あるのみ、情義はなく、是非もない」

「ただ敵味方あるのみ、情義はなく、是非もありません」

聶隠娘は頷いた。「立ちなさい」そして裴玄静と崔淼に「お前たちは行っていいぞ」と言った。

二人とも自分の耳を疑った。

少女は聶隠娘の手から何かを受け取り、裴玄静に手渡した。それは耳飾りだった。まだ血痕がついている。

「そいつの言ったことは間違ってない。これは弟子に教訓を与えるための茶番にすぎない」聶隠娘は、「おまえの叔父を脅迫したりなんかしない。自由にお帰り。裴氏のお屋敷はお前の失踪で大騒ぎだ。はやく帰って安心させてやりな」と言った。人情味のある話をしているときでも、彼女は殺しの話をしているときと同様に、全く顔に感情を表さなかった。

裴玄静は、「わたくしがあなた方のことを叔父に伝えてしまうのが怖くないのですか？」と尋ねた。

「そんなことをするのかい？」聶隠娘は聞き返した。「もし禾娘を死なせたいなら、やってみればいいさ」

禾娘。裴玄静はついに王義の娘の名を知った。しかし、聶隠娘の言い方を借りれば、今では聶禾娘と呼ぶべきだろう。裴玄静は王だろうが聶だろうが、とにかく禾娘を死なせたくはなかった。そこで「死なせたいわけありません。それどころか、連れて行きたいのです」と言った。

「連れて行く？　どこにだい？」

「もちろん屋敷にですよ。禾娘は王義の娘なんですよ、王義は裴家の家人だったのですから、屋敷でその娘の面倒を見るのは当然じゃないですか」

「奴隷となったからには、代々奴隷というわけか？」

「奴隷じゃありません、家人です」

聶隠娘は禾娘に聞いた。「お前聞いていたかい？　どうする？　あの子と一緒に行きたいかい？」

禾娘は頭をさらに低くした。しかし、その胸は激しく起伏していた。

「それがしにはよくわかりません」不意に崔淼が勢いよく話し出した。「誘拐して弟子にする時は、その願いなんて聞かないですよね。どうして今になって禾娘の意思を聞こうだなんて思ったんですか？」

禾娘は涙声で叫んだ。「あんたは黙って……」

崔淼は続けた。「どうせ禾娘じゃなくてあなた方が決めているんでしょう。茶番ですね。お嬢さんを苦しめるのはやめてください」

聶隠娘は忍耐強く、落ち着いて「お嬢さんは、私のもとから禾娘を連れて行くだけの力はあるのかい？」と言った。

「やってみましょう」

「無理とわかっていても敢えてやろうとするとはね。お嬢さんはこうしたことが好きなのかい？」

「やりもしないで、どうしてできないだなんてわかるんですか？」

聶隠娘はかすかに頷いた。「いいこと言うね。ではお嬢さんに、そのできないことをやってもらおうか。裴相公を説得して、成徳の兵卒の張晏らを釈放させることができたら、禾娘を渡そうじゃないか。期限は三日だ。三日の間に張晏らを釈放できたら、私自身が禾娘を屋敷まで送り届けるよ。もしできなければ……二度と会えないよ」

裴玄静は急いで「もし張晏らが本当に暗殺犯だったら、叔父を説得して釈放するなんてできませんよ？」と尋ねた。

「犯人ではない。それは私が保証するよ」

「どうして保証できるんですか？」崔淼は飛び上がった。「もしかして真犯人が誰だか知っているんですか？」

聶隠娘は崔淼を見て微笑んだ。その笑顔は以前のように冷たくはなかった。やはり崔郎中には腕がある。どんな女性でも彼に笑顔を向けてしまうのだ。

崔淼は鼓舞され、さらに大胆になった。「もし真犯人を知っているなら、いっそのことお嬢さんに伝えたらどうですか。戻って裴相公に話せば、張晏らはすぐに釈放されますよ？」

聶隠娘は「ふん」とだけ言った。

崔淼は両目を丸くした。「犯人はお二人じゃないですよね？」

「当たり前だろ」聶隠娘の顔が煩わしそうになってきた。「ごちゃごちゃ聞くな。おまえたちとは関係ないよ。お嬢さんは張晏を助けさえすればいいんだ。これも真犯人を捕まえる助けになるだろ。さ、お前の叔父に話しにいきな」

聶隠娘は夫に顎で指図した。「送ってやりな」

「待ってください！」裴玄静は、「これだけは教えてください。どうして姿を消した数年後に、また長安に現れたんですか？　何か理由があるんですよね？」と尋ねた。

「私のためだよ」これまで黙っていた鏡磨きの男が突然口を開いた。「長年の鏡磨きで曲がってしまった肩や背の痛みが最近ひどくてね。左腕があがらなくなってしまったんだよ。田舎ではいい医者は見つからなくてね。隠娘は私と上京して良医を探すことにしてくれたんだ」

「え」裴玄静は半信半疑だったが、聶隠娘夫婦がちらっとお互いをみて笑うのを見た。その瞬間に二人を信じることにした。二人の顔に平凡な夫婦に見られる阿吽の呼吸と、波乱の歳月を経てもなお漂う平穏な空気を見て取ったからだ。少なくとも夫婦の間の気持ちは絶対に真実だ。

さきほど聶隠娘が人倫を断てと言ったことと比べ、この場面にこそ裴玄静は荒唐無稽さと辛さを感じた。

「よし！」崔淼が叫んだ。「それがしが敢えて名乗りをあげてもよろしいですか？　私自身は打撲などの治療を専門としているのですが、家中には様々な知識が先祖代々伝えられています。診させていただけないでしょうか？」

「それは……」夫婦は本当にためらった。

崔淼は馬鹿みたいに突っ立っている禾娘の方をむいた。「閃児、ちょっと証言してくれよ、自分の目で私の医術を見ただろ！」

禾娘は全身を震わせて、かすれ声で「馬鹿なこと言わないで！　いつ会ったっていうのよ！」と言った。

崔淼は引き下がらず、禾娘に叫んだ。「閃郎、郎閃児じゃないのか？　さっき思い出したんだけど……」

鏡磨きの男は手を一打ちすると、強く崔淼の後頭部を叩いた。彼は鼻息一つすら出せずに地面に倒れた。男は崔淼の首根っこをつかむと、死んだ犬をぶらさげるかのように引きずった。「いくぞ」

耐え難い時間は実際よりも長く感じるものだ。たっぷり一晩は経っていると思っていたが、外に出てみたら、まだ夜明け前だった。

放生池の付近で、鏡磨きの男は、池の脇の大石の上に崔淼を置いて立ち去った。裴玄静は崔淼の近くで彼が目覚めるのを待つしかなかった。

崔淼の言った通り、夜間の東市には全く人けがなかった。商売の便を図って、東市には樹も植えられていないので、店を囲む壁の影のほかには、道端に二三匹の猫や犬がいるのみだった。月の光は淡くて星は少なかった。朝の光がだんだん近づいてくるのを感じた。裴玄静は二人とも散々な目にあったことを思い出した。通りがかった人が事件に遭ったと思ってしまうかもしれないので、放生池から水を汲んで顔を洗って髪を整えた。それから口の欠けた素焼きの盆を見つけ、放生池から水を入れて、袖を布がわりにして、崔淼の顔を拭いた。

塵や垢を拭い取ると、夜明けの光の中、世にも稀な美しい顔立ちがあらわれた。昏睡中の表情は穏やかで、あどけない子どもの様だった。裴玄静は呆然と眺めていた。突然、その整ったまつ毛が微かに動きはじめ、息を長く吐いたかと思うと目を覚ました。裴玄静はあわてて後ろに下がった。理由のわからない動揺がはしった。

「ああ、黄泉についたのか？」崔淼は痛みに顔を歪めながら手をついて身を起こした。

裴玄静はつまらなそうに答えた。「そうですよ。長安東市内の黄泉です」

「え！　まだ市は開いてないのですか？」様子が理解できた崔淼は、「残ったのは我々ふたりだけ？」と聞いた。

「そうです。すっかり時間を無駄にしてしまいましたね。やはり禾娘は救いだせませんでした」

「でもそれがしを救ってくれたじゃないか。あ、あいたたた！」彼は後頭部をさすって叫んだ。

裴玄静はふざけながら罵った。「どうしてあんなところで騒いだんですか。自業自得です！」

「でも彼女は本当に郎閃児だったんだ。え、気づきませんでしたか？　郎閃児が女だったなんて！」

裴玄静も驚いた。「郎閃児が女だとさっき気づいたんですか？」

「そうですが、まさか……」崔淼は目を見開いた。「とっくに気づいていたのですか？」

裴玄静は軽く嘆息した。「ひと目でわかりましたよ。賈昌老人のあそこで……てっきり知っているものだと思っていました」

「なんてことだ、本当に知りませんでした。賈昌のところでは、ずっと男児だとばかり思っていた……どうしてわかったんですか？」

「あなたとの会話の口調や、あなたを見る時の様子からですね」裴玄静は敢えて言わなかった。郎閃児から訳のわからない反感を向けられたこと——女が女に敵意を向けるときは、好きな男の前だということを。

「何か特別なところがあったかな？」崔淼は呆然としたままだった。

裴玄静は咎めずに「崔郎中はもっと賢い方だと思っていました。ねえ、よく考えてくださいな。禾娘はどうして危険を冒してわたくしたちを救おうとしたのか、どうして隠娘の前でできるだけ相手をしてくれたのか……」と言った。

崔淼は目を見張って言葉につまった。

裴玄静は嘆息した。「豈に爾を思わざらんや、子我に即かず」[1]聶隠娘の後ろで身を縮める禾娘。今にも泣きそうな、訴えかけるような目を思い出し、怒りを抑えられなかった。「だめだわ、やっぱり何としても禾娘を取り返さなきゃ！」

1　原文：豈不爾思，子不我即。（『詩経』「鄭風・東門之墠」の一句）

「まったく、本当にそれがしは馬鹿者だ！」崔淼は力を込めて頭を叩いた。「もし早いうちに郎閃児が王義の娘だと気づいていたら、こんなことにはならなかったのに！　全部それがしのせいだ！」

6

崔淼はついに全てを語った。

やはり、春明門外の賈昌の屋敷で起きたことは真実だったのだ。しかし、裴玄静は賈昌老人の祭拝部屋に突進した後、過度の緊張と体力の低下、さらには風邪を引いていたため、気を失ってしまったのである。崔淼は、もともと早朝に城門が開くのを待って自ら裴玄静を送ろうかと考えていたのだが、朝の鐘が鳴る前に屋敷の前に王義が来たのだ。

「いま思い返してみれば、確かに王義と郎閃児の関係は怪しかった」

崔淼によれば、王義が門にやってきたとき、郎閃児を探して何か相談しようとしたが、郎閃児は答えなかったそうだ。揉めそうになったとき、王義は突然負傷した車夫と気絶している裴玄静を見つけたのだ。少し話して裴玄静の身分を知ると、すぐさま王義の顔色が変わった。

王義は身分を明らかにし、裴氏の屋敷の印を示したので、崔淼は彼と一緒に裴玄静を屋敷に送った。それから裴玄静に薬を出して、一安心して戻ったのだ。

崔淼が賈昌の屋敷に戻ってくるのを待っている間に、郎閃児は以前からの取り決めに従って、屋敷内に寄宿している人々を全員外に出した。

「賈昌老人が亡くなったうえに、屋敷内に疫病が発生したので、郎閃児は気が動転してしまってね。そこで彼女に指示を出しておいたんだ。どっちみち賈昌老人の世話も必要なくなったしね。郎閃児は思い切って全員の家賃を免除したし、それがしも暑気あたりの薬を出しておいたよ。みんな得をしたから、喜んで離れて行きましたよ」

その後、崔淼は郎閃児と一緒に賈昌老人を納棺して、鎮国寺に送って安置した。

「どうして鎮国寺だったのですか？」

「賈昌老人は生前ずっと鎮国寺で仏を拝んでいたので、寺の住職が人となりを敬っていて、彼の往生を願ってくれたんです」崔淼は、「一通り片付いたから、それがしは郎閃児に別れを告げて、長安城内に落ち着くところを探すつもりだった。そこに王義がまた来たのです」と説明した。

そのとき王義は慌てふためきながら彼を探しにきて、自分の不注意で主人の脚に怪我を負わせてしまったので、診にきてくれないか、といってきた。崔淼はいぶかしんだ。長安城内には医館もあるし、御史中丞の邸宅にもかかりつけ医がいるだろうに、どうしてわざわざ知り合ったばかりの人間を探すなんてことするんだ？　しかし、こうして呼びに来たことだし、崔淼も長安城のことを知りたかったから、すぐ行くと答えた。

思ってもみなかったことに、道の途中で王義は奇妙な要求をしてきた。裴氏の屋敷で、万一、裴玄静に会ったときには、彼女に会ったことを絶対に認めないでほしい、もし裴玄静が賈昌の屋敷での出来事を持ち出したら、必ず否定してほしい、と。

「なぜですか？」

「それがしも不思議に思って、王義に説明を求めましたよ。でも、はっきり言わなくて、ただ訳を話せない苦しみを強調するばかりでした。不愉快だったので、いっそのこと裴氏の屋敷に行くのを断ろうとさえしました。すると、思いがけないことに……、王義は人目のつかないところで、それがしに跪拜礼（土下座）をしたんです」

裴玄静はつぶやいた。「彼にとっては耐え難いことだったでしょうね……」

「そうです。だから、彼の誠意に感動してしまったんだ。こんな頑固一徹な硬骨漢は、たやすく人に助けを求めないからね。ちょっと考えて、彼の要求は君を傷つけるようなものじゃないと思ったから、承諾したんです」

「だから、幻覚を見ただなんて口から出まかせ言ったんですね？」裴玄静は苛立たしげに言った。

「そうでもいわないと、ごまかせなかったんです」崔淼は苦々しい顔で「気絶する前のことは、ぼんやり覚えているだけだろうと思ったのに、あんなにもごまかすのが難しいとはね。でも承諾したからには、死んでも言い直さないつもりでしたよ」と言った。

裴玄静は憎々しげに彼を睨んだ。「あなたのせいで苦しんだんですよ！」

「君が苦しんで、それがしが苦しまなかったとでも……」崔淼はうめいた。「当然、それがしを覚えていてほしかったし、あの夜の賈昌老人の屋敷で起きたことも……。わざわざ西市に薬局を見つけて腰を据えたのだって、裴氏の屋敷から近いからですよ……」

どうして彼が襲撃事件の当日にあんなにも早く屋敷にやってこられたのか、やっと裴玄静にもわかった。

「でも王義が亡くなっても、本当のことを話してくれませんでしたね」

「死者は偉大だ。ましてや王義は主人を護って死ぬような忠勇の塊だ。あの状況では、彼の願いにそむくわけにはいかなかったんだ」崔淼は嘆息した。「あの大事件が起きたとき、きっと王義の口に出せない苦しみと関係していると思った。まだ事情が錯綜していて真相が分からない時に、軽率に前言を翻したりしたら、もっと予測のつかない結果を引き起こすかもしれないと心配したんだよ。ちょうど君が王義の娘を探すよう頼んできたので、それに合わせて動こうと思ったんです。あぁ！　郎閃児のことは考えもしなかった！」

「そのあと郎閃児とは、会ってなかったのですか？」

「ええ。郎閃児は、鎮国寺で賈昌老人のために守霊（死者の棺に付き添って霊を慰めること）に行ったし、鎮国寺が今後の生活の手配をしてくれると言っていたから」

「あっ、わかりました！」裴玄静は目を見開いた。「阿霊を騙したあの娘は彼女だったんですね！」

「娘が何？　阿霊がどうしたって？」

裴玄静は思い返した。阿霊に命じて賈昌の屋敷を探しにいかせたとき、崔淼はもう離れていたのだ。郎閃児が崔淼も騙したことは明らかだ。彼女は鎮国寺になんか行っていない。賈昌の屋敷に戻ったのだ。そして阿霊が付近をうろうろ探し回っているのを見て、少女のなりで姿を現し、簡単に阿霊から話を聞きだし、不気味な話を次々に繰り出して阿霊を追い返したのだろう。

だから、王義と郎閃児、すなわち禾娘親子は、裴玄静に賈昌の屋敷で起きたこと全てを徹底して忘れてほしかったのだ。一体、どうして？

彼女はじっと崔淼を見た——どうして彼らは内情を知っている崔淼を気にしなかったのだろうか？

解釈は一つしかない。崔淼は部外者だが、裴玄静は裴度の姪だ。おそらく賈昌の屋敷内に襲撃事件に関する手掛かりを隠したのだろう。そうでなければ王義親子がこんなに手間をかける必要がない。

彼女が夢中になって考えていると、崔淼の怯えたような声が聞こえてきた。「お嬢さん、そんな風に睨むのは止めてくれませんか？」

　裴玄静は顔を赤らめた。「あなたを見ていたのではありません。考えごとをしていたんです！」

「何を考えていたんですか？　もしよければ一緒に考えましょう」

「王義、禾娘、それから聶隠娘夫婦のことです。かれらは襲撃事件とどのような関係があったのでしょうか？」

「そのことだったら、いっそのこと襲撃事件の黒幕が誰だか考えてみませんか？」

「まだわかりません。まさかご存じなんですか？」

「それがしも知りません。でも、きっとわかるでしょう」崔淼は微笑んだ。「見てご覧、空が明るくなってきました」

　そうだ。長い夜もやっと終わったのだ。裴玄静は気づいた。もうすぐ一晩が過ぎようとしているのに、相変わらず真相は茫漠としていて、見えそうで見えない。まるで龍首原の上にかかった朝霧に覆われる大明宮のようだ。望めそうで望めない。

　最初の朝の鐘が響き始めた。大明宮から伝わってきた鐘の音は、はるか遠くで移りゆく。まるで時の果てから送られてきた啓示のようだ。鐘の音が届くと、鏡のように穏やかだった放生池の水面に波紋が広がって、さざなみがたった。

　裴玄静と崔淼は、微動だにしなかった。二人とも知っているのだ。慣例では朝の鐘が響き終わるのを待って、長安城内の全ての坊門が開いた後、やっと東市・西市の門も開く。しかし、まだ商売はできないのだ。大唐の律例によれば、両市の経営時間は正午から暮の鼓の前まで、わずか半日にすぎない。

崔淼が口を開いた。「おそらく裴相公が送った捜索隊は、もうすぐここを探し当てるでしょう」

裴玄静も同意した。阿霊は、銅鏡、王義、郎閃児の一連のつながりは知らないけれど、少なくとも裴玄静が鏡磨きの男についていったことは、裴度たちに知らせたはずだ。だから最終的には、従兄たちも東市にたどり着くだろう。

崔淼は沈黙する彼女の姿を注視した。まるで初めて会った時のようだ。衣衫は湿り、髪は乱れている。思い返せば、疲労困憊している様と楚々とした美しさに憐憫の情がわき、思わず進み出てしまった。美人を救う英雄になりたくなったのだ。

しかし、それは大きな誤解だった。道に迷った弱々しい娘だと思ったら、ぽかんとしているうちに女名探偵に化け、さらには宰相の姪になってしまった。

彼は、「屋敷の人たちが来たら、それがしは行きますよ」とつぶやいた。

裴玄静は彼に構わなかった。彼女の注意力は、完全に放生池の風景に引き寄せられていたのだ。

清冷とした月の光は、夜とともに消え去った。昇ってきた朝日が少しずつ池を黄金に染めていく。池の水も段々と目覚めてきたようだ。突然、二羽の白鶴が池の中から飛びたち、朝日に向かって飛んで行った……。

騒々しい馬蹄の音が聞こえた時には、もう捜索隊が目の前に迫っていた。先頭に立った人物が彼女に向かって叫んだ。「玄静か？」

従兄の裴識が遂に探し当ててくれたのだ。「天よ地よ、感謝します。やっと見つけた！　父も母も死にそうだよ！」

裴玄静は立ち上がって、従兄に向かって歩きはじめ、突然止まった。崔淼のことを思い出したのだ。振り返って彼を探した。

彼はどこ？

崔淼の姿はどこにも見当たらない。一瞬のうちに。裴玄静は彼が池に飛び込んだのではないかと疑いかけたが、すぐに覚った。——彼は行ってしまったのだ。言ったとおりに。

興化坊の裴氏の屋敷に帰りついた裴玄静は、ゆっくり時間をかけて沐浴した。彼女は髪の毛の一本一本までじっくり洗えればいいのにと思った。阿霊は目を桃のように赤く腫らして傍らで世話をしていた。裴玄静が長い時間をかけて洗っている間、阿霊はくどくどと話しつづけた。裴玄静の失踪後、裴度夫婦が如何に気をもんでいたか、長男の裴識がどのように捜索したか、とりわけ彼女自身もどんなにか心配で怖かったことか、余すことなく詳細に語ってきた。

裴玄静は、一言も聞いていなかった。

彼女はしっかりと考えておかなければならなかった。叔父にどのように話すべきかを。彼女は不合理で極めて難しい任務をこなさなければならなかった。武元衡暗殺事件の首謀者と目されている成徳の兵卒の張晏らを釈放するよう裴度を説得するのだ。

実のところ、裴玄静はこのような難しいことをしなくてもいいのだ。禾娘は、女侠の聶隠娘と一緒にいれば、恐ろしい目に遭い、野宿の苦労を味わわざるを得ないだろう。しかし、隠娘夫婦の力があれば、禾娘の安全は守られるはずだ。彼女も技を身に付ければ、いつの日にか影も形も残さない刺客になれるかもしれない。活躍しては天下に名を轟かせ、隠棲すれば世間から忘れられる。さっぱりしていていいじゃないか？

しかし、崔淼が問いただしたように、それは本当に禾娘の願ったことなのだろうか？ それに彼女の父である王義は、死ぬ前に娘に送る金の簪を胸に張り付けていた。彼は娘の及笄（女性が十五歳になった時の儀礼）をどんなに見たかったことか、自分の手で髪に簪を刺したかったことか……。

裴玄静はぺちゃくちゃ話しながら、泣いたり笑ったりしている阿霊を見た。禾娘は阿霊と同じくらいの年ごろなのに、古井戸のように静かにしていた。ただ、賈昌老人の屋敷でだけは、郎閃児という仮面をかぶっていたけれども、少女の気持ちをあらわすことができたのだ。今やその機会すら失われてしまった。

一体どうして遙か遠くの天が人の運命を決めてしまうのだろうか？　上天の眼には、人は塵のように小さくうつっているだろう。本当にただ受け入れるしかないのか？　幸福も災いも、恨みも愛も、選ぶ権利は少しもないのだろうか？

少なくとも、裴玄静は禾娘自身の口から本当の気持ちを聞きたかった。

当然、それは容易なことではなく、必ずや代価を払わなければならないだろう。でも裴玄静はやってみるつもりだった。

御医の懸命な治療のおかげで、裴度の傷の具合は好転してきた。最も厳しい局面でも、信念で大きな力を発揮したのだ。裴度は次々に押し寄せる打撃に屈することなく、むしろますます強くなったのだ。

盛夏の午後、叔父の寝室の東の窓辺で、裴玄静は表情豊かに話しはじめた。

太陽の光の静謐な味わいは、何も変わっていないかのようだ。どんな解釈も必要ない。万物は永遠に本来の姿を保ち、何があろうとも揺らぐことはない。人は万物の中で最も優れた存在だけれども、あれこれ探し求めているうちに、かえって簡単に本心を見失ってしまう。

春明門外の賈昌の屋敷から話を始めた裴玄静は、ほとんどのことを叔父に語った。もちろん聶隠娘の警告を覚えていたので、夫婦の行方について明かすわけにはいかなかった。そこで裴玄静は折衷案を採用した。

彼女は聶隠娘の名前を出さず、自分を捕まえたのは顔を覆った女侠とその夫だったと語り、地下をさまよったくだりは省略したのだ。

同様に裴玄静は崔淼のことも話さなかった。理由は二つ。一つ目は、彼のことを語らなくても話に矛盾は起きないこと。二つ目は、裴識が現れたとき、崔淼が立ち去ることを選んだことで、彼の思うところがはっきりしたのだ。それに彼女自身も、崔淼をこのいざこざに巻き込みたくなかった。彼の裴玄静を助けたいという思いと、官府と直面させられる事態とは別のことだ。裴玄静は、崔淼と一緒にいるなかで、彼の権力者に対する軽蔑、さらには嫌悪を感じ取った。それが世の中に対する憤りに由来しているのかどうかはわからなかったが、彼の願いに叛《そむ》こうとは思わなかった。

彼女は自分が彼を護ろうとしていることに気づいた。どうしてだろうか？　長安城に崔郎中が欠かせないわけではない。でも崔淼だけが何度も彼女に手を差し伸べてくれた。

裴玄静の長い話を聞き終えた裴度はしばらく呻吟してから、「お前を監禁した女侠は、聶隠娘だろうな」と言った。

ふっ。裴玄静は思った。これは叔父が言い当てたのであって、私が言ったのではない。

「聶隠娘？　あの伝説の魏博大将聶峰の娘で、後に名刺客となった聶隠娘ですか？」裴玄静は何も知らない体で尋ねた。「叔父さま、魏博で彼女を見たことがありますか？」

「いや、見たことはないよ。魏博に着いた時には田季安も死んでいたし、聶隠娘は何年も前に陳許節度使の劉昌裔の下に走って、その配下となっていたからね。しかし……王義は彼女と面識があったはずだ」裴度は考えながら、「王義の娘が聶隠娘の所にいたと言っていたね？　しかし、王義に娘がいたなんて聞いたことがないよ」と言った。

王義はこの秘密を固く守っていたようだ。

「それどころか妻がいることも知らなかった」裴度はため息をついた。

「叔父さま、王義は何者かが襲撃することを知っていて、叔父さまを護るために参内を阻止しようとしたり、分厚い毡帽をかぶせるためにわたくしを使ったりしました。そして最後には命をかけて叔父さまを守り抜きました。彼はこんなにも手を尽くしておきながら、叔父さまに一言も事情を説明しませんでした。考えられる理由は一つだけです。刺客が彼の娘を盾に脅迫して、彼を窮地に追い込んだのです」

裴度は思案しながら「その可能性はある」と言った。

「考えたのですが、聶隠娘夫婦が刺客ということはあるのでしょうか？　でも、もしそうなら、王義は娘を預けたりするでしょうか？」

「いや、刺客は別人だろう。聶隠娘夫婦は王義の求めで娘を助けたのだ」

崔淼も同じ判断だった。裴玄静も理があると思った。王義は叔父が刺されるのを見たくはなかった。でも娘の身も案じていた。にっちもさっちもいかなくなった時に、隠娘夫婦が長安城に現れたのに気づき、魏博での誼を通じて助けを求めたのだろう。隠娘もそれに答え、禾娘を刺客の手から救い出したのだ。条件は、禾娘を聶隠夫婦につき従わせること。

王義には他に選択肢がなかった。しかし、彼は知っていたのだ。一旦、聶隠娘に従ってしまえば、生死を顧みない剣客の道を歩んでしまうことを。当然、父親として見過ごすわけにはいかない。そこで彼は裴度を護るために必死で準備し、より良い道を探そうとしたのだ。裴玄静が何も考えないで彼の目の前に現れたとき、王義は藁にもすがる気持ちになったのだろう。

「叔父さま、禾娘を助けましょう！」裴玄静は懇願した。「王義の忠勇は称賛すべきものでした。わたくしたちは理として彼の娘の面倒をみなければなりません」

「理として？」裴度は淡々とした笑みを浮かべた。「もし世の中の全てが道理に従っているなら、争いも冤罪も不幸もなかっただろうな」

「叔父さま！」

裴度は手を振った。「玄静や、張晏らの罪は聖上がお決めになったことを知らないのかね。三日後には西市で斬首して衆目にさらし、朝廷の威信を示すのだよ。このような時に彼らを釈放させたら、君命の命令を子どものお遊びとみなすことになるのではないかね？　たとえ陛下が承諾したとして、おまえは天下中の人々に陛下をどのように扱わせたいんだね？」

裴玄静はしばらく黙然とし、強情そうに両目をあげた。「一つお聞かせください。叔父さまは、張晏らが襲撃事件の首謀者だとお考えなのでしょうか？　叔父さまは被害者ですから、直接、刺客をご覧になっています。それに裁判を掌《つかさど》っているので、事件の筋道もご存知です。張晏らが有罪なのかどうか、玄静は叔父さまの話だけを信じます」

「有罪ならどうする？　無罪なら？」

「有罪ならば斬首なさるのが当然です。玄静が王義親子に申し訳なさを感じるだけのことです。ですが、もし無罪なら、叔父さまがどのような手をつかってでも聖上に命令を撤回するようお願いすると思っています。これは単に王義と禾娘、そして無辜の命のためだけではありません。一旦、張晏らを身代わりで処刑してしまえば、必ずや真の刺客は逃れることになります。そうなってしまえば、朝廷の尊厳は、そして聖上の聖明はどこにありましょうか。いつになったら武相公暗殺の代償を真犯人に払わすことができましょうか？」

彼女の話が終わると、裴度は微笑んだ。「お前ときたら。もし男になれたら、朝廷で諫臣となるのもいいだろうな。聖上も毎回お前に会えば頭痛が止まなくなるだろうて」

「叔父さま……」

裴度は頭を揺らして嘆息した。「玄静や、一つ覚えておきなさい。天下はお前が考えているよりもずっと大きく、ずっと複雑なのだよ。数年前、聖上は成徳に派兵するにあたって、吐突承璀を総指揮官としたが、結果的に功績もなく戻ってきた。聖上にとって魚の骨が喉に引っかかったようなもので、ずっと成徳に再出兵したがっているのだ。だから、たとえ成徳藩鎮が事件の黒幕でなかったとしても、張晏らの名前があがった以上は、聖上は絶対にこの機会を逃さないだろう」

叔父は率直に話してくれた。裴玄静はわからないふりをしようとしたが駄目だった。明らかに、叔父自身も成徳の張晏らが刺客だとは思っていないのだ。しかし、皇帝と吐突承璀が彼らを求めているからには、頷くほかないのだ。彼女の心は折れかかっていたが、まだあきらめたくなくて、「誰が張晏らの名をあげたのですか? 証拠はあったのですか?」と尋ねた。

「通報してきたのは、神策軍の将軍の王士則《ワン・シーゾー》だ。吐突承璀の側近だよ。京兆尹《けいちょういん》(首都長官)と監察御史が激しい拷問を加えたから、彼らも罪を認めてしまったのだ」

裴玄静は何も言えなくなってしまった。禾娘と王義に対して後ろめたかった。それに叔父と武元衡のことを思って心が痛んだ。彼女は叔父の視線がぼんやりしてきたのに気づいた。すると叔父は、「玄静や、当今の聖上は、まことに英明な君主なのだよ。藩鎮の勢力を削ぐために注いだ心血と担った圧力は、他人には想像できないほどだ。だから臣子たるもの、絶対に忠誠を尽くして、全力で補佐しなければならないのだ。おそらく武相公が生きていたら、聖上の決定を支持するだろう」と言った。

最後に裴度は語気を強めた。「玄静、前にも言っただろう。もう襲撃事件のことは聞かないでくれないか。もう一度言っておくが、お前は自分のことだけを考えなさい。他のいかなる人でも、いかなることでもなく、自分のことをな」

7

裴度の話は、彼女の行く手を塞いでしまったかのようだった。裴玄静は聶隠娘夫婦の鏡磨き屋から逃れたと想ったら、今度は宰相の屋敷の中にとらわれてしまったのだ。

彼女は、どこにも行けなくなってしまった。

張晏らは死ななければならないのだ。禾娘の運命も好転する見込みがない。叔父の傷は重く、襲撃事件もまだ解決していない。生贄をささげても、真犯人は依然として闊歩している。こんな時に昌谷行きを持ち出すのはふさわしくないだろう。彼女自身の経験が証明しているように、長安城内ですら安全ではないのに、遠出したいだなんて言い出せない。この二日間、裴度の屋敷前の金吾衛は増えるばかりで減っていない。阿霊すら抜け出すことができないのだ。

たとえ抜け出すことができたとして何ができようか？　賈昌の屋敷はとっくにからっぽだ。今、裴玄静が長安城内で唯一会いたい人は崔淼だけだ。しかし、彼は彼女に会いたいのか？　そもそも会うことができるのか？

裴玄静は、長安に着いてからはじめて、何もすることがなくなってしまった。

退屈そうに机の上の物をいじくっていると、突然、見知らぬ巻物が目の前に現れた。

「ああ、これはどこからきたの？　阿霊が持ってきたの？」

「ああ！　それは武相公の御屋敷から届いたものです！　お伝えするのを忘れていました」

裴玄静が聶隠娘夫婦に囚われている間に、武元衡の家から裴度の屋敷に、正式に訃報が届けられていた。当時、裴度の屋敷内は裴玄静の失踪で混乱していて、阿霊も恐怖と焦りに塗れていたので、裴玄静に送られたものを無造作に置いてしまい、すっかり忘れてしまっていた。

「わたくしに？」裴玄静は腑に落ちないまま、巻物を持って「武相公の家人が届けにきたとき、何か言っていましたか？」と尋ねた。

阿霊は裴玄静の叱責が怖かったので、急いで記憶をたどった。「彼らの話では、この巻物は武相公の遺品を整理していた際に、文机の上で見つけたそうです。お嬢さまにお贈りすると書いてあったので、わざわざ持ってきてくださったそうです。彼らの話によれば……武相公が被害に遭われる前の晩に書かれたそうです」

裴玄静は頷いて、巻物を丁寧に開いた。

ひらひら。白い箋紙が落ちてきた。巻物の間にはさまっていたようだ。彼女が拾い上げてみると、紙の上に五言絶句が一首記されていた。

夜久喧暫息，池臺惟月明。無因駐清景，日出事還生。[1]

繰り返し読むこと三回、眼前にまるで生きているかのように武元衡の姿が浮かんだ。年齢を重ねたけれど、昔と変わらず玉の如き端正な顔立ちで、従容として清らかだ。彼は一本の竹のようでもあり、また杜若のようでもある。全身から最盛期の大唐の優雅な遺風を発している。誰が想像できただろうか、このような軽やかな君子の生命が女性の涙に囲まれて終わることなく、刺客の刀の下に消え果てようとは。しかし、まるで彼自身は想像していたかのようだ……。

裴玄静はぞっとした。襲撃前夜に武元衡が書いた絶句には、明らかに寂寥の感が漂っ

1　和訳は一六二ページを参照。

ている。この世に本当に「詩讖」というものがあるならば、この絶句こそがそれだといえよう。

どういうことだろうか？　まさか武元衡は自分が襲撃されることを予感していたのか？　その予感はどこから来たのだろう？　どうして防ぐことができなかったのだろうか？

それに——彼はどうしてこの寓意に満ちた「詩讖」を贈ってきたのか？

裴玄静は頭を振った。この問題と白い箋紙をひとまず脇に置いて、もう一度巻物を見た。

一目見て、彼女は感動と困惑と驚きを覚え、さらに惧れも混じった複雑な感情に囚われた。

巻物の右端に、武元衡は「元和十年六月，欣聞裴氏大娘子玄静婚訊，自臨右軍『蘭亭序』以賀之。半部在此，余者自取于秋」[1]と題していた。

題辞の左側は、武元衡自身が臨模した伝説の神作『蘭亭序』だった。

宰相は会った時に裴玄静と交わした約束を守り、王羲之の書法を結婚祝いとして贈ってくれたのだ。

1　和訳：元和十年六月、欣《うれ》しくも裴氏の大娘子玄静の婚訊を聞き、自ら右軍の『蘭亭序』を臨して以て之を賀す。半部は此に在り、余は自ら秋に取る。

しかし、題辞に書いてあった通り、臨本は「所以遊目騁懐，足以極視聴之娯，信可楽也」[1]で終わっていた。裴玄静はかつて『蘭亭序』を書き写したことがあったのですぐにわかった。武元衡が贈ってくれた巻物は、『蘭亭序』の前半部分しか臨模されていなかったのだ。

これはどういうことだろうか？

武元衡は題辞の中で、わざわざ「余者自取于秋（余は自ら秋に取る）」と書いていた。まさか秋になったら後半部の『蘭亭序』を贈ると言っているのか？

そんな面倒くさいことをする必要があるだろうか？　裴玄静は思った。違う、彼が書いたのは「自取」だ。字面から考えれば、「自ら取れ」、すなわち裴玄静自身に取らせようという意味にもとれる。つまり武元衡は『蘭亭序』全体を臨模しておきながら、何故だかわからないがわざと半分にしたということになる。巻物は前半部だけで、後半部はどこにあるのかわからない。裴玄静自身が見つけ出さなければならないようだ。

彼女は深い困惑に襲われた。

裴玄静と武元衡は一度しか会ったことがない。彼女はあのとき、出来る限りのことをして武元衡の好意を得ようとし、最終的には目論み通り、李長吉との婚姻を支持しても

1　和訳：目を遊ばしめ懐いを騁する所以にして、以て視聴の娯しみを極むるに足れり。信に楽しむ可きなり。

らった。しかし、武元衡がこのような奇妙な物を贈ってくるなんて思いもよらなかった。禍を予言するかのような五言詩に、半分の『蘭亭序』。それから残りの半分を得るための手がかり。

あまりにも奇妙だ。絶対に普通の結婚祝いなどではない。武元衡は一体何がしたかったのだろうか？

裴玄静は思い出した。武元衡と唯一話したあのとき、彼はなんとなく話題を王羲之と『蘭亭序』に向け、その知識を試しているかのようだった。なぜだろうか？　裴玄静は書法家ではないし、王羲之と『蘭亭序』については知ったかぶりすらしていない。もし武元衡が王羲之と『蘭亭序』に興味があったとしても、裴玄静に探させる道理はない。

それにもう一点。あの五言絶句からわかるように、明らかに武元衡は迫りくる危険を予感していた。普通の人ですらことの軽重をわきまえているのだから、一国の宰相であればなおさらのことである。武元衡が既に「日出事還生(日出でれば事還た生ず)」を予見していたからには、絶対に事件前夜の貴重な時間を使って、結婚祝いを準備などはしないはずだ。

王義が身を捨てて主人を救おうとした時に、心からどうしても離れなかったのは娘のことだったが、これは一般人の人情だ。大唐の宰相である武元衡は、命の危機に面しているときに、人情とか家のことを顧みるだろうか？　やはり気になるのは王朝の安危なのでは？

きっとそうだ！

裴玄静は驚きのあまり声に出してしまいそうになった。

まさか、武元衡が彼女に贈った結婚祝いの中に、襲撃事件に関する手掛かりが隠されているのでは？

いや、違う。

まず、どうして裴玄静に手がかりを残すのか？　王義が死ぬ前に娘を探すよう彼女に頼んだのは、事は急を要していたことと、裴玄静が既に彼の秘密を看破していたからだ。しかし、武元衡に裴玄静を選ぶ必然性はないのではないか？　もし信用するのだとしたら、裴度の方がずっと彼の信用に値するだろう。もし彼女の推理力を買ったとしたなら、大唐中に彼女よりふさわしい人を見つけ出せなかったことになる。まさか。武元衡は大唐帝国の官僚の頂点に立つ大人物だ。彼の視野の中には天下中の俊才が入っているはずだ。どんな理由で裴玄静を選ぼうというのか？

次に、もし武元衡が本当に結婚祝いを通じて、襲撃事件の手がかりを裴玄静に伝えようとしたならば、彼のとった手段はあまりにも晦渋すぎる。今の状況を見ればわかる通り、裴玄静は、彼の示したものの前で途方に暮れてしまっている。彼女に手がかりを与えたというより、謎かけを出したようなものだ。万一、裴玄静にこの謎が解けなかったなら、手がかりは消えてしまうわけだが、武元衡は怖くなかったのだろうか？　自分の真意を晦渋さで覆い隠したことに対する唯一の解釈は、人に見抜かれるのを恐れたからだ。では、彼が恐れたのは誰なのか？

最大の謎、それはどうして情報を伝えるのに『蘭亭序』を用いたのかということ。数百年前の書法の作品がどうして今の暗殺と関係するのか、ましてや国家の安危と？　帝国の宰相が命の危機にさらされているときに、依然として心に留めて忘れないほどのものなのか。

あれこれ考えたけれど、彼女には皆目見当がつかなかった。

叔父に告げるべきだろうか？　裴玄静はじっくり考えた上で、告げないことにした。武元衡がこのような晦渋な方法を採用したということは、他人に介入してほしくなかったことを意味していよう。ましてや裴度は繰り返し強調していたではないか。もう襲撃事件のことは聞かないでくれ、と。武元衡の謎かけと襲撃事件には何らかの関係があると思うが、もし裴度に知られてしまったら、調査を続けることができなくなってしまうだろう。それは武元衡の本意ではないはずだ。それに裴玄静自身も願わない。

思いもよらなかったことに、すでに閉ざされたはずの襲撃事件探索への扉を武元衡の五言詩一首と半分しかない『蘭亭序』がひっそりと開けてくれたことになる。

裴玄静は、心の奥深くで、自分が力を試したいとわくわくしていることに気づいた。武元衡が残してくれた謎を解き、襲撃事件の真相を探り当て、武元衡や叔父、そして王義の仇をとりたいのだ。

　これは宰相が手筈を整えたようなものだから、叔父の意思に逆らったことにはならない。

　どうしてやってみないのか？

　しばらく考え込んだ裴玄静は、紙と筆を取り出し、一通の手紙を書いて阿霊に渡し、屋敷内の家僕を使って武元衡の屋敷に届けさせた。

　おおよそ一刻が過ぎたころ、武元衡の家令がやってきたことを阿霊が伝えに来た。

「早く入ってもらって！」裴玄静は意外に思った。武元衡の家令に送った手紙は、『蘭亭序』の後半部の行方を尋ねたに過ぎないからだ。武元衡が彼女に「自取（自ら取れ）」と伝えてきたので、とりあえず最初に試してみたのが手紙だったのである。

　武元衡の家令は喪服を着ていた。そのふるまいは上品で礼儀正しく、表情にはうっすらと悲しみを帯びていた。

　阿霊が紹介してくれた。この家令が、前回、裴度の屋敷に訃報を伝え、裴玄静への結婚祝いを持ってきてくれたそうだ。

　家令は、「お嬢さま、ご主人様の部屋にはあなたのおっしゃった『蘭亭序』の後半部分はありませんでした。それがしは誤りがあってはいけないと思い、自らお伝えにあがりました」と言った。

「お疲れ様です」裴玄静は急いで「武相公にお贈りいただいた『蘭亭序』が半分しかなかったので、不思議に思って後半部がないかどうか確認したいだけですから」と言った。

家令は頭を振った。「ございませんでした」

「それは不思議ですね」裴玄静は思案しながら、「武相公は王羲之の書がお好きだったのですか？　いつも『蘭亭序』を臨書していたとか？」と尋ねた。

「そうですね……」家令は、ちょっとためらった。「それがしの知るところでは、ご主人さまは楷書を嗜んでおられたので、王羲之の字を臨書しているところはほとんど見たことがありませんでした」

「え？」

「ですが、ここ最近、ご主人さまは何度も『蘭亭序』を臨書しておいででした。それに……」

「それに何ですか？」

家令も困惑した表情を浮かべた。「それがしは、お嬢さま宛のお手紙を拝見した後、ご主人さまの書斎にいって探したのですが、すぐにご主人さまの集めた版の異なる『蘭亭序』の模本をいくつも見つけ出しました。ご主人さまは全ての『蘭亭序』を臨書しておいででした。ですが……どれも前半部だけでした」

それを聞いて裴玄静は愕然とした。しばらくして、「では、武相公がわたくしにお贈りになった『蘭亭序』がどの模本を臨書したものか、あなたにはおわかりになりますか？」と聞いた。

家令は、真剣に考えてから、「それがしにも確たることはいえません。ただあの日ご主人様の文机の上に、お嬢さまにお贈りした物のほかに、『蘭亭序』の模本が拡げられていたことを覚えています。おそらく欧陽詢《オウヤン・シュン》でしょう。主人はその模本を写したのではないかと思います」と言った。

武家の家令が帰ってしばらくの間、裴玄静は脳みそを絞って考えていた。

どうやら武元衡は、最近になって『蘭亭序』に特別な関心を抱いたようだ。彼は『蘭亭序』についてくわしく調べ、現存する『蘭亭序』の異同のある模本を全て検討していたのだ。

幼い時、裴玄静は父から聞いたことがある。貞観年間、太宗は弁才という僧侶から『蘭亭序』の真筆を得たそうだ。『蘭亭序』を手に入れると、太宗は非常に珍重し、当時、書法の名手として知られていた虞世南《ユー・シーナン》、褚遂良《チュー・スイリアン》、欧陽詢、馮承素《フォン・チョンスー》に臨模させた。その後、太宗は、模本を皇子や大臣たちに配って鑑賞させる一方で、真筆はずっと宮中に仕舞い込んで、人に見せなかったらしい。そして太宗は、臨終の際に、わざわざ遺命を残し、『蘭亭序』の真筆を昭陵に陪葬させたという。だから、現在見ることができる『蘭亭序』は、全て模本から写し取ったものなのだ。

裴玄静が見たことがあるのは、馮承素の『蘭亭序』の模本だけだった。この模本は「神龍本」と呼ばれ、最も広く伝わっている。しかし、裴玄静の推測では、模本はそれぞれ王羲之の『蘭亭序』に基づいていて、その違いは臨模した本人の書き癖が生み出す筆触上の小さなものにすぎず、大した差はないはずだ。

どうして武元衡は全ての模本を調べたのだろうか？　一体、何を見つけたかったのだろうか？　鍵となるのは、どうしていつも『蘭亭序』の前半部だけを写していたのか、ということだろう。恐らく『蘭亭序』の後半部に何か見つけたのではないだろうか？この半分しかない『蘭亭序』が襲撃事件とどのように関係するのだろうか？

考えれば考えるほどとりとめがなくなってきた。裴玄静は思考が溝にはまっているのを感じた。はるか遠くで星が瞬いているけれど、どうしても取ることができないかのように。

「お嬢さま、お嫁にいくのですか？」

裴玄静が驚いて振り返ると、阿霊の生き生きとした黒い瞳が目に入ってきた。

「なに馬鹿なことといっているの？」婚約解消という波乱のせいで、婚約していたこと自体、屋敷内に公表されていなかったのだ。

阿霊は裴玄静の目の前に置かれた巻物を指して、得意げに読んだ。「元和十年六月、欣しくも裴氏の大娘子玄静の婚を聞き——これくらいの文章なら私にもわかりますよ！」

「口が達者なこと」裴玄静の顔はちょっと紅くなった。

阿霊は裴玄静が恥ずかしそうにしたのを見て、さらに勢いづいた。「倩児から聞きました。旦那さまはお嬢さまにふさわしい付添人を探していたそうです。でも、旦那さまが大変な目に遭われたので、まだ時間がかかるそうです。落ち着いたらお嬢さまをお送りできますよ」話しながら、いたずらっぽい笑いを浮かべた。「結婚の日取りを決める際の贈り物である大雁がまだ来ないからといって、焦っちゃだめですよ、お嬢さま」

裴玄静は、怒って「どこが焦っているっていうの？」といって、阿霊の唇をつまもうとしたが、突然動きを止めた。

大雁！

彼女の目線は「余者自取于秋」の文字に落ちた。

秋の雁は南に帰る。昔から大雁といえば秋の象徴だ。また大雁は、婚儀に不可欠な贈り物で、変わらぬ忠貞と共白髪を意味している。

武元衡が彼女自身に秋に取らせようとした残りの結婚祝いは、大雁と関係しているのではないだろうか？

大雁と『蘭亭序』や王羲之にどのような関係があるのだろうか？

突然ひらめいた。裴玄静は阿霊の手を摑んだ。「阿霊、長安城内に大雁塔ってありますよね？」

「あります、当然ありますよ。大慈恩寺の中に……」

裴玄静は阿霊の手を放した。彼女はほぼ確信できた。自分が答えに近づいていることを。

8

大慈恩寺と大雁塔の来歴については、あまりにも有名なので、長安人ではない裴玄静もよく知っていた。

大唐の貞観二十二年（六四八）、皇太子の李治《リー・ジー》は母の文徳皇后を追悼するため、長安城の南の晋昌坊の曲江池に面する場所に寺院を建立し、大慈恩寺と名付けた。寺院の落成後、太子の李治は、玄奘法師を弘福寺より大慈恩寺に移し、西方から持ち帰ってきた仏典の翻訳を続けさせた。永徽三年（六五二）、玄奘法師は大慈恩寺内に石塔を建て、西域から持ち帰った経典や仏像を安置して保存したいと願った。高宗（唐の第三代皇帝李治のこと）は特別に許し、宮中・東宮・後宮の物故者の衣装や持ち物を売却して資金を集め、遂に五層の磚塔を建立した。これが大雁塔の由来である。

大雁塔の下層の南の外壁には二つの碑が刻まれている。左側が太宗の撰した「大唐三蔵聖教序」であり、右側は高宗が皇太子時代に撰した「述三蔵聖教序記」である。両碑とも尚書右僕射の河南公褚遂良が書写したものである。その書と文はともに後世に伝わる名品となっている。

後に懐仁和尚が二十五年もの時間を費やして、王羲之の書法の中から字を集め、咸亨三年（六七二）に「集王聖教序碑」を作った。その内容は、太宗の「大唐三蔵聖教序」、高宗の「述三蔵聖教序記」、太宗の答敕、玄奘が翻訳した「般若波羅蜜多心経」を含んでいる。

『蘭亭序』から「集王聖教序」へ、王羲之から王羲之へ――武元衡から大雁塔へ。わずかな直感――それとも慈悲の微光か――に導かれ、彼女はついに迷霧に覆われていた小道を見つけ出した。

裴玄静は大慈恩寺に行き、大雁塔に登ってみることに決めた。彼女は自分が何と出会うことになるのかわからなかったが、そこに何かがあると信じていた。

しかし、問題が一つある。どんな理由で屋敷を出ればよいのだろうか？

やはり都の観光だろうか？　裴玄静から言いだせないのはもちろんのこと、もし裴度が認めたとしても、おそらく従兄にぴったりついていくよう命じるだろうし、ひどい場合は金吾衛の小部隊に護送されてしまうかもしれない。

裴玄静は堅く信じていた。武元衡が謎かけをしてきたからには、きっと更なる秘密があるはずだ。必ず全力を尽くして信用に応えなければ。彼女は急いで、疑いを招かない穏当な方法を考え出さなければならなかった。

とはいえいくら裴玄静が神機妙算だといっても、まさか吐突承璀が屋敷から連れ出してくれるとは思わなかった。

それは唐突だった。裴玄静が裴氏の屋敷に戻った翌日の午前、おおよそ巳の刻（午前十時）に、従兄の裴識が慌ただしく裴玄静の部屋にやってきた。

彼は裴玄静に告げた。神策軍左中尉の吐突承璀が、彼女に神策軍府に来て襲撃事件の調査をしてほしいと述べている、と。

「今ですか？」

「吐突将軍は前堂で待っている」裴識は不思議そうな顔をしていた。

叔父との話し合いによって、裴玄静はすでに吐突承璀と裴度、さらには皇帝との間の複雑な関係を理解していた。「叔父さまはご存じなんですか？」

「父上は既に知っておられた。だから私が迎えに来たのだ」

「そうですか、では行きましょう」

裴識は、裴玄静を連れて前堂に向かう途中、小声で言い聞かせるのを忘れなかった。

「来たる者善からず。静娘、気をつけて」

「お兄さま、ご安心を」

進んでいった。

裴玄静は吐突承璀と裴氏の屋敷を出た。馬に乗って神策軍の兵士にとり囲まれながら

裴玄静は神策軍府がどこにあるか知らなかった。しかし、神策軍は天子の禁軍なのだから、軍府も宮城の奥深くにあると思っていた。しかし、彼らは皇城に向かわず、長安の城壁に向かっていた。もうすぐ城を出てしまう。裴玄静は無意識のうちにつま先をたてた。屋敷を出る前に、彼女は枕の下から長吉が贈ってくれたあの匕首を取り出し、右脚の靴筒《ブーツ》の中に忍ばせてあった。鏡磨き屋の一件で教訓を得たので、身を守る武器を準備しておいたのである。

頭をあげると、そびえたつ城門が目の前にあった。

「黒雲城を圧し城摧《くだ》けんと欲す」[1]——長吉の詩句が突然頭に浮かんだ。実際にはうららかな快晴で、碧空には雲一つなかった。黒雲は彼女の心を覆っていたのだ。

「中貴人、わたくしたちは一体どこに向かっているのですか？」

今日の吐突承璀は、異常なほど沈黙を保っていた。裴玄静とほとんど話をしていなかった。裴玄静の質問を聞き、彼は関係のないことを尋ねてきた。「お嬢さんは、この城門を通ったことがあるでしょう？」

1　原文：黒雲圧城城欲摧。（李賀「雁門太守行」の一句）

そうだ。春明門だ。

彼女は、この城門から長安に入ったのだが、あの時は昏睡していたので、その心情を思い起こすことはできなかった。今日、高くそびえ、かつ広くゆったりとした威儀をはじめて目の当たりにした。意気軒昂にして、ふところの広さを感じさせる。この世で唯一の長安城だからこそ、このような城楼をもっているのだろう。

裴玄静は、「通りました。ですが、城外の風景を覚えているだけです」と答えた。「お嬢さんは春明門外の賈昌の屋敷に着いたのだったね」続けて吐突承璀は、「裴相公は聖上に上表文を書いて、お嬢さんの経歴を陳述したのだ。今日は、お嬢さんを賈昌の屋敷に連れて行き、じっくり思い出してもらおう」と言った。

「中貴人もこれに関わっておいでなのですか？」

吐突承璀は、またもや聞いてもないことを答えた。「裴相公の上表には、張晏らは襲撃事件の元凶ではない可能性があるので、再審するよう聖上に建議してあった」

なんと叔父はわたくしの請求を拒絶したけれど、やはり皇帝に上表して事実を陳述していたのだ。では、吐突承璀の今日の行動は、命を奉じて再審するということなのか？

裴玄静は吐突承璀の言葉の続きを待った。しかし、春明門をくぐって鎮国寺に行くわかれ道に差しかかった時になって、やっと吐突承璀は口を開いた。「聖上は張晏らを再審しないだろう。なぜなら彼らを有罪と判定したのは聖上だからな」

「聖上が？」

「武相公の暗殺後、聖上は我々に成徳節度使の王承宗が送ってきた密奏を見せたのだ。王承宗はその中で武相公を激しく貶めていた。曰く、彼は面従腹背で、表面では朝廷に忠義を尽くして削藩を主張しているが、その裏では藩鎮から賄賂をうけとり、わざと朝廷と藩鎮の戦いが長引くようにして、漁夫の利を狙っていたのだ、と」

「そんなこと……聖上は断じて信じなかったのではないですか？」

「当然だ。聖上は全く王承宗の奏表を相手にしなかった」吐突承璀の口調は、奇妙なものだった。「しかし、奏章の描写は真に迫っていてね。収賄の過程や明細も列挙してあるし、まぁ、もっともらしいんだ。王承宗が特に強調していたのはね、武相公は普通の金銀財宝には目もくれず、高潔な品格の持ち主のように振る舞っていたが、実際にはただ卑俗なものを嫌っていたにすぎない、ということなんだよ。王承宗の牙将の尹少卿がその好みをついて、太宗が下賜した金縷瓶を贈ったところ、武相公は受け取ったそうだよ。隠されていた貪欲な本性が明らかになった……とまあ、こんなことを主張しているのだ。武相公の死後、聖上は我々にこの奏章をお見せになって、憎々しい様子でお話になられたのだ。王承宗が武相公にこれほどの恨みをいだいているとは知らなかった。それゆえ聖上は散々誹謗してうまくいかないと見るや、武相公に刺客を送り込むとは！　それゆえ聖上は、成徳の兵卒の張晏らを誅殺することにしたのだ。もし、王承宗が少しでも不満の意を示したら、即刻、出兵して成徳藩鎮を討伐し、絶対に姑息なまねをできないようにするのだ！」

なるほど。裴玄静はしばし黙ってから、「確かに王承宗は許せませんね。聖上がご決断なさるのも頷けます。ですが、今日、中貴人がわたくしを連れてきたのは……」と言った。

「ついたぞ」吐突承璀は言った。

白日の下で賈昌の屋敷を見た裴玄静は、その簡素で落ち着いたたたずまいに驚いた。狭い路地が塗装の剝げ落ちた屋敷の前に続いている。一方は鎮国寺の高くそびえる寺の墻で、もう一方は松柏が立ち並ぶ坊道だ。静けさは荘厳さを帯び、神秘的ですらあった。

全員、馬を下りた。馬と衛兵は入り口にとどまり、吐突承璀と裴玄静だけが中に入っていった。

錯覚かもしれないが、裴玄静は周囲の静けさに違和感を覚えた。まるで人為的に作り出されたかのように。屋敷は、やはりあの屋敷だった。しかし、雨の夜に彼女にもたらした安心感はなく、かえって冷え冷えする恐怖心がつま先から立ち上ってきた。

小院の門は閉ざされていた。吐突承璀はその前に立ち、中に入るよう手で促した。

裴玄静は軽く扉を押して中に入った。

阿霊が言っていたとおり、中には誰もいなかった。

彼女は、入ってすぐに内部が丁寧に掃除されていることに気づいた。廊下に積まれていた品々は跡形もなくなっていた。盛夏のきつい日差しも中に射しこむと、外よりも穏やかになっているかのようだ。

裴玄静は変化がどこから生じたのか、ぼんやりと認識した。彼女はかすかな香りをかぎとったのだ。この香りは、かつて一度だけ嗅いだことがある。その時のことは終生忘れられないだろう。

吐突承璀は彼女を連れて後院に向かった。驚いたことに、彼は少しも足音を立てなかった。

二人が賈昌の住んでいた二つ続きの陋屋の前に着いた時、ちょうど中から一人の男がでてきた。

吐突承璀は急いで迎えに行ったが、その人の冷淡な視線を受けて、すぐにもとの場所に戻った。

「こちらは……李公子です」吐突承璀は裴玄静に言った。

裴玄静はお辞儀をした。「李公子」

その人はかすかに返礼をした。「お嬢さん」その声は心ふるわせる響きを持ち、美しく整った顔立ちと同様、この世のものとは思えない魅力を発していた。

裴玄静は呼吸を整えようとしたが、激しい圧迫感で窒息してしまいそうだった。相手が身分を明らかにしない以上、彼女もそれに合わせなければならない。それは並大抵の苦しみではなかった。ただ漂ってくる香りだけが彼女を少し和ませてくれた。

李公子は、「お嬢さんがここに来たことがあると聞いてね」と言った。

「はい」

「賈昌老人に会ったかな？」

「お会いした時には、亡くなられていました」

「彼の部屋に入ったかい？」

「いいえ、入り口から覗いただけです」裴玄静の全身が冷や汗でびっしょり濡れた。彼女は、どうして自分が嘘をついたのかわからなかった。放たれた矢と同じで、言ってしまったからには、もう後戻りはできない。

李公子は黙って裴玄静をしげしげと眺めた。しばらくして、「他の者は入ってないのかな？」と尋ねた。

幸いなことに、裴玄静は最初から崔淼のことを隠していたので、すぐに「賈昌老人に仕えていた郎閃児が入っていきました」と答えた。禾娘を救うために、「郎閃児」に関することも叔父に詳しく語っていたので、本当のことを話すのが最も安全だろう。

「お嬢さんは初めて長安に来たのかね？」李公子は突然話題を変えた。「長安はどうだい？」

「長安はいい所ですが、わたくしめの長く留まるべきところではありません」

「ん？」彼は意外そうな表情を浮かべ、たちまち生き生きし始めた。「私はもう長いこと長安を離れていないんだ。今日のように城外に出ることすら難しい有様さ――お嬢さんは〝目を挙《あ》ぐれば日を見る〟[1]の故事を知ってるかい？」

裴玄静は頷いた。

「聞かせてもらえないかな？」彼の態度は、ずっと謙虚なものだったけれども、裴玄静にとってはその一言一言が、従わなければならない命令のように聞こえていた。

そこで彼女は話し始めた。「晋の明帝[2]が幼い時の話です。あるとき晋の元帝[3]の膝の上に座っていると、たまたま長安からやって来た人がいました。そこで元帝は明帝に聞きました。『長安と太陽、どっちが遠いかな？』すると明帝は『太陽の方が遠いよ。だって太陽から来た人の話なんて聞いたことないもん。わかりきってるよ』と答えました。元帝はその答えに驚きました。翌日、群臣と宴会を開いている時に、元帝はもういちど明帝に同じ質問をしました。すると、今度の答えはこうでした。『太陽の方が近いよ』

1　原文：挙目見日。
2　東晋の二代目皇帝司馬紹。在位三二三～三二五。
3　東晋の初代皇帝司馬睿。在位三一八～三二二。東晋は華北を遊牧民に占領された西晋の皇族の生き残りである司馬睿が、長江流域に建国した政権。

元帝は顔色を変えて聞きました。『どうして昨日の答えと違うんだ?』明帝は『目を挙げれば日を見ることはできるけど、長安は見えないでしょ』と答えました」

彼女は話し終えた。しばらくの静寂の後、李公子が悄然とした口調で語りだすのが聞こえてきた。「初めてこの話を聞いたのは、六、七歳の頃だったかな。あれは、この生涯で唯一長安を離れたときのことだ。長安を遠く離れた地で、祖父[1]からこの物語を聞いたのだ。祖父は話しながら泣いていたな。子どもでも分かったよ。彼は一族が〝目を挙ぐれば日を見るも長安を見ず〟[2]の境地に落ちぶれてしまうのではないかと心配していたんだ。……幸いなことに数か月後には戻れたけどね。あの時誓ったのさ。一生、この長安から離れないとね」彼は淡々とした笑みを浮かべた。「ここは城外だけれど、頭を挙げれば長安は見えるからね」

「うん、寒いわけじゃないだろう? ずっと震えているね」彼は突然尋ねた。

裴玄静は首を垂れて黙っていた。

「どうやって朕の身分に気づいたのかね?」

裴玄静は言いたかった。気づかないのは幽鬼ぐらいだと。絶大な権力がこのようなお

---

1 唐の第九代皇帝の李适《リー・シー》。在位七七九~八〇五。廟号は徳宗。諸藩鎮の反乱で七八三年に長安から梁州に避難した。

2 原文:挙目見日不見長安。

かしな自負を生み出したのだろう。ちょうど彼女の歯が震えてがたがた鳴ったので、思い切って跪き、叩頭して「お許しください」と言った。

「身を起こしなさい」

裴玄静は身を起こしたものの、依然として頭を垂らしたまま、うやうやしく話し出した。「襲撃事件の前日、武相公が叔父に書簡を持ってまいりました。その書簡からはある香りが漂ってきました。そして今日この場でも同じ香りが致しました」

「この香を知っているのか？」

「聞いたことがございます……おそらく、龍涎《りゅうぜん》香ではないかと」

「ん？」

「伝説によれば、龍涎香は大食国の西海に出るそうです。西海の中に龍涎嶼という小島があり、毎年春になると、龍の群れが集まって島の上で争い、龍たちが吐き出した涎は陽光に照らされて凝固して塊となり、その軽さは浮石のようだそうです。龍涎の端を香に入れて焚くと、その香りは長く漂い、いったん体につくと、しばらく消えないことから、神奇と称されております。ただし、この香は採集が難しく、鮫人が水に入って龍涎嶼に登るも、十人のうち九人は死んでしまうので、極めて貴重だと聞いております。現今、中原では皇宮の中にいくつかあるそうですが、昔日の蕃国の朝貢品で、どんなにお金を積んでも買えないことから、龍涎香は天子の香とも呼ばれております」

「よく知っているではないか」

裴玄静は皇帝がほめているのか、それともからかっているのか区別できなかった。過度の緊張のせいで、頭がくらくらしてめまいがする。照り付ける正午の陽光のもと、皇帝の顔に微かな変化が現れた。裴玄静は気づいた。男が比類なき美しい顔立ちを持つと、憂いにも喜びにも残忍さが込められてしまうということを。

彼女は今までこれほど強烈な思慕と、それと同じくらいの嫌悪を抱いたことはなかった。

「もっと多くのことを知ってもいいだろう。郎閃児に関することだ」

「郎閃児？」この話題が出てくるとは、予想だにしなかった。

「すなわち、お前の叔父の家僕だった王義の娘だ」

「陛下は叔父の表章をご覧になったのですね」

「そうだ。しかし、朕は裴愛卿の表章で初めて知ったわけではない」皇帝は低い声でつぶやいた。「郎閃児は朕が手配して賈昌に養育させたのだ。十年前のことだ」

裴玄静は驚きのあまり目も口も開いてしまった。

「元和元年（八〇六）に、朕は嘉誠公主が魏博から送ってきた書信を受け取ったのだ。公主はその中で、自分は病に侵されてもう長くはないだろう、しかし、魏博の諸事を落ち着かせておけば、他界した後も魏博が朝廷の患となることはないだろう、心配するな、と伝えてきた。……そのほかに公主は、あることを書いていたのだ。数年前、彼女が長安から魏博に連れて行った衛隊長の王某と節度使府中の婢女が私通した。発覚後、公主はすぐにその婢女を追い出したが、その婢女は女児を産んだ後、死んでしまったそうだ。嘉誠公主は哀れに思って、ひそかに命じて女児を育てさせ、元和元年には三、四歳になっていたらしい。公主は自分の命が残りわずかと知り、彼女を長安に送ることに決めたのだ。どうやら掖庭宮に入れてから、折をみて父娘で暮らすようにしたかったらしいな。しかし、朕は熟慮の末、掖庭宮ではなく、賈昌老人に養育させたほうがいいだろうと思い至ったのだ。賈昌老人は高齢で、面倒を見る者が必要になってきていたし、この屋敷にも後継者が必要だった。当然、女児は男児よりも何かと不便だが、そうするしかなかったのだ。郎閃児という名前は、賈昌が与えたものだ。まだ覚えているよ。嘉誠が女児につけた名前は禾娘だね」

裴玄静は、しばらく驚いてから、質問した。「では、二年ほど前に叔父が魏博から王義を連れ帰った後、陛下はどうして親子の再会を手配されなかったのですか？」

皇帝は微かに笑った。「朕は忘れてしまったのだ」

「忘れてしまった？」

「そうだ。禾娘をここに送った後、きれいさっぱり忘れてしまった」

裴玄静は言葉がなかった。皇帝は国家の大事に心を砕いているのだから、一人の女児の運命を覚えておけというのは無理というものだろう。彼自ら禾娘のために棲み家を手配することだって、容易なことではなく、嘉誠公主の依頼があったからにほかならない。

「しかし、王義は遂に娘を見つけ出しました」

「その紆余曲折は知る由もない。しかし、お前の言によれば、禾娘は女刺客の手中に落ちたそうだな」

「魏博の出身で、後に陳許節度使の劉昌裔に投じた聶隠娘です。今は隠遁しています」

このとき裴玄静は聶隠娘の警告を気にかけず、ありのままを皇帝に話した。直感的にわかったのだ。それこそが皇帝と語り合うための条件だと。

「朕はその者を知っている」皇帝は少しも意外に思わなかったようだ。「隠娘という名で、ずっと藩鎮を支援し、朝廷に対抗していた輩だ。郎閃児をかどわかしたというからには、必ずや禍心を抱いていよう」

「陛下のお考えは……」

「そのような人間に、朕と駆け引きする資格はない」

「……しかしながら、嘉誠公主は禾娘を陛下に託されたのではありませんか」裴玄静は逆鱗に触れてしまうことがわかっていた。しかし、彼女はこういう性格なのだった——壁に当たるまで突き進んでしまうのだ。

案の定、皇帝はじろりと彼女を睨み、怒りを垣間見せながら、「『四海帰心し、天下一家たり』これは朕が登極した時に誓った言葉だ。そのためだったら朕はいかなる代償をも辞さないつもりだ。そして誰もが代償を払うべきなのだ」と言った。

裴玄静は理解した。皇帝のいう「誰もが」のなかには、嘉誠公主、武元衡、裴度、王義、禾娘が含まれているのだ。もちろん裴玄静も、そして皇帝自身も。彼女はもう何も言えなかった。

「張晏らを西市で斬首する時、朕はお嬢さんを現場に連れてきて見届けさせよう。その後、お嬢さんは全てのことを忘れるだろう。ここから始まったこともね」

裴玄静は力なく答えた。「かしこまりました」

「吐突承璀、お嬢さんを送ってきなさい」

吐突承璀は裴玄静を連れて屋敷の門に向かった。後ろから皇帝が呼びかけてきた。

「お前は留まれ、他の者に送らせろ」

吐突承璀の手配で数名の神策軍の兵士が裴玄静を送ることになった。吐突承璀が皇帝の膝下に戻ると、李純は屋敷の裏の白塔を仰ぎ見ていた。

「朕がはじめてこの塔を見たとき、なんと高く大きいと思ったことか。大雁塔にも比べられると感じたくらいだ。今日見てみたら、なんと小さいことよ」

「ここにおいでになったことがあるのですか？」

「二回ある」

　吐突承璀は興味が涌き、李純を世話して廊下の陰に向かいながら、殷勤に尋ねた。

「いつのことでございますか？　奴《やつがれ》はどうして知らなかったのでしょうか？」

「お前が知っているはずがない。あれは二十年以上前のことだ。当時、朕は十二歳にもなっていなかった」陰に入ると、李純の顔に柔らかくも暗澹とした表情が浮かんだ。

「はじめてきたのは、屋敷が建つ前のことだ。ただ後ろの二部屋続きの陋屋しかなかった。賈昌はその陋屋の前で先皇に会ったのだ。先皇はその赤誠に感じ入り、すぐに金銭を布施し、塔の建造と屋敷の修繕を援助し、完成した暁には再び来ると約束したのだ。しかし、半年後に完成した時には、朕のみが来たのだ」

「どうしてでしょうか？」

「先皇が病に倒れたからだ。お前も知っているだろう。身体が弱くて、常に臥せっておられた。しかし、朕も覚えているが、あのときはちょっとした病で、起きられないというほどでもなかった。おそらく、朕に一人で行かせたかったのだろう」李純は微笑んだ。

「確かにものすごく興奮したよ。そのような機会は滅多になかったからね。大勢を従えることなく、ただ数名の侍衛だけを連れて城を出た……」彼の声はしだいに低くなり、遙か昔の思い出の中に没入したかのようで、ついには完全に聞こえなくなった。

　吐突承璀は息を凝らして、しばらく静かに待っていたが、李純のため息が聞こえただけだった。再び口を開いた時、その口調は完全にいつもの冷酷な威厳を取り戻していた。

「まず部屋の東墻上の字の拓本をとれ。お前がやるんだぞ、一人でな」

「かしこまりました」

「拓本をとり終えたら、墻上の文字は全部削り取れ。これもお前ひとりでやれ」

「かしこまりました」

「いや」李純はちょっとためらったものの、決心した。「やはり、こわそう」

「こわすのですか？」

「屋敷内の建物は全てこわせ。ただ、この塔だけは留めておけ。賈昌の遺骨は、塔の中に移して、運平和尚の霊骨とともに安置せよ」

命令し終わると、皇帝は袖を払って去った。二度と振りかえらなかった。

9

裴玄静は小院から逃げるように去った。もう二度と雨夜のあの神秘的で温かな避難所は見つけられない。今日、彼女が見たのは、深淵に向かう入り口だ。彼女はただただ逃げた。速ければ速いほど、遠ければ遠いほど、いいと思った。

長安城に戻り、路地にあふれる市井の人々を見て、彼女はようやく落ち着いてきた。西に進み朱雀大街に向かった。ふと裴玄静が頭をあげると、左の空に、灰色の五層の石塔がそびえたっているのがみえた。

大雁塔！

彼女は瞬時に決めた。馬の向きを変えて大雁塔にむかって走り出した。護衛の任を担った神策軍の兵士たちは慌てて聞いてきた。「お嬢さま、裴氏のお屋敷は西ですよ。どこに行くおつもりですか？」

「大雁塔に登りたいのです」

「それは……聖上は我々にお嬢さまを裴相公のお屋敷にお送りするようご命令なさいました」

裴玄静は彼らを睨んだ。「先に大雁塔に行ってから、屋敷に戻ります。何か問題ありますか？」

神策軍の兵士たちは顔を見合わせた。しかし、裴玄静は皇帝に単独で謁見したばかりであるし、新宰相の姪でもあることから、軽々しく機嫌を損ねるべきではない。そのため、しばしためらった末に頷いた。

裴玄静は、「ご面倒をおかけしますが、よろしくお願いします」と言った。ちょっと前まで、彼女はひそかに大雁塔に向かい、武元衡の残してくれた謎かけを解こうと思っていた。しかし、今日、皇帝との面会でわかったことは、この長安城にいる限り、秘密にしておけるものはないのだ。少なくとも皇帝にとっては、言動を知りたいと思いさえすれば、当然、何から何まで知ることができるのだ。

ならば、かえって大手をふって行動してもいいはずだ。機をみて動こう。

道を飛ばした。もうすぐ長安城の過半をすぎるところだ。再び頭をあげたとき、大雁塔はもう目の前だった。異域の風情が充満する古色ゆかしい姿を見ると、大雁の形とはいえないけれど、大空に向かって生き生きとそびえ、衆生を俯瞰するかのような果てなき神采を保っていた。

裴玄静はゆっくり鑑賞する余裕もなく、急ぎ足で塔の下に走っていき、一人の小僧をつかまえて「師父、『集王聖教序碑』はどこにありますか？」と尋ねた。

小僧は落ち着いた様子で、「阿弥陀仏。お尋ねになったのは、懐仁和尚の集字碑のことですか？」

「そうです！」

「お間違いですよ。『懐仁集王聖教序碑』があるのは弘法寺でして、こちらではございません」

裴玄静は愕然とした。

続けて小僧は、「もし『大唐三蔵聖教序』をご覧になりたいのでしたら、雁塔の外壇の上に刻まれていますよ、お教えしましょう」と言った。

「あ、大丈夫です、ありがとうございました」裴玄静の心中は困惑と失望がもつれ合い、息苦しくなってきた――「大唐三蔵聖教序」は褚遂良が書いたものだから、武元衡の謎かけとは関係ないだろう。しかし、王羲之の字を集めて作った「懐仁集王聖教序碑」は大雁塔にないのだ。まさか推理を誤ったのか？

ここまで来て、最後の手がかりも断たれてしまった。裴玄静は全身の力が抜けるのを感じた。もう武元衡の残した謎を解き明かす自信もない。

彼女は「大唐三蔵聖教序碑」の下に立ち、大雁塔のてっぺんを仰ぎ見た。到底登れそうもない。しかし、せっかく来たのだからと、歯を食いしばって登り始めた。やってみよう、あきらめるのはそれからだ。

裴玄静は一気に塔のてっぺんまで登った。下を眺めると、たなびく雲の下に長安城がひろがっている。碁盤状の街路が秩序正しく入り組み、その中を車馬や人々の流れがうねっている。まるでこの世の幻が壮麗に広がっているかのようだ。このとき彼女はわかった。今生も来世も、未来永劫、長安を護りたいという皇帝の言葉の意味を。確かにその価値がある。生きとし生ける者全ての生と老と病と死、悲しみと喜びと出会いと別れのために。この城、この国、この山河のために、すでにあまりに多くの人々がどんな危険も顧みないでいる。彼女は自分が何をすればよいのかわからなかった。

「お尋ねしますが、そちらのお方は、裴家のお嬢さんではありませんか？」一人の慈悲深い顔をした僧侶が彼女の後ろに現れて合掌した。

裴玄静はあわてて礼を返した。「わたくしは裴玄静と申します。師父はわたくしをお探しだったのですか？」

「そうです。ある相公よりお嬢さんにお渡ししてほしいと頼まれておりまして」

裴玄静の心臓が早鐘のように鳴りはじめた。「どなたさまからですか？」

僧侶は微笑みを浮かべ、袖の中から質朴な黒布の包みを取り出して裴玄静に手渡すと、身をひるがえして去っていた。

裴玄静は思わず周囲を見渡した。このとき、塔のてっぺんには誰もいなかった。あの神策軍の兵士たちは塔登りに興味がなく、下で待っていたのだ。彼女は激しく高鳴る心をなんとか抑え、包みを開いた。

中身は小さくて精巧な金縷瓶だった。

吐突承璀の話が脳裏によみがえった。武元衡はその他の賄賂は受け取らなかったけれども、太宗の下賜した金縷瓶を目にしたときは、すぐに受け取った。

彼女は瓶をひっくり返した。すると、瓶の底の中央部に小さく印が彫りこまれていた――「貞観」。

もともと金縷瓶というものは、細密で精巧にできている。彼女の手のひらで横たわる様は、孵化したばかりのひな鳥のようでもあり、また燃えさかる熱い炭火のようだった。

第三章　幻蘭亭

1

吐突承璀にとって、ここは現世における黄泉路である。

この道に踏み入るたびに、彼は自分が俗世から幽冥へと歩んでいるかのように感じられる。唯一の違いは、黄泉路はひとたび行けば二度と戻ることはできないが、この道を行っても彼はまだ帰ってくることができるということだ。

人々の耳目を遮るために、彼は毎回出発には夕方を選ぶ。暮れの太鼓の響きを伴って長安城を出ると、その上何人かの侍衛を従えて城外をひと回りし、あり得る全ての追跡と耳目——そのほとんどが郭貴妃の手下である——から逃れるのだ。皇帝はというと、吐突承璀はこれまで皇帝に足どりを隠す勇気もなければ、そうするつもりもなかった。皇帝がこのことについて尋ねることはほとんどないが、心中で見透かしていることを彼は知っている。

同様に、彼もまた皇帝の内心の不安や矛盾を見透かしていた。

吐突承璀は皇帝にとっての自己の重要性をよく理解していたが、そのことのために自己の本分を忘れることはなかった。元和六年、宦官劉希光の収賄事件の巻き添えで、宰相の李絳らが手を尽くして吐突承璀を弾劾し、そのうえ彼が成徳藩鎮に派兵したが力が及ばなかった過去を再び持ち出した。皇帝は群臣の巨大な圧力の下で、きわめて不本意ながらもこんな話をした。「この者は下僕にすぎず、これまで仕えた年月の長さゆえに、かりそめに恩私としているのだ。もし違犯があるならば、朕がこの者を去らせることは、一本の毛のごとく軽い！」そう言い終わると、すぐに吐突承璀を淮南監軍へと降格させ、都から追放した。

その時、宦官の権力専有を嫌悪する家臣たちは小躍りして歓呼したが、吐突承璀だけは、皇帝による降格が実は彼に対しての形を変えた加担であることを理解していた。元より皇帝は天下の誰に対しても生殺与奪の権利があるではないか。果たして、吐突承璀を再び都に呼び戻すために、皇帝はいろいろと思案を巡らせ、さらには去年李絳を罷免し、そうしてようやく都に戻るための一切の障害を彼に代わって取り除いたのだった。

「恩」を受けることは難しくないが、難しさは「私」にある。[1]「かりそめに恩私とする」のは、皇帝が実際のところ吐突承璀と離れることなどできないからである。

夕日が最後の一抹の光芒へと収斂すると、吐突承璀は長安城の家々に灯るあかりを遥

1　恩は公式のもの。賞罰どちらも恩であるので、それを受けるのは難しいことではない。難しいのは皇帝個人の感情を向けられることである。

か後方に置き去りにして、遮られているかのような奥深い夜空の果てに向かって駆けて行く。

空はますます暗くなり、道は進むほど静かになる。前方には、一輪の孤月が高くかかり、清らかな光は延々と続く尾根を照らし、まるで深い眠りの中で夢を見ながら横たわる虎を優しくそっと撫でているかのようだ。

順宗皇帝の山陵――豊陵はこの金甕山の中に隠されている。

しかし、山のふもとから先帝の陵墓まで行こうとすれば、長い道のりを行かなければならない。そのうえ祭祀の日を除けば、陵園の禁門は決して開くことがないのである。夜の闇の中、松と柏の並んだ山道を通り抜け、やっと堅く閉じられた陵園の門前に到着した時、視力の及ぶ所は、ただ小さな蛍火が微かに、水のように清らかな光の上を漂っているのが見えるだけであった。山風がさらさらと吹き、灼熱の真夏は隔てられた別世界のものとなった。天地の間は寂々として音もなく、まるで空山に身を置いているかのようである。

陵園の門の外側には更衣殿がある。文武百官が陵園に入って祭祀を執り行う際には、一律にこの建物の中で着替える。吐突承璀は衛侍を外に留まらせ、一人で更衣殿に入る。殿宇は広く高さもあるが、隅に孤灯があるのみであった。寥々とした小さな光と影の中に端座している人物は、既に長い間待っていたようだった。

吐突承璀は彼の正面に座った。

「今日は遅くなりました……」吐突承璀が口を開くと、空中に突然甲高い笑い声が漂ってきた、このように静かで厳かな環境では特に際立って感じられる。するとすぐにまた支離滅裂な、奇妙な調子の歌声となった。

「四季　徒《いたづら》に粧粉の銭を支《わか》たるるも

三朝　君王の面を識らず

遥かに想ふ　六宮に至尊に奉ぜしを

宣徽の雪夜　浴堂の春[1]」

「何者だ？」吐突承璀は歌を聞くと頭皮が直に痺れるようであった。

対座する人物は退屈そうに言った。「また一人狂ったな」

「誰なのですか」

「誰だったらどうだというのか。このような場所では、そもそも生きることは狂うに及ばず、狂うことは死ぬに及ばぬ」

先帝が崩御すると、まだ出産したことのない宮人の多くが墓を守るために陵園に遣わされた。彼らは終生そこを離れることができない。これは祖制ではあるが、人がそのよ

1　原文：四季徒支粧粉銭，三朝不識君王面。遥想六宮奉至尊，宣徽雪夜浴堂春。（白居易『陵園妾』の一節）

うに「生きながら殉ずる」ことは残酷に過ぎると常に誰かが非難してきた。韓愈はかつてそのことについて『豊陵行』という一首を書き、その中でこう指摘した。

「皇帝　孝心　深く且つ遠し
資送られ　礼備はりて　羸余無し
官を設け衛を置き　嬪妓を鎖《とざ》す
朝夕に供養して　平居に象《に》たり」[1]

彼はこうも書いている。

「臣聞く　神道　尚ほ清浄なりと
三代の旧制　諸書に存す
墓蔵の廟祭　乱すべからず
言はんと欲するも　職に非ざれば　知ること何如《いかん》」[2]

その意は、孝行を尽くすという名目で、これらの人間性を喪失した制度を施行する必要はないと、皇帝に諫言しているのである。

韓愈の詩はもちろんただ書くことしかできない。吐突承璀は皇帝の気性をよく理解し

1　原文：皇帝孝心深且遠，資送礼備無羸餘。設官置衛鎖嬪妓，供養朝夕象平居。
2　原文：臣聞神道尚清浄，三代旧制存諸書。墓蔵庙祭不可乱，欲言非職知何如。

ているが、彼はもう注意を向けさせることすらできないのだ。天下の人々が心中で批判をしている孝行心の問題のことなど、皇帝はなおさら極端な手段をとることしかできない。宮仕えの人々の血涙が彼の考慮の範囲に入ったことなどない。

現在のように豊陵で墓守をしている宮廷の人は五百人を下らず、先帝の生前のように彼の霊魂を奉って、陵園内にある寝宮の中には盥と櫛を備え、布団と枕を納めて、毎日四回時間通りに入って食物を奉ることを担当している。

生者に仕えるかのように、死者に仕えているのだ。

順宗皇帝は元和元年七月に豊陵に埋葬された。その時から現在に至るまで、これらの宮仕えの人々はすでにまる十年間墓を守っている。この十年で、死んだり狂ったりした者は少なくないが、大半は麻痺したまま生き続け、日を追うごとに本物の生ける屍へと変わっていく。宮仕えの人々を管理することを除いて、陵園の日常的な維持、清掃、祭祀、守衛など、全てを今、吐突承璀の向かいに座っているこの陵台令が管轄している。

吐突承璀と同様に、豊陵台令である李忠言も宦官である。それゆえに、二人の間にはより通じ合うところがあるのだろうか。何にせよ、吐突承璀にとって、李忠言は彼の古くからの友人と言える。彼らの関係は貞元末年に始まった。現在の元和の朝廷や内宮に目を向けると、当初からの古い人はほとんど落ちぶれて尽き果てており、吐突承璀と何から何まで心の内を話すことができるのは、皇帝本人を除けば、李忠言一人しか残っていない。

彼らが座っている壁の下方には、一つの小さな炉がプップッと熱気を吐き出しており、李忠言が茶を淹れているところであった。

吐突承璀は思った。そうだ、昨今、大明宮の中であっても、李忠言より茶を上手く淹れられる人物は見つけることができない。皇帝は何度も不満を抱き、茶の楽しみは先帝の頃には及ばないと言っているが、どうしようもない。

「吐突将軍、茶を召し上がれ」李忠言は茶杯を両手で捧げた。吐突承璀は一口飲むと、思わず褒めたたえた。「一体どのような茶の秘訣を用いれば、こんなにも良い味が得られるのでしょうか。水、お茶、道具それとも火加減や手順か。少しだけ明かすわけにはいきませんか？」

「できません」李忠言はきっぱりと答える。彼の声を耳にした時、吐突承璀は突然驚きとともに相手が自分よりも何歳か若いことに気がついた。しかし、彼のその縮こまった体や、目尻に集まった皺や白髪混じりの髪の毛を見て、李忠言がまだ満三十五歳だと、どうして信じることができようか。

実は、吐突承璀にとって更に信じがたいのは、皇帝が李忠言をずっと殺さずにいることである。

李忠言は先帝の最後の衛侍であり、皇帝の崩御の全ての過程をその目で見ている。いくら彼がこの件の内情について終始瓶のように口が堅かったとしても、ただ彼が生きているというだけで、皇帝にとっての大きな脅威であることは明らかである。あれほどの果敢さや勢いのある皇帝が、なぜこれほど大きな禍根を残しておくのだろうか。

しかしながら、奇妙なことに、皇帝はよりによって李忠言の命を奪わず、そのうえ彼を豊陵台令に任命し、先帝の山陵の管理を担当させた。李忠言はしっかりと職責を果たし、陵園の建設から金甕山中に留まり、十年来、半歩も離れたことはない。

今日に至るまで、吐突承瓘は依然として皇帝のこの行為の真意を見極めることができなかったが、感情の上では彼に同意することができた。いずれにせよ皇帝の一切の考えと行動を、吐突承瓘は心の底から支持していた。ただこの一点により、彼と他の人とは本質的に異なっていた。他の人が皇帝に賛同するのは、畏怖あるいは私欲のためであり、面従腹背の者や国家社稷の名によって張り合う者も少数ではない。吐突承瓘だけが心から、皇帝は永遠に正しいのだと固く信じていた。

彼は決して愚かな忠誠心の持ち主ではない。皇帝をこんなにも信じているのは、彼が皇帝を本当に理解し、そして熱愛しているからである。

それゆえに、皇帝は李忠言を豊陵台令に任命すると同時に、吐突承瓘に豊陵の守衛を担当させたのだろうか。吐突承瓘の神策軍の重兵の守護があれば、たとえ翼を差し入れたとしても李忠言が豊陵を飛び出すことは難しい。生きていても、騒がしい俗世とどんな関係も生むことはできない。

皇帝が李忠言の命を奪わなかったのは、彼が豊陵を家とし、徹底した誠実さと敬愛の心で死者に仕えることがよくわかっていたからに違いない。先帝の最後の日々は非常に侘しく、床についたまま動くこともできず、言葉を発することもできなかった。そのうえ身の回りには心を許した親しい人などおらず、ただ一人李忠言だけが残って仕えていた。彼はもちろん李忠言が自分の介添えを続けることを好ましく思っていただろう。こうして李忠言は皇帝が孝心を全うするための道具となった。いずれにせよ彼は一日生き延びれば、一日陵を守り、死ねばそのまま陵園に埋められ陪葬される。このことから、実のところ李忠言はとっくに死んでいると言うことができる。

吐突承璀には、死が李忠言の体を侵食しており、彼の一挙一動に死の気配が満ちていることがはっきりと見て取れた。十年の年月は、李忠言にとって人生の大半を過ごしたようであった。なぜなら、彼はあの世に生きる人だからだ。

吐突承璀は口を開いた。「武元衡が刺し殺されました」

豊陵に来るたびに、彼は李忠言に多くのことを話したが、話しきればそれまでであった。李忠言は壁と同じで、すべての情報は彼のところまで来たらそれ以上の行き場はない。吐突承璀はまるで独り言を言っているようであったが、時が経つにつれ、こうして打ち明けることは彼にとって重要性を増してきている。

「死んだのですか？」今日の李忠言は意外なことに口を開いた。もちろん、帝国宰相の生死は彼がまぶたを上げるほどの価値などなく、李忠言が注視しているのは依然として茶を沸かす炉の火であった。

「死にました。そのうえ体と首がバラバラで、首は今のところ見つかっていません」

「ああ」

「あの人は一貫して孤高を標榜し、世の中に対して傲慢だったというのに、死にざまはこんな醜いとはね、ハハ」

「あなたは彼を恨んでいるのですか？」

「恨む？」吐突承璀はぽかんとして、少し考えてから言った。「何とも言えません。彼はこれまで私にたてついたことはありませんし」

李忠言は黙っている。

吐突承璀はさらに続けた。「劉禹錫はあの人のために詩を書いたのです。たしか〝寶馬の鳴珂　暁《あかつき》の塵を踏むに　魚文の匕首　車茵を犯す〟[1]とか。それから〝牆東　便《すなわ》ち是れ傷心の地　夜夜　流蛍　飛び去《ゆ》き來たる〟[2]とか。宰相を記念して作ったなどと言

1　原文：宝馬鳴珂踏暁塵，魚文匕首犯車茵。

2　原文：墻東便是傷心地，夜夜流蛍飛去来。

っています。でも知っていますか？　彼はそう言いながら、つけた題は『代靖安佳人怨二首』！　……ハハハ」

「靖安佳人とは？」李忠言は明らかに、吐突承璀が何を笑っているのか理解していなかった。

「おや、武元衡の屋敷は靖安坊の中だったではありませんか。彼はどこぞの佳人に贈るやら、どこぞの舞人に代わってなどという類の詩を書くことを好んでいて、だからこそ劉禹錫は哀悼の名を借りたのです。実際のところは、武元衡が美人を好んで才人を好まなかったことを当てこすっているのですが」

「ああ」

吐突承璀はため息をついた。「劉禹錫が武元衡を憎むのも無理はありません。永貞の後に十年も貶められ、やっとのことで聖上が再び起用することを考えたというのに、武元衡がまた足を引っ張った。彼らの間の溝は深すぎるのです」

もし吐突承璀が気をつけていれば、「永貞」の二文字を耳にした瞬間、李忠言の暗澹たる双眸の中に突然激しい炎が噴き出し、直ちに消滅したことに気づいただろう。その後、自分とは関係のないことだというような冷淡な口調で彼は問うた。「刺客は何者なのですか？　捕まえましたか？」

「何人かの身代わりを捕らえました――成徳進奏院の武卒張晏の一味です」吐突承璀は

「ふん」と一声上げると言った。「聖上は成徳の王承宗をやり玉にあげたいと思っているのです。私が自ら求めたところでそれを得ることはできません。鶏を殺して猿に与えるのを見るのみ」

「猿とは誰ですか？」

「あのいくつかの凶悪な藩鎮に決まっているではありませんか！　平盧、淮西、成徳はみな野合しており、刺客は間違いなくそのうちの一つです。誰を捕まえようと同じです!!」

「ずいぶんと賑やかな……」李忠言はあざけって言った。「成徳に、淮西に、平盧まで」

　吐突承璀は嘆きながら言った。「誰が否定すると言うのです。聖上には難しい……え、だから平盧の人だと明らかにわかっているのに、一時的に押さえつけることしかできないのです。まずは成徳と淮西に対処するでしょう。でなければ、あれらの堂上などの臣下たちにも喚き散らさなければならなくなるだけではなく、聖上自身も心身ともに疲れ果ててしまうでしょう」

「それでは武元衡は死んで随分と悔しい思いをしているのでは？　私は皇帝が彼を寵愛し、信頼していると考えていたのですが」

「あなたは聖上が泣く様子を見ていないから……寵愛というのは本当に寵愛なのです。ただ――」吐突承璀は暫しためらったが、結局のところ堪えきれずに、「もう一つあなたに知らせておきます。武元衡はおそらく藩鎮の賄賂を受け取りました。もし実証されれば、それは聖上に対して大きすぎる打撃となりえます」

「武元衡は最も孤高な者ではないのですか？　なぜ収賄を？」

「金や財物だけならば、彼はもちろん糞土と見なすでしょう。ただ彼の受け取ったものは太宗皇帝の物で……」

「もしや受け取った後に皇帝に捧げようと？」

「わかりません」吐突承璀の表情は少し沈んでいる。

李忠言は言った。「もう帰るべきです。長く留まりすぎれば、快く思わない者もいます」

「あなたが言っているのは聖上のことですか？　あり得ません。彼は私がここに来ていることもみなご存じです」

「郭貴妃は？　彼女はあんなにもあなたのことを憚っています。彼女にはどんな弱みも握られてはなりません」

「私が彼女を恐れるとでも？」吐突承璀は鼻でせせら笑った。

「太子の件はまだ結論が出ていないのでしょう？」

吐突承璀は声を出さなかった。元和六年に元の皇太子李寧が病死してから、皇帝はすぐに新たな立太子の問題に直面した。貴妃の郭念雲は郭子儀大将軍の孫娘で、郭家は唐を再建した功を擁する立場に居座り、その勢力は極めて大きい。そのため朝廷の内外で多くの人が口をそろえて皇帝に皇三子、すなわち郭貴婦の生んだ嫡子の李宥《リー・ヨウ》を皇太子に立てるよう提案している。だが、皇帝はますます順序に従って年長の者を立てる方に傾き、次子の澧《れい》王李惲《リー・ユン》を皇太子に立てようとする。双方が鋸を引き、今なお決着がついていない。

　ここ数日、郭氏の後ろ盾となっている役人たちは、郭念雲を皇后に立てるよう再度上奏していたが、皇帝は依然として様々な理由をつけて拒絶していた。郭家の朝野内外における勢力は実際のところ大変強大になっており、皇太子と皇后というこの二つのことがらについて、忠誠心にあふれる吐突承璀を除いて、皇帝はほぼ支持者を見つけることができなかった。

　したがって、郭貴妃が吐突承璀を目の敵と見なすことは、当然であり何の不思議もなかった。

「仕方ありません。確かにもう行かなくては」吐突承璀は体を起こそうとした。まるで彼がこのように遠い道のりを駆けて来たのは、本当にただ李忠言の淹れた茶を口にするためであったかのように。

　李忠言が言った。「私も先帝に夜食を奉りに行かなくては」

「それはまだあなたが自らなさっているのですか」

「ずっと私がしています」

李忠言の磐石の如く厳かな体型を見ながら、ついに、吐突承璀は懐から一つの巻紙を取り出し、両手で彼の目の前に捧げた。

「賈昌は死にました。これは彼の庭園にある奥の間の壁から拓本を取ったものです。聖上が私に持ってくるよう特別に命じたのです」

これこそが彼の今回の来訪の真の目的なのである。

李忠言は巻紙を受け取り、開いて一目見た。たまり水の如き無表情にとうとう一筋の光明が現れた。「これは……先帝の文字では？」

「あなたならわかると思っていました！」吐突承璀はそう言うと、「聖上にこれが先帝の書であると告げられた時、私はまだ信じることができずにいたのです。先帝は隷書だけしか書かなかったのではなかったか。なぜ行書の腕前もこのように素晴らしいのか。以前は全く知らなかったのです」

「先帝は行書をさらさらと書いていました。しかし、書き終えるとすぐに焼却していましたので、侍衛の者を除けば知る者はいません」

吐突承璀は目を見開いた。「それはまた何のために？」

「わかりません」

「ならば、これを見てください。先帝が書かれたのはどういう意味なのでしょうか。私はなぜ理解することができないのでしょう」

李忠言はしばらく眺めると、言った。「何かを臨書したもののようですね」

「ああ……王羲之でしょうか」

李忠言が反問する。「なぜ王羲之だと？」

吐突承璀が言う。「近ごろ聖上はいつも王羲之の手本を臨書しているのです。私はそれを見ながらとても似ていると……ああ、私もこういうことには詳しくないのです。あなたが持っていてください」

李忠言は慎重に巻紙を巻いた。彼の手は震えておらず、まるで彼の心が厳しく鍛錬された後で、一本の釘が打ち込まれた程度でいくらか震えてしまうということなど二度と起こらないかのようだった。

血は、とっくに涸れている。今、李忠言の身体の中に流れているのは、一滴残らず全て漆黒の恨みのみである。

2

一度行ったらまた行きたくなる場所もあれば、一度会ったら終生二度と会いたくない人物もいる。

裴玄静は、なぜ自分がまた賈昌の小屋に来るようなことになっているのか理解できなかった。しかも、まだ同じ、一つの夜の間なのだ。

しかし、一度目の雨の夜や二度目の午後とは違って、今回は賈昌の庭全体が冷たい月の光に覆われて、静寂に包まれ、まるで大洋に浮かぶ孤島のようであった。

それは裴玄静にあの龍涎嶼の言い伝えを思い出させた。多くの龍が眠る時、龍涎嶼は恐らくこんなふうにとても静かで穏やかだろう。しかもあの微かで物悲しい香りが、確かに彼女の身の回りに漂っている。

庭の中には一人の人物が後ろ手を組んで立っている。裴玄静の恐れは極限に達したが、前に出て行かないわけにはいかなかった。

彼は物音を聞きつけて、振り返って彼女を見た。

「私はそんなに恐ろしいか？」彼の問いは軽蔑に満ちていた。裴玄静は、彼が庶民を操ることに慣れており、また天下に君臨することに慣れていることを知っている。今は「私」と自称し、あの唯一の「朕」ではなかったとしても、彼は依然としてこの世界の支配者なのだ。

「公子が恐ろしいわけではありません」裴玄静は慎重に答えた。「この香りがわたくしを不安にさせるのです」

「龍涎は天下の皇帝の香りである」

「しかし、わたくしは龍涎香がかつて死を象徴していたと聞いたこともあります」

彼はしばらく沈黙すると、問うた。「おまえは龍涎香の殺害を知っているか？」

「そのような言い伝えがございますね」

彼はまたしばらく沈黙すると、やっと口を開いた。「あれは永貞年間のことだった。もう十年の月日が経っている。再び持ち出すべきではない」

「はい」

「おまえは聡明だな」彼は裴玄静をしげしげと眺めた。「しかし決して今おまえが装っているほどは従順ではない」

裴玄静は反射的に反論した。「わたくしは装ってなどいません」

彼が黙ったまま顔色ひとつ変えずに微笑むと、裴玄静はたちどころに耳まで赤くなった。

「今のおまえの本当の考えを言ってみよ」

裴玄静は深く息を吸うと、言葉を選びながら言った。「公子の様子はわたくしに一首の詩を思い出させました」

「どの詩だ？」

「裊　裊《じょうじょう》たる沈水の煙
烏は啼く　夜闌《たけなは》の景

曲沼　芙蓉の波
腰囲　白玉冷たし[1]

「これは聞き覚えのあるような……李長吉の詩か？」

「そうです。彼の『貴公子夜闌曲』です」

彼は頷いて言った。「思い出した。しかし、この詩はなぜ書き終えていないように感じられるのだろうか？」

裴玄静は答えた。「以前、わたくしもこの詩には続きがあるはずだと思いました。詩の中のこの貴公子が眠れない原因はどこにあるのか。彼はなぜそんなに感傷的で、またそんなにも孤独であるのか……しかし、今日、李公子に会った時に、全てわかりました」

彼は目を凝らして彼女を注視した。表情は珍しく緩んでおり、まなざしもそれほど冷酷には見えない。

「少し近くに来なさい。そんなに遠く離れずとも良い」

裴玄静が前へ二歩進み出ると、もう彼の膝元のすぐ側にまで近づいた。龍涎香の香りは穏やかながらも強烈に彼女を包み込む……。

1　原文：裊裊沈水煙，烏啼夜闌景。曲沼芙蓉波，腰囲白玉冷。

彼は彼女の耳元で言った。「おまえは貴公子が何のために夜を徹して眠らず、一体何を待っているのだと思う？」

「……彼が待っているのはこれだ！」そう言いながら、裴玄静は全身の力を込めて手中の匕首を彼の胸に差し込んだ。

血はすぐには流れ出ない。彼は驚いたように一歩退き、目を丸く見開いたまま彼女を見ながら、まるで何かを尋ねようとしているかのように、口をぱくぱくと動かした。しかし、声を発することはできない。

裴玄静も同様に何も言うことができず、動くこともできなかった。彼女は相手より一層困惑してさえいた。自分はなぜこのようなことをしでかしたのだろう……。

赤黒い血がゆっくりと滲み出てきて、彼の胸元の襟に一輪の鮮やかな赤い花を描き出した。花芯は匕首の柄で、その上には裴玄静のきつく握りしめた五本の指があった。

彼女は狂ったように叫んだ。「――ああ！」

「お嬢さま、お嬢さま！　お目覚めになってください、うなされているのですか？」

裴玄静が飛び起きると、阿霊が彼女に向かって焦ったように喚いているところだった。

淡い月光が開け放たれた窓から入り、寝台の前にまるで水銀が注がれているかのようだ。夢の中で果てしなく恐ろしく感じられた静謐な夜の闇は、現実世界の平穏さを取り戻していた。

「どうかなさったのですか？　お嬢さまは、二晩続けてうなされていましたが」

阿霊が手巾を持ってくると、裴玄静は額の汗を拭いながら、なんとか笑みを浮かべて言った。「わたくしは平気だから、寝ていらっしゃい」

いくらも経たないうちに、間仕切りの向こうで眠る阿霊が長い寝息を立て始めた。裴玄静はしばらくそれを聞くと、枕下から匕首を取り出し、月光の下に捧げて細かく見た。

間違いない。これだ。

先ほどの夢の中で、彼女は正にこの匕首を皇帝の胸に差し込んだのだ。

冷や汗が再び噴き出してきた。

これは一体どういうことなのか。自分はなぜこのような悪夢を見るのだろうか。そのうえ二晩続きだし、夢の世界は生々しい。最も恐ろしいことは、全ての過程がぴったり同じであるということだ。

彼女は寝台に力なく倒れこんだ。今までにない無力さとためらいを感じた。

昨夜、初めてこの夢を見た時、裴玄静は目覚めた後すぐに一通り自分で分析をした。まず、午後に賈昌の庭で、全く準備なしに現在の聖上と出会ったことは、確実に裴玄静に大きな感情の波を引き起こした。次に、長安に来てから遭遇した様々な変事と難題は、脆弱な人間の精神を崩壊させるに足るものであった。裴玄静は相当に持ち堪えられる方であるだろうけれども、やはり極限に達してしまった。最後に、昨日全くの偶然から、彼女は外出前に匕首を靴の中に隠した。本意は身を守る目的に過ぎなかったが、図らずも武器を隠匿しながら天子に謁見するという禁忌を犯してしまった。しかし、それでも彼女を責めることはできないだろう。誰も彼女にこれから会うのが皇帝であるとは教えてくれなかったのだから。

要するに、昨晩裴玄静は様々な理由を探し出して自身を安心させたが、今夜の悪夢の再来によって完全に破滅したのだった。

彼女は匕首を鞘から抜き出した。月光の下で、繊細な刀身は秋水の小さな流れのように軽やかで柔らかで、これが簡単に人の命を奪うことのできる凶器であるとは信じがたかった。過去七年の間に、彼女は何度もこんなふうに月光の中でこの匕首を眺めたが、いつもその中に何かがひっそりと流れているように感じたのだった。かつてはそれが限りなく想い合い、綿々と続く愛情だと考えていた。今は、それはむしろある種の解き放つことのできない怨みのようなもので、甚だしい不吉の前触れだと感じられた。

裴玄静は寝台の上で身を起こして座った。彼女は突然、自分はこれ以上長安に滞在し続けることはできないと思った。

彼女は何をしているのか。こんなにも多くの混乱に、こんなにも多くの謎、こんなにも多くの争いと恨み、その全てが彼女と一体何の関係があるのだろうか。彼女は心の中でつぶやいた。武相公にも申し訳ないし、王義にも申し訳ないし、禾娘にも申し訳ない……玄静はただの取るに足らない女であって、あんなにも多くの道義と真相は引き受けきれません。自分がこのために差し出すことができるのは、たった一人の人間だけなのです。

裴玄静は化粧箱を開け、一つ一つ眺めていった。血の付着した簪、一首の五言絶句、『蘭亭序』の半分を書き写した巻物、そして一本の古雅な金縷瓶。

ああ、彼女はまた悩みだした。

思い切って全ての信用や依頼を放棄しようとしたが、裴玄静は実際には心中に不安を抱えていた。特に見つかったばかりの武元衡の金縷瓶は、ほぼ確実に宰相の一生の名誉に影響を与えるだろう。そのうえ、刺殺事件の真相と全く異なる判断を引き起こす可能性さえある。

吐突承璀の話によれば、武元衡が収賄をしたと成徳藩鎮が中傷したことで、皇帝は成徳武卒を殺して威厳を示そうとやっと決意したそうだ。そして現在、収賄の品とされている金縷瓶は裴玄静の手中に転がり込んできた。それも武元衡がきわめて特殊な方法で彼女が探し当てるよう導いたものだ。

まさか、武元衡は本当に賄賂を受け取ったのだろうか。そうすると、成徳藩鎮は武元衡を中傷してはいないということになる。皇帝が成徳武卒を殺すことも不当であるように見えてくる。

だが逆に考えてみると、成徳藩鎮が武元衡に怨念を抱いたのが収賄のせいだとしたら、刺殺事件の元凶は確実に彼らだということになるのではないか。

金縷瓶は間違いなく刺殺事件の重要な証拠物なのだ！　しかし、武元衡はなぜそれをわたくしに渡す必要があったのだろうか？

彼女は金縷瓶を持ち上げると、ぶつぶつと言った。「武相公よ、武相公、玄静には一体どんな徳や能力があるというのでしょう。あなたはどうしたことか、こんなにも重要なものをわたくしに任せました。それはそうとして、もう少し情報をくださいませ。結局わたくしに何をさせたいのですか？　今このように根拠もなしに考えるのは、実に難しすぎるのです……」

裴玄静は息を吐くと、金縷瓶を元のように布で包もうとして、手を止めた。

彼女は奇妙な現象に気がついた。さっきまで真っ黒であったはずの布の上にまだらの模様が浮かび上がったのだ。彼女が持ち上げて近づいて見た時には、もう模様は消えていた。

手で撫でてみると、布の質はかなり粗い。裴玄静は、はたと気がついた。大雁塔で金縷瓶を手に入れてから、彼女の注意力は完全に金縷瓶そのものに集中しており、それを包んでいる黒い布を意識したことはなかった。しかし、今この布が尋常ではないことに気づいたのである。

この黒い布は造りが粗すぎる。武元衡の地位や品位であれば、家の中で適当に手に取るものは必ず絹織物であるはずだ。このような粗い布を見つけることは却って難しいだろう。

ということは、これもまた彼が敢えてやったことに違いない。

裴玄静の前にある雲母の屏風は、いつの間にかすでに一抹の微かな光で染まり始めている。もうすぐ空も明るくなる。

今日もまた重大なできごとがあるのを、彼女は思い出した。成徳武卒張晏をはじめとする人々が西市で判決を受けて処刑されるのだ。皇帝自らの指示を賜ったので、裴玄静は観覧に出向かなければならない。

これだけ情況が差し迫っていれば、隠れたくとも隠れることはできない。

裴玄静は化粧箱を閉じ、注意深く銅の錠を掛けたが、先ほど取り出した黒い布は、四角くたたんで机上に置いた。今日外出する際に、彼女が機会を作って西市の織物屋へ行ってみたら、黒い布のおかしなところについてわかるかもしれない。

長安城中の西市の大きな柳の木の下は、朝廷が犯罪者を公開処刑するための専用の場所である。今回の宰相暗殺事件は、数日の内に元凶を逮捕することができた。そして京兆府尹が自ら見届け人をする。情報が出てくると、京城の人々は走り回って互いに教え合ったので、彼らの不安はようやく落ち着いた。

早朝から、西市は野次馬の群れで満たされた。裴玄静の到着は遅かったが、数名の神策軍に先導され、人の群れをかき分けて一軒の酒楼に向かった。馬を店に預け、裴玄静は神策軍に取り囲まれて一段ずつ上っていき、窓の側の座席の前まで来た。

彼女が窓にもたれて眺めると、処刑場は窓の下の真正面にあった。神策軍の人々が周囲を囲んでいるため、その他の客は三尺離れるほかなく、最良の観賞位置を譲ることとなっていた。

裴玄静は席に着いた。帷は上げなかった。彼女は困惑し、また非常に怒っていた。皇帝は彼女に処刑を見るように強いた。彼女が顔色を窺って自らそうするよう仕向けたのは間違いないのだ。裴玄静は裴度の姪であるため、皇帝は彼女に遠慮したと言える。手段もいくらか遠回しだった。

張旻などの人々を斬首し、見せしめにすることで、皇帝は世の人々に宣告したいと思っている。少なくともこの長安城内では、まだ天子の意志で隅々まで覆うことができるのだと。考えがここに及ぶと、裴玄静はまたあの人を少し憐れに思った。ほら、彼の意志は彼女が大人しくここに座ることを命じることはできるが、それでも彼女が夢の中で彼を殺すことは阻止することができない。

裴玄静は思わず身震いした。彼女はすぐに、あの悪夢のことはもう二度と考えてはならないと自分を諭した。彼女は意識を窓の下に戻した。正午になっていないため、処刑はまだ始まっていない。大柳の下の台の上には、すでに見届け人の座席と、その時になれば受刑者の頭が載せられるまな板状の石が設置されている。台の下は黒山の人だかりだが、台の上はがらんとしている。雲が陽光を遮り、人々の頭の上をゆっくりと移動する。見晴らしの良い角度から見ると、怪しげな絵巻物に極めて似ており、最も血生臭く恐ろしい一幕に向かって少しずつ進んでいるようだ。

突然、裴玄静は人ごみの中に禾娘を見つけた。

彼女は驚きのあまり立ち上がりそうになった。禾娘はまた男装しており、郎閃児のような格好で最前列に押し入っていた。

裴玄静は緊張しながら考え始めた。禾娘は何がしたいのだろう。見物しようというだけではあるまい。聶隠娘はどこだ。彼ら夫婦も来ているのだろうか。

彼女は首を伸ばして引き続き人ごみの中を探したが、聶隠娘夫婦の影は見つからない。しかし、裴玄静はそのことで息を緩めることはなかった。聶隠娘は決して禾娘を一人で外出させるようなことはしない。隠娘夫婦の腕前ならば、素性を隠すことなど難しいことではない。恐ろしいことに、もし彼らがみなこの場にいるのだとすると、処刑の時に何か起こるのではないだろうか。

もしや刑場を荒らすつもりか？　そんなことがどうしてできようか！

裴玄静は座っていられなかった。彼女は立ち上ろうとすると、すぐ一人の神策軍士に前を塞がれた。「お嬢さま、座ってください。何か必要なら指図してくだされば、私が代わりに参ります」

彼女また腰を下ろすほかなかった。——いいだろう、自分は今ただの皇帝の囚人であり、むやみに話したり動いたりすることは許されないのだ。

実際のところ、刑場を荒らそうが荒らすまいが、裴玄静はどうでもよかった。張晏たちはもとより首を切られるべきではなく、皇帝が彼らを処刑する必要もない。裴玄静が心配なのは、禾娘がまたいわれなく渦の中心へと巻き込まれていくことであった。誰が彼女を保護するだろうか？　また誰が彼女を保護することができるだろうか？

どうすべきか？　この数名の神策軍に、おそらく誰かが刑場を荒らすと伝えるか？　裴玄静はそうすることで十分に状況をひっくり返すことができるとは信じられず、そうしたいとも思わなかった。彼女は茫然として成す術もなく、四方をぐるりと見渡した。……まずい、あれは誰だ?!

裴玄静はもう少しで驚きの声をあげるところであった。店の角に知ったような顔を見つけたからだ。

その人物も一人きりで、よくいる書生の格好をして、衣服や冠はきちんとしており、頭を半分垂れて窓の外を覗いている。この時、店の二階は好奇の目で刑場を見ている客でいっぱいになっていた。その人物はその中に紛れており、全く人目を引いていなかった。

しかし、裴玄静は一目ですぐに彼が誰かわかった——なぜなら、彼のあごには一本の深い傷跡があるのだ！

春明門外の賈昌の小屋で、崔淼と郎閃児は寄宿している者の中に一人の伝染病患者を見つけた。裴玄静が会った時、その人は病死して間もないところであった。崔淼が彼女を近づかせなかったため、彼女はただざっと一目死者を眺めただけだ。ただ、死者のあごにあった傷痕は彼女に深い印象を残したのだった。

裴玄静は人物の様子を一目見たら忘れない能力があり、しばしば他人の賛嘆を引き起こす。実はそれには一つ秘訣があるだけなのだ。それは、最も大きな特徴を覚えるということだ。

だから彼女はこの傷痕を覚えていた。

その人物は何かを察したように、裴玄静の辺りに視線をよこした。彼女の心臓は一瞬止まりそうになったが、すぐに自分がまだ帽子の帷を上げておらず、他人には自分の容貌がはっきり見えないことを思い出した。

結局、その人物は視線を再び外すと、引き続き窓の外の刑場へ投げかけた。裴玄静は天地がひっくり返るような思いであった。京兆尹の車が来た時の民衆の騒々しい声さえも聞こえなかった。まるでたちまち現実世界が彼女の目の前から消えてしまったようだった。

賈昌の小屋の謎はすでにすべて解かれたと、彼女は思っていた。しかしなぜ、あそこで明らかに死んでいた一人の人間が生き返ったのだろうか？

「江河の大いに潰《つひ》ゆるは蟻穴従《よ》りし、山は小さき阤《くずれ》を以て大いに崩る」彼女が探偵の才能を見せ始めた頃、父親はもっぱら漢代の劉向のこの句で彼女に指導をした。つまり推理した個々の部分には、全て詳細な正確性を確保しなければいけないということである。どのようなわずかな穴であっても、結論全体の崩壊を引き起こす可能性があるのだ。今この瞬間、一人の死から蘇った人物が、賈昌の小屋の一切を再び一つの混沌へと戻した。

裴玄静の脳はぐしゃぐしゃに乱れている。

「裴大娘子早くご覧ください。午時三刻になりますよ！」身辺にいる神策軍士はなかなか責任感が強く、時間が来ると裴玄静に処刑を見るよう促した。

裴玄静がぼんやりと窓の外を見ると、いつの間にか処刑台の上ですでに一列跪いている。一人ひとりの背後に挿してあるのはそれぞれの氏名が書いてある札――まさに皇帝が指定した身代わりの張晏などである。彼らの背後で、死刑執行人は鋼の刀を横に握り、時が来たら、すぐに手を上げて刀を下ろそうと待ちかまえていた。

正午の日差しが刀刃に反射し、処刑台の上空を満たしたまぶしい光が、ギラギラと迫ってくる。

騒々しい西市はひっそりと静まり返り、全ての人々が息を飲んで、人頭が地に落ち、血が四方に飛び散るその時を待っている。

「バン！　バン！」

突然、大きな音が続けざまに四方八方で鳴ると、それからぱらぱらという音が絶え間なく響いてきた。人々は意表をつかれ、きょろきょろしたり、右往左往したりしている。現場の守護を担当する金吾衛たちはこの情景を見て、悪人がこれに乗じて何かするのではないかと心配し、急いで人々を制止しようと駆け出し、結果的に騒ぎはますます大きくなった。

一時の間に、処刑台の前では多くの泣き叫ぶ声が上がり、人々は慌て始め、次から次へと方々へ走った。金吾衛たちはまだ力の限りこれを阻もうとしていたが、局面はすでに制御できなくなっていた。

京兆尹は狼狽して処刑台に立ち尽くしている。午時三刻になったのかどうか宣言する人もいない。慌てふためいて、彼は大声で叫んだ。「早く！　早く処刑しろ！」

しかし死刑執行人たちはみな慌てて手足をばたばたさせており、命令に従う者はいない。

「まあ、大変！　大変！」裴玄静のいる酒楼の上もすでに混乱しきっている。人々はすました顔の何人かの神策軍のことなどわからずに、窓の前に押し寄せた。一部の人は階下から駆け上がり、高い所に登って少しでもはっきりと見ようとする。また一部の人は階下に向かって真っすぐ駆けて行ってこの場を離れようとする。その中にはあの顔の上に傷痕のある人も含まれた。

裴玄静はそれでも反応し、神策軍が騒ぎを見物してばかりいるのに乗じて、隙を見て階段を駆け下り、顔に傷痕のある人物の後にぴったりとくっついて酒楼を走り出た。

もし裴度がこの光景を見たら、裴玄静を一喝していたに違いない。「玄静よ！　落ち着け！」と。

惜しいことに、彼のこの姪は興奮で頭がかっかしていると、どんなことも顧みることができない。

裴玄静は酒楼を勢いよく出ると、人ごみの中に自分が陥ったことに気づいた。顔に傷痕のある人物はちらっと姿を現すとすぐに見えなくなった。背後に神策軍士の叫ぶ声が聞こえる。「裴大娘子！　裴大娘子！」裴玄静は歯ぎしりすると、必死に顔に傷のある人物の消え去った方向へ押し入った。

彼女はすぐに、自分が大きな間違いを犯したことに気づいた。身の回りの全ての人が叫び、押し合い、圧力が四方八方から加えられ、彼女は前進することができないだけではなく、さらには呼吸することさえも困難となった。突然後ろから巨大な力がまた沸き上がり、裴玄静は立っていられず、今にも転んでしまいそうだ。

「静娘、私に捕まって！」一本の腕が彼女に伸び、裴玄静は力を振り絞ってそれを握り締めた。

3

思いもよらないことに、崔淼は見たところ文質彬々な様子でありながら、ぎゅうぎゅう詰めの人ごみの中を右に左にかき分けて、力も強いのだった。


二人が幾重もの人ごみを突破してから、一本の路地にもぐりこんだ時、裴玄静はやっと認識した。今日もし崔淼がすぐに現れなければ、自分は恐らく本当に押しつぶされて怪我でもしていただろう。

「あなた、あなたはどうして来たのですか？」彼女はハアハアと喘ぎながら尋ねた。

「それがしも騒ぎを見に来たのですよ。そうしたら、あなたが目に入ったのです」崔淼は汗を拭きながら言った。「あの何人かの神策軍があなたを連れて酒楼に入る時に、それがしは気づきました。だからずっと下で待っていたのです。そもそもはあなたと顔を合わせる機会を窺うつもりだったのですが、まさかあなたが中から飛び出してくるとは……」

裴玄静は叫んだ。「崔郎、わたくしはある人を見たのです！」

「しーっ！」崔淼は彼女に声を抑えるよう示唆し、手を伸ばして壁にある小さな門を押し開けた。

裴玄静が彼に従って入って行くと、大きな屋敷の裏庭が現れた。庭には誰もいないが、数枚の筵が一列に広げられ、様々な植物、干し草、切れ端、果ては虫の卵までもが日光の下で乾燥させられていた。濃厚な薬草の香りが鼻腔に飛び込んできて、彼女にはこれらがすべて薬の材料であることがわかった。

小さな門をしっかりと閉じると、すぐに混乱し騒々しい処刑台の前とは切り離された。崔淼は言った。「お嬢さん、あなたを良いところ——宋清《ソン・チン》薬荘へお連れします」

「薬を売っているところですか？」

「ええ、長安城全体の中で最も大きな薬局です」

裴玄静は呆けた様子でぐるりと見渡して言った。「わたくしたちはまだ西市にいるのですか？」沸き立つ声は遠いようでいて近いようでもあったが、先ほど騒ぎを引き起こした爆音は聞こえなかった。

「西市にいますが、南西の隅の角です。首はねの大柳の後方です。いつもなら最も閑静な場所です。ここは薬材を貯蔵する裏庭で、店は表で開かれています」

裴玄静は頷いた。庭は本当に広く、干してある薬の材料のうちいくつかは彼女にもわからなかったが、とても珍しいものに違いない。側には多種多様な器具、秤、漏斗、枡、臼と杵、砥石、玉の槌、磁器の鉢などが並べてあり、見ていてくらくらするほどである。この薬局の規模もわかろうというものだ。しかし——彼女は崔淼に問うた。「崔郎中がわたくしをここに連れて来たのは……」

「外は大騒ぎですから、それがしどもはしばらくここに逃げておきましょう」崔淼は微笑みながら言った。「ちょうどいい機会ですし、お嬢さんに普段それがしが過ごしている場所を見ていただきましょう」

「あなたはここで診察を？」

「そうですよ。患者さんが処方箋を持ってそのまま薬局で薬を買うことができます。便利じゃありませんか？」

裴玄静は声を出さなかった。彼女は以前、崔淼が本当に西市で医者をしているのかどうか調査すべきだと考えたことがあった。鏡磨きの店から長安城下の暗渠までの様々な危機を経て、裴玄静はすでに崔淼への疑いを捨てており、確認が必要であるとはもう考えていなかった。しかし……今日の傷痕の顔の男はまたどういうことなのか。

裴玄静の心は突然沈み込んだ。もし傷痕の顔の男が本当に死から復活したのであれば、まずひっくり返るのは崔淼の信用だ。彼の話は最終的に証明される——まるっきり嘘であると。

崔淼は問うた。「どうかしましたか？」この人は全てを見透かしており、裴玄静の内心の起伏は一つ残らず彼の目から逃れられないのだ。

「わたくしは……」

彼女はどう口に出していいものかわからなかった。生まれて初めて、裴玄静は自分でも真相を追求することに恐れを感じることがあると知った。

裏口を軽く叩く音がして、行き詰まりから救い出してくれた。

崔淼は嬉しそうに答えた。「今行きます」

彼は駆け寄って戸を開け、一人の中年の文士を迎え入れた。その人は青衣に頭巾を被っており、歩みはわずかにふらつき、足が不自由なようだ。崔淼を見るとすぐに言った。「崔郎中もいらっしゃるのですか？　今日は外がめちゃくちゃです。私は人ごみを避けて、裏門から来るほかありませんでした」

崔淼は彼の手を引いて軒下に座らせると、笑いながら言った。「それがしも騒ぎは嫌いです。今日はずっと薬局に籠って出かけませんでした。先生にちょうど会えるとは思いませんでした」

裴玄静は聞きながらぎょっとした。彼はどんな必要があってこの嘘をついているのだろうか？　しかもわたくしの目の前で。

中年の文士も裴玄静に気づいて、疑いの色を浮かべると、崔淼はすぐに言った。「そのお嬢さんは薬を買いに来たのです。一つ薬材が不足しているので、店の者に城外に急いで買いに行ってもらっています。今は外が騒がしいので、彼女には庭で待ってもらっているのです」そう言いながら裴玄静に向かって視線を落とし、彼女にしばらく辛抱してもらいたいという意思を示した。

文士はまた問うた。「店主の宋さんは？」

「はあ、今日店の者たちはみな人殺しを見に行きましたから、店主は今、表でさんざん忙しくしています」

この崔郎中は嘘を吐くにも台本いらずで、裴玄静さえ真実だと信じてしまいそうだ。同時に、裴玄静の好奇心も引き出された。彼女の知る崔淼はとにかく行儀は良いのだが、それでいていつも不注意に現世への憤りを露出し、話をすればいつでも臨戦態勢で、決して至極簡単に相手のできる人物ではない。しかし、今彼を見てみると、中年の文士に対して至極丁寧に相手にしている様子で、まるで人が変わったようだ。

そのうえ彼の尊敬や関心の示し方は何と自然であることか。それらが肺腑から発されているものであることが見て取れる。中年の文士を介添えして座らせると、崔淼は文士の側に片ひざで跪き、注意深く彼の脚を揉んでいる。「先生いかがですか？」

中年の文士は眉をひそめたが、何も言わなかった。

裴玄静は側で冷ややかな目を向けた。その人は憔悴した様子で、痩せた顔は晴れることのない鬱積で満たされているが、挙動には厳しく超然とした気概がある。

彼が答えなかったので、崔淼はすぐに言った。「先生、これはリウマチですから、静養だけではなく、養生もしなければなりませんし、それから……」少し笑うと、さらに注意深く言った。「それから最も重要なのは心を広く開放することです。思い通りにいかないからと鬱憤を溜め込むのは、この病にとっては一番の禁物です」中年の文士も笑って、聞き返した。「あなたは私が鬱憤を溜め込んでいると思っているのですか？」話しぶりには自嘲の中に鬱屈したものが満ちていて、聞きながら裴玄静の心も辛くなった。

「とんでもない、でたらめに言ったのです」崔淼はその人の前ではとにかく極限までへり下る。そして、傍らから大きな包みを取り出した。「ちょうど、宋店主があなたの薬を全て準備してくれています。今日、あなたはこのまま持って帰ってください。合計二十日分の量です。飲み終わったらまた来てください。それがしが改めてあなたの脈をとって処方箋を調整します」

また「ちょうど」だ。今日は崔淼一人で長安全ての「ちょうど」を使い切ったと、裴玄静は心の中で思った。

「二十日分の量？」その文士はおどおどし始め、「私のお金は恐らく、こんなにたくさんの薬を買うのには不十分だと……」

「店主が何度も、あなたからお金は受け取らないと申し上げています。なぜまだそのようにするのです？」

文士は苦笑しながら言った。「そう、宋店主の好意ですが、私が借用書を書くことを許してください。このようにただひたすら書くだけで、いつ清算できるかわかりませんが……」

崔淼は包みを文士の懐にしまった。「宋清薬鋪が開業してから、受け取った借用書は何千何万とあります。毎年の年末に清算していない借用書は焼き払ってしまいます。それでも、店主は破産していませんし、薬局は益々繁盛するほどに儲かります。先生、あなたが彼のために心配する必要はありません！」

中年の文士は感慨深げに言った。「宋清店主は商売人ですが、利益だけを求めないということができる。彼と比べると、あの朝廷や官府の士大夫を自任するやつらは、全身から強欲さな匂いがぷんぷんします」話しながら、袖の中からきれいにたたまれた紙を取り出して、「お手数ですが、宋店主に渡していただけるようお願い致します。お忙しいところ邪魔しに行くのはやめておきます」

崔淼は言った。「先生、もう本当に借用書は書かないでください」

「借用書ではありません。これは宋店主のために書いた一篇の文章です。ご迷惑をお掛けしますが、崔郎中に渡すので、私の代わりに感謝をお伝えください」話している間、中年の文士の眉の辺りに誇らしげな表情が現れた。裴玄静はすぐに気づいた。彼は本来こんなにも優雅な男性であったか、と。

崔淼は門の外まで中年の文士にずっと手を貸し、文士はお礼を言うと、やっと路地に沿ってためらいながら去っていった。

裴玄静はやっと前に出て問うた。「彼は歩くのが不自由なようですが、あなたはどうしてもう少し先まで送らないのですか？」

「先生は人に見られたくないのです」

裴玄静は理解した。先ほど崔淼があんなにも多くの「ちょうど」を言ったのは、中年の文士に困窮を感じさせないようにするために違いないのだった。

「あの人は一体誰なのですか？」

「当ててみてください。お嬢さんは凄腕の探偵ではないのですか？」

裴玄静にはその場では糸口が全くなかった。

崔淼は笑って言った。「お嬢さんに手がかりを示すことができます。しかし詩を読まなければならないので、お嬢さんの許可を望みます」

「あなたが読みたいのなら読めばいいでしょう。どうしてわたくしの許可がいるのですか？」

「お嬢さんが言ったのではないですか。それがしと某氏の詩は不釣り合いだと」

崔淼の顔からは一体本気であるかどうかの見分けもつかず、裴玄静は憎々しげに言った。「許しますから、読んでください！」

「野粉　椒壁黄なり
湿蛍　梁殿に満つ
台城　応教の人
秋衾　銅輦を夢《ゆめ》む
呉霜　帰鬢に点じ
身は塘蒲と晩《く》る
脈脈《ばくばく》として金魚を辞し
羈臣　迍賤《ちゅんせん》を守る[1]」

なんと、李長吉の『還自會稽歌』だ！

この詩は梁代庾肩吾の故事を書いたもので、彼が侯景の乱の後に會稽へ逃れる道中で、太子の蕭綱を懐かしみ、自分がかつて東宮の役人であったのに、今、落ち着ける場所のない悲惨な運命を嘆き悲しむのを描写している。しかし詩人は故事を使って現在を語っ

1　原文：野粉椒壁黄，湿蛍満梁殿。台城応教人，秋衾夢銅輦。呉霜点帰鬢，身与塘蒲晩。脈脈辞金魚，羈臣守迍賤。

ているのであり、本当に嘆息したいのは、永貞の革新が失敗した後、排斥され、大志を実現できていない人々である。なぜなら、革新の担い手であった王叔文も會稽の人だったからである。

「まさかあの先生は……」裴玄静はまだためらっている。

崔淼は言った。「南方に柳星あり」[1]

「本当に柳子厚なのですか！」

「そんな大声で叫ばないで、金吾衛がみなあなたのせいで来てしまいます」崔淼は首を振った。

裴玄静は興奮を抑えきれず、「なんてことでしょう。わたくしは今日河東先生に会ったんですよ！」

ここ数日、彼女が会った大人物には宰相、権宦、さらには皇帝まで含まれるが、誰一人として彼女に今のような興奮と遺憾を与えはしなかった。彼女は崔淼に不満を抱いた。

「早く言ってくれれば」

1　柳星は、二十八宿のうちの南方朱雀七宿の第三星である。人々は柳星を使って南方へ左遷された柳宗元を指し示している。柳宗元は、字は子厚、河東の人、「河東先生」とも呼ばれる。詩文によって世に知られ、かつては唐順宗が主導した「永貞の革新」にも積極的に参与し、革新が失敗した後に嶺南の永州と柳州へと左遷させられた。

崔淼は噴き出した。「早く言っていたらあなたはどうしたかったのですか？　河東先生を食べたかったわけではないでしょう？」

「そんなわけありません！」裴玄静が言った。「わたくしは彼に直接言いたかったのです。彼の全ての文章を、見つけ出せる限りのものは全部何度も読みました。彼の思想はいつでもわたくしに驚きと喜びを与え、彼の気骨はわたくしを感服させ、彼の境遇はもっとわたくしに……ああ、たとえ何も話さなくても、もう少し近くで彼を見られたら良かった」

崔淼は言った。「裴大娘子、大丈夫ですか。これまであなたがこんなに興奮したところを見たことがありませんよ」

裴玄静は平身低頭して何も言わなかった。実際は彼女も心の中ではわかっていた。崔淼が柳宗元を彼女に紹介しなかったのは、先生自身の望みを考慮したからに違いないのだ。彼は他人に病でやつれた顔を見られることは望んでいないはずだ。

彼女はぼそぼそと言った。「崔郎中、先生はなぜあんなにも老けて憔悴した様子なのでしょう。わたくしの記憶では彼は不惑を過ぎたばかりのはずです。彼の身体はどうしたのですか？　彼の病気は重いのですか？」

「ええ、心の病は最も治しにくいものです。柳子厚は彼の古い友人である劉夢得ほど思い切りが良くはないのです」

「しかし、河東先生が長安にいるなんてことがどうしてあり得るのでしょう？」

「夢得先生もいます。彼らは皇帝に呼び戻され、現在朝廷に再び召し抱えられるのを待っているのです」

裴玄静は驚喜した。永貞の後まるまる十年左遷させられていた柳宗元と劉禹錫が、本当に晴れ晴れとしたその一日を迎えられるというのか。

「素晴らしいです。皇帝が彼らを長安に留めてくれ、河東先生が養生できるよう願っています。しかし、彼らを役人にはしないでもらいたい。永遠にしないでもらえたらいいのに」

崔淼はため息をつきながら言った。「あなたに早く知らせなくて良かった。そうでなければ、あなたは柳子厚に面と向かってこの話を切り出して、彼を血を吐くほど怒らせたでしょう」

裴玄静は彼に反駁しようとは思わなかった。ここ数日彼女は武元衡、裴度、吐突承璀、そして皇帝の、身の多すぎる圧力と無力さを見てきた。そう、彼女は本心から役人になることがいいことばかりではないと感じているのだ。

崔淼は言った。「皇帝がどう考えるか、それがしどもに口出しすることはできません。しかし、少なくともそれがしどもは先に柳先生の文字を鑑賞することができます」そう話しながら、机の上に柳宗元がたった今彼に渡した紙を広げた。

「いいのですか？　先生はあなたに宋店主に手渡すように言いましたが」

「柳郎の文字は天下の人が共有すべきです」崔淼は当然だと言わんばかりにまくし立てる。「そして今世と後世にも共有されるものです。あなたとそれがしがここで先に見て楽しんで、どんな不都合がありますか？」

　彼の言うことはとても理にかなっている、と裴玄静は思った。

　そして、彼女は敬虔な気持ちを抱きながら読み始めた。文章の初めにはこう書いてある。「宋清は、長安西部薬市の人なり。善薬を居《お》く。山沢自《よ》り来たる者有れば、必ず宋清氏に帰し、清之を優主とす……」最後の部分にはこう書いてある。「清は市に居りて市の道を為さず。然れども朝廷に居り、官府に居り、庠塾郷党に居りて士大夫を以て自ら名づくる者、反《かへっ》て争ひて之を為して已《や》まず、悲しきかな。然れば則ち清は獨《ひと》り市人に異なるのみに非ざるなり」

「良い人だ」崔淼は言った。「宋清店主はこれで末代まで名を残すことでしょう」

「末代まで名を残す？」

「そうですよ。柳先生の文章は必ず長い年月残り続けます。ということは、彼によって文中に書かれた宋清店主も、当然一代一代と語り伝えられていくのです。店主の今回の商売は大きな儲けになりますよ」

　裴玄静は口をすぼめて笑って言った。「わかりました。あなたが柳郎にあんなに良くしていたのは、彼がいつの日か『崔郎中伝』を書くことを熱望していたからなのですね。そうすれば末代まで名を残すことができます」

崔淼は地団駄を踏みながら言った。「お嬢さんはそれがしをどんな人間だと思っているのですか！」

そんな会話をしていたが、崔淼は裴玄静の甘く美しい笑顔や、彼女のあの得難い子供のように興奮した表情――ただ一篇の美文を読むためだけに、一人の落ちぶれてしまった大天才に会うためだけに、彼女はすべての防備と慎重で成熟した様子を捨て去り、純粋な赤子の心を露わにしている――その様子を見て、くらくらとしないわけにはいかなかった。

衝動的に彼女の柔らかな手を握ってしまわないように、彼がどれほどの自制心を払ったかは、天のみが知るところである。

困り果てた顔をごまかすために、崔淼は話題を変えた。「そうだ、お嬢さんは先ほどそれがしに何を言おうとしていたのですか？　あなたは誰かに会ったのですか？」

裴玄静は一瞬で冷静になった。あごに傷痕のあるあの顔がまた極めて凶暴に目の前に現れた。

彼女はゆっくりと言った。「はい、わたくしはさっき酒楼で一人の人物を見たのです」

「誰ですか？」

「一人の死人です」

「死人？」

「あの雨の晩に賈昌の小屋で、一人の伝染病にかかって死んだ滞在者がいました。彼のあごには一本の傷がありました。今日わたくしは酒楼でまた彼を見たのです」

「そのようなことがあるでしょうか？」崔淼の驚きようは正に彼女が思ったとおりであった。裴玄静は彼の表情からどんな異常も見出すことができない。彼は眉間に皺を寄せてしばらく思案すると「ありえません。あの時あの人は確かに死んでいました。それがしが間違えるはずはありません。同一人物だと確信しているのですか？」

裴玄静はためらいながら答えた。「実は、彼の風貌をわたくしはしっかりとは記憶していないのです。ただあの傷痕はとてもよく似ています」

「傷痕ですか？　あなたはその傷痕どれだけの長さでどれだけの深さだったのか覚えていますか？　それは左に曲がっていますか？　それとも右に？　上は唇に接していますか？　下は首まで伸びていますか？」

「……わかりません」

「それならどうして結論付けることができるのでしょう。それが同じ傷痕、同じ人物であると」

裴玄静は崔淼の目を注視していた。彼女がその中から見えるものはすべてが誠実だ。

なぜまだ疑うのだろう？　この人は権威を蔑視しているが、憐れな苦しい運命の人に対する同情に満ちていると、彼女は思う。実のところ、これは少しも奇妙なことではない。彼は一人の医者であり、彼の使命は世の人々を救うことなのだ。

彼を信じようとすることは決して難しくない。

裴玄静は決めた。「あなたの言うとおりです。わたくしが間違いました。同じ人なはずがありません」

崔淼は微笑んだ。

「でも、禾娘！　わたくしが禾娘を見たのは、絶対に間違いではありません」裴玄静はまた焦りだし、「崔郎、今から出て行って彼女を探すのはどうでしょう。わたくしは彼女をとても心配しているのです」

「今出かけるのですか？　あなたが禾娘を探しているうちに、自分が先に神策軍に捕まってしまいますよ」

裴玄静は落胆した。

崔淼はなだめて言った。「禾娘のことを心配するのはよしましょう。あの日それがしは、隠娘が表面上は彼女に対して厳しくしていても、実は彼女をしっかりと保護しているのを見ました。その上、聶隠娘のような人は世俗の規範は無視して、たった一文字の『義』を最も重視しているのです。彼女はすでに王義にかかわって動き出したのですから、禾娘を徹底的に保護するでしょう。静娘が余計な心配をする必要はありません」

裴玄静はまた彼に説得されてしまった。

「しかし静娘、あなたはどうして神策軍に睨まれているのですか？」

彼女はさらっと言った。「皇帝です」

「皇帝？」崔淼は目を大きく見開いた。

「話せば長くなります」皇帝の指示により、裴玄静は誰に対しても内情を漏らすわけにはいかなかったが、口を開いたとたん、彼女はまた別の重要なことを思い出した。

裴玄静は懐中から真四角に折りたたんだ黒い布を取り出し、目の前の机の上に置いた。

「これは何ですか？」

「ひとまず来歴はきかないでください。この布の謎を解くことができたら、わたくしはあなたに全てを教えます」

崔淼は言った。「お嬢さんと一緒だと本当に半時も怠けていられませんね。絶えず頭を働かせていないといけません」

裴玄静は不満そうに言った。「今わたくしは出るに出られないのです。でなければ、あなたに手伝ってもらおうなどとは」

「それがしでなければ、お嬢さんは他の誰に手伝ってもらおうと言うのです？」この若者はますます調子に乗った。

「わたくしはもう織物屋へ行きます！」裴玄静は立ち上がろうとしたが、崔淼が黒い布を目の前に広げ、笑いながら言った。「西市の織物屋が扱っているのは蜀の錦や粤の刺繡です。お嬢さんがこんな粗布を持って行ったら、笑いものにされるでしょうね。やはりそれがしにやらせてみてくださいな」

彼はまず何度かひっくり返して見て、それから手の平でそっと撫でた。「この布の上に浮いているのは何でしょうか？」

裴玄静は言った。「非常に細かい砂のようなもので、水に浸すことも考えたのですが、浸したらなくなってしまうのではないかと思って」

崔淼は指を口の中に伸ばし舐めてみると、神秘的な笑顔を見せた。「水に浸さないでくれて良かった。これは塩です」

「塩？」

「ええ、しかも布を均一に覆っているのではありません。ある所にはあり、ある所にはない……きっと塩を使って一枚の絵を描いたか、あるいはいくつかの文字を書いたのだろうと思います」

裴玄静は驚喜して言った。「間違いない、そうに違いありません！　しかし……どんな方法で文字や絵が現れてくるのでしょうか？」

「考えてみます」崔淼は精神を集中して考えている。

しかし裴玄静が考えていたのは別のこと――武元衡はこの謎を仕掛けるために、どれだけの心血を注いだのか、ということだった。彼がこんなに力を注ぐほどの価値が一体何にあるのか。少なくとも一つだけ断言できるのは、宰相が金縷瓶を受け取ったのは、決して単純な収賄行為ではないということである。たとえ金縷瓶に極めて高い価値があったとしても、武元衡にこのように全力を尽くさせ、ありったけの知恵を絞らせることはできないだろう。

だから、絶対に金銭の問題ではないのだ。

この結論を得て、裴玄静は金縷瓶を受け取ってからの重苦しい気持ちが晴れ、収賄した贓物を保管していることでやましい気持ちになる必要もなくなった。しかしすぐさま、彼女の心は更に大きな恐怖に再び占拠された。

これは絶対に重大なことであり、彼女は本当に自分がそのような重責を引き受けることができるかどうかわからなかった。

こちらでは裴玄静が気を揉んでいたが、あちらでは崔淼が忙しなく動き始めていた。彼は薬を干すための小さな枠組みを取って来て、まず上の面に薬を包むための白紙を敷き、黒い布でその上をきれいに覆った。それから、彼は小さな炉を持って来て棚の下に置き、炉の上にやかんを一つ置いて、水で満たし、最後に炉に火を入れた。やかんの中の水が「プップッ」と沸いてきて、水蒸気がゆらゆらと上がってきた。

裴玄静はみとれていた。「何をしているのですか？」

「黒い布を蒸します」

彼はもったいぶってそう言ったが、彼女は手がかりを見出し、崔淼の見事な思いつきに喝采を送らずにはいられなかった。水蒸気が上がり、黒い布の上の塩を溶かす。塩が白紙に染み込み、その上に姿を現した。そうして、結果を見ることができるようになった。

幸いにもこの薬局の裏庭で、すぐに使いやすい器具を揃えることができた。その後二人はもう言葉を発することはなく、火と水蒸気を見つめることに専念した。周囲は果てしない静寂であり、あたかも万物誕生以前に遡り、蒼天さえ辛抱強く奇跡の発生を待たなければならないかのようだった。

とうとう崔淼は小さな声で言った。「もういいでしょう」

彼は火を消すと、やかんと炉を移動させた。

裴玄静は呼吸を止めて、そっと黒い布をめくった。白い紙の上にぼんやりと文字が現れていた。

4

長安の西市の北東に位置し、最も近い坊の名を布政という。布政坊の右側は皇城にぴったりと寄り添っており、そのため多くの藩鎮はこの坊の中に駐長安進奏院を設置し、各級の役所とやり取りをしている。藩鎮が布政坊に進奏院を設置することを朝廷が許可しているのは、その地理上の位置が朝廷の軍隊の厳重な包囲下にあり、藩鎮の人々が自然と軽率な行動をとりにくいからである。成徳進奏院の張晏たちがあれほど早く捕まったのも、このためである。

しかし、だからといって布政坊の雰囲気がひどく物寂しく、人々が言行を慎むような場所であるとするのは、とんでもない間違いである。

布政坊は、長安城における西域の人々の居留地でもある。大食《アラビア》、波斯《ペルシャ》、高昌《こうしょう》、回鶻《かいこつ》、亀茲《クチャ》などから来た胡人や胡商の多くがここに居住している。彼らは昼には西市に行って商売をし、鴻臚寺などの官署では職に就いて働き、晩には布政坊に帰って来て生活する。だから布政坊の中の胡の情緒は特に旺盛で、夜になるとあちらこちらで胡の音楽が鳴り響く。

布政坊の中には長安城内最大の拝火神殿がある。拝火教（ゾロアスター教）を信奉している胡人は、いつもここで供物を捧げ幸福を祈り、また、祝い事や宴会の場所ともしていた。胡人は神殿の中で飲酒し楽しく騒ぎ、豚を煮て羊を殺し、歌や踊りを堪能する。大唐の情勢の変化や、政局の不安定さはそもそも彼らと何の関係もないようだ。

今夜、神殿の中では大宴会が行われている。夕方から琵琶や笛の音が止まず、二三時間騒ぎ続け、神殿の至る所で酔っ払った胡人が入り乱れ、鼻を衝く酒気に床一面の残飯、ただ何人かの中途半端な酔っ払いが胡姫を抱いてよろめきながらまだ踊っている。

突然、神殿の大門から猛烈に門を叩く音が響いてきた。誰かが外で声高に叫んだ。

「金吾衛による逃亡犯の捜索だ！　早く門を開けろ！」

何度も叫ぶと、ようやく混沌の中から誰かが這い出し、よろめきながら門を探り出して開けた。

金吾衛が中になだれ込み、神殿の中の情景を見て、唖然とした。

門を開けたのは金髪碧眼で、顔中に縮れた髭を生やした、一目見てすぐそれとわかる胡人であったが、口を開くときれいな唐の言葉で言った。「み、皆さんは……ど、どのような御用で？」

金吾衛の先頭の役人は顔を背けて、酒気がまっすぐ鼻に入り込むのを避けながら、面白くなさそうに言った。「今日正午に、西市で宰相を暗殺した凶悪犯を斬殺する際、賊がこの機に乗じて反乱を起こした。目下、城内全域を捜査しており、公侯王府はすべて入る許可を得ている。何人たりともこれを阻むことを禁じる！」

「問題ありません！」胡人は彼の箭袖を引っ張って、「将軍、ま、まずはこちらで……い、一杯飲んで……」

郎将が彼の手を叩き落とすと、何人かの胡姫がキャッキャと笑いながら飛び込んで来て、金吾衛の体にまとわりついてきた。

「何たるざまだ！」郎将は怒って言った。「全員あっちへ行け。我々は捜査を始める！」

酔っ払った胡人たちは騒ぎに目を覚まし、次々と金吾衛たちに怒りの目を向けた。彼らはそれぞれ馬のように大きな体をしており、拳を固めてやる気を見せればやはり迫力がある。

唐の言葉を話した胡人はほとんど酔いが覚め、ますます賢そうな口ぶりで言った。

「捜査するのは構いません。しかし、ま、まずは清めを、それから、か、神を拝して経を……読みます。でなければ入らせることはできません！」

「くだらん。我々は拝火教など信じてはおらん。どんな神を拝し、どんな経を読めというのだ！」

「それならば……入ることは許しません！」

瞬く間に、二組の人々が神殿の門前で対峙の姿勢を形作った。

「やめろ！　さっさとやめるんだ！」門外から一人の老人が飛び込んできた。走りながら叫び、頭いっぱいの白髪がすべて立ち上がりそうなほど焦っているが、白髪に混じっているのは意外なことに黄色の毛である。皺の中に深く埋もれた双眼を見れば、瞳も緑色である。

彼は息つく暇もなく、すぐに金吾衛の郎将に対して拱手して言った。「将軍、お疲れさまです。せがれの物分かりが悪いこと、どうか見逃してくださいませ」

郎将はペルシャの老人の緋色の衣服と冠をしげしげと見まわすと、当てこすった。

「李台監、お疲れさま。今日は見るべき天象はないのですか？」

「はい、本官はすぐに参内し宿直をしなければなりませんが、この騒ぎを耳にし、見に、み、見に来たのです……」司天台監であるペルシャ人李素は苦笑しつつ、頭を下げながら前に進み、腰帯から一つの物を探り出して、郎将の手中に握らせた。その郎将が手のひらの中でつまむと、それは鳩の卵ほどの大きさのしっとりとすべすべした真珠である。わずかに指を広げると、ただちに微かな光が漏れ出す――夜明珠！　この大きさのものは宮中でも見たことがない。

郎将は心中喜んでいたが、表面上は依然として重々しさを保ったまま、声を引き伸ばしながら言った。「あなたも今日の午後の出来事を知っている……」

「存じております、存じております。ただこの神殿は拝火教の信徒以外の立ち入りは禁じられております。信徒も立ち入る前には清めと参拝が必要です。この規則は太宗皇帝によって定められたものであり、これまで背いたものはおりません。ですから……将軍、いかがでしょう？」

郎将の手中には超特大サイズの夜明珠が握られており、争いを望む気持ちなどとっくに失せていた。郎将は言った。「いいだろう。神殿は司天台監であるあなたによって保証されている。我々がここに手間を掛けることもない。引き揚げるぞ！」

「さっ」と、神殿の前の金吾衛たちはきれいに引き揚げていった。

一人の金吾衛も見えなくなると、李素はようやく振り返って自分の息子——薩宝府正兼太廟斎を任じられているペルシャ人李景度《リー・ジンドゥー》を注視し、恨めしそうに言った。「おまえは、いつか私の家にとんでもなく大きな禍を招いてくるに違いない！」

李景度はだらしない様子で父親に言った。「夜は天象をご覧になっていますが、最近は天子さまに災いが降りかかること以外に、別のものが見えましたか？」

李素は彼の相手をするのも嫌になるほど腹を立て、袖を払って去っていった。

李景度は門を閉じると、神殿内に向かって突進しつつペルシャ語で吼えた。「続けるぞ！」

酔生夢死の酒盛りが再び始まった。李景度は一人きりで神殿の中央にある丸天井の祀火堂を通過した。丸天井の廊下に沿って外壁一面に瑠璃をはめ込んだ小屋まで来る。燭光が内側から漏れ、窓に色とりどりの奇怪な影を映し出している。

中では二人の人物が対局をしているところだった。燃え残ったろうそくの長さを見ると、彼らはすでに長い時をここで過ごしていることがわかる。先ほどの外での動静は彼らの碁には全く影響せず、碾玉の碁盤の上で、赤緑二色の瑠璃の碁石が正に激烈な争いの局面となっている。

李景度は敷居の上に腰掛けると、笑いながら言った。「今日、俺の父親は気持ちが収まらないだろう。というのも素晴らしい真珠を一粒失ったからな」

対局中の二人のうち門に向いている者が一言付け加えた。「金吾衛が来るたびに、あなたは金銭で問題を解決しているのではないのですか？」

「そうでないと誰が言いましたか？　そもそも私も準備はしてあったのです。芝居を十分した後で、すぐに渡すことができました。よりによって爺は今日の午後のことで驚いて手足をばたつかせ、こともあろうに南海の夜明珠を取り出したのです。ふん、今回は郎将の胃袋を大きくさせてしまったが、奴が今後どうするか見ていましょう」

門に向いている人物が顔を上げた。「処刑後の情勢は結局どうなっているのでしょうか？」明かりは暗かったが、彼のあごの上の傷痕ははっきりと見て取ることができる。

李景度は言った。「現場は乱れましたが、京兆尹は何とか予定通りに張晏たちの頭を切り落としました。混乱を引き起こしたあれらの音についても調べはついています。誰かが大柳周辺の方々で爆竹を鳴らし、故意に群衆の中で衝突が起きるようにしたのです。

人々が去るのを待ってから、現場で文字の書かれた数枚の紙を見つけました。そこには『吾乃ち凶犯、汝敢て吾を追はば、吾必ず汝を殺さん』[1]と書いてありました。多くはすでに民衆に持ち去られてしまいましたが」

「そのようなことが？」顔に傷痕のある人物は驚いて言った。「私は最初誰かが刑場荒らしによって張晏たち救おうとしたのだと考えていました。だからさっさと現場を離れたのです。遅れて逃げられなくなると困りますから。あなたがそう言うということは、ほかに目的があったのですね」

「目的は二つありました。第一に、張晏たちが身代わりであることをはっきりとさせること。第二に、朝廷に対して意思を示すこと。皇帝があれだけの力を費やしたのは、張晏を斬殺することで、人心を落ち着かせ、そのうえで成徳に罪をなすりつけるという一石二鳥を望んだからです。今回はすべてが徒労となりました。今、天下の人々はみな、張晏たちは濡れ衣を着せられたのだということや、皇帝が罪のない人をみだりに殺し、そのうえ悪辣な考えを持っていることを知っています。皇帝が再び成徳藩鎮に兵を向けるとすれば、それは明らかに捏造した理由よるものです。言い換えれば、宰相を刺殺した凶悪犯は逮捕などされておらず、人心を落ち着かせるなどということが一体どうして

1　和訳：私が犯人だ。お前が敢えて私を追うというならば、私は必ずお前を殺すぞ。

言えるのでしょう？　だから今日のことは刑場荒らしではないものの、もたらした影響はむしろもっと悪いのです。そうでなければ、金吾衛はなぜ全城大捜索を始めたのでしょうか？」

入り口に背を向けているもう一人の対局者が突然尋ねた。「あなたのお父上は何をそんなに焦っているのですか？」彼は李景度に対して質問しているにもかかわらず、体の向きを全く変えなかった。

李景度は言った。「彼が〝長星太微に入り、尾は軒轅に至る〟の天象を見てから現在まで皇帝は不運続きなのです」

「それはまさしく、彼が天象を正しく見ることができることを証明しているのではないのですか？」

「ああ、今の聖上は元より気性が並外れて強烈で、激怒しやすいのです。この一連の災難続きに、彼がどれほど怒り狂うかわからないのですよ。私の父は驚いて遺書まで書くほどで、日々の参内は死ぬ準備をしているのです」

「なぜそこまでうろたえるのでしょう」門に背を向けている人物は冷笑しながら言った。「ペルシャ人は大唐でこれまで豊かに暮らしてきました。朝廷にひたすら付き従う必要はまったくありません。安史の乱の頃、ペルシャの胡商も少なくない数が反乱軍と結託しました。今日の景度兄さんも同じように元手もあるし、藩鎮では多くの商売をしている。あなたたちがなぜ皇帝の心情を慮るのでしょうか？」

李景度は顔色がサッと変わり、今にも爆発しそうであったが、しっかりと耐え、重々しく「ふん」とだけ言って、去った。

傷痕の顔の人は対局者に不満をもらした。「あなたはそうやっていつも言いたい放題だが、何の得があるのでしょう？　今、外はあれほど雲行きが悪いのです。もし神殿が留まらせてくれなければ、私はどうなるかまだわからないのですよ」対局者はずけずけと反論した。「ここは捜査を逃れることはできますが、城からも出ることができません。元々私が探しておいた賈昌の小屋の方がよほど良かった。鎮国寺やここと比べても安全で、そのうえ長安城外と出入りもできました。で、結果は？」

「それはあなたが招き入れたからではないのですか。裴……」

「彼女に何の関係がある！」崔淼が手を挙げ一払いすると、碁盤の上の瑠璃碁石は全てきれいに地面に落ちた。この時の彼には、医者としての繊細さと柔和さなど半分もなかった。

「貴様！」傷痕の顔の人は怒りのあまり言葉を失った。

二人はそれぞれ鬱憤を抱えていた。小屋の中は重苦しい雰囲気であったが、ペルシャ人が太平を歌い踊る騒々しい声はますます速く激しく響いてきた。勢いを見るに、朝まで徹夜で騒ぐつもりのようだ。このようなどんちゃん騒ぎで人々に迷惑をかけても、金吾衛が干渉したことはないことから、普段の李景度がどれほど周到に賄賂を贈っているのかがわかる。

ペルシャ帝国のササン王朝がイスラム国に滅ぼされた後に、ペルシャ王子卑路斯《ペーローズ》は東に逃げ大唐に入り、高宗皇帝に兵を出して国の再建を助けてくれるよう要請したが、最終的にあと一歩のところで長年の苦労を無駄にしてしまった。卑路斯はそれ以降ずっと大唐に亡命し、右威衛大将軍に封じられ、長安で亡くなった。当初、王子に従って来た大勢のペルシャ貴族も長安城に定住し籍を移した。これらのペルシャ人は唐に入る時に貴重で珍しい宝物を携帯して来ており、また彼らは商売に長けていたため、しだいに長安ないしは大唐の貴金属宝石類取引を独占していった。ペルシャの胡商はそれぞれ大金持ちで、亡命した皇室貴族は国に匹敵するほどに裕福で、唐人に「富波斯（豊かなペルシャ人）」と呼ばれている。

一部のペルシャ貴族は大唐の朝廷で役人となった。司天台監の李素のように。彼はペルシャ王の末裔で、彼の祖父は玄宗朝の頃、銀青光禄大夫兼右武衛将軍を務め、「李」の姓を賜った。李素の何人かの息子は全て祖先の功により官職に奉ぜられた。末っ子の李景度はかつて順宗豊陵挽郎を任され、現在は太廟斎郎散衛のほか、薩宝府の府正を兼ね、もっぱら長安城内の神殿の管理の責任を負っている。

これらのペルシャ人は大唐で水を得た魚のように過ごしているが、心の深いところでは常に亡国の悲しみと不安から逃れることができないでいる。彼らは知っているのだ。祖国の庇護を失ってしまえば、どれほど多くの財産もたちまち煙のように消え去る可能性があることを。黄金の鎧を纏ったとしても、野良犬はどこまでも野良犬なのである。

それゆえペルシャ人はこれまで国を再興する念願を放棄したことはない。太宗、高宗から玄宗皇帝まで、全てペルシャ国再興への協力を本当に実現することはできていないため、ペルシャ人は大唐の朝廷に対して深く失望し、そして心の中では憎んでいる。安史の乱から、彼らは何とかして新興勢力と同盟を結ぶことを始めた。何にせよ金は手の内にあるため、安史の賊軍から割拠する藩鎮に至るまで、ペルシャ人は積極的に策略を巡らせ、いつでも新しい拠り所へ身を寄せる準備をしている。

そうでなければ、朝廷の官吏という身分の李景度がなぜ敢えて宰相刺殺の容疑者を隠匿するのだろうか。

やはり崔淼がまず沈黙を破り、嘲るように尋ねた。「尹将軍、あなたのほおひげはどこへ行ってしまったのですか？」

成徳牙将の尹少卿は下あごの傷痕を撫でると、気まずそうに言った。「ひげは容易に人に身分を知られてしまうので、自然と生やしておくことができなくなりました。この前あなたが賈昌のところで私に髭を剃って容貌を変えるように言ったのではないですか。なぜそれを私に尋ねるのです？」

「しかし、あなたのあごの傷痕は髭よりも目立ちます。どうするのですか？」

「これは……問題ないはずです。この傷痕を見た人間は何人もいません。内情を本当に理解しているのもあなただけです」

崔淼は尹少卿をじっと見つめ、「張晏たちはみな首を切られたのに、あなたは生きている。あなたは主である王承宗にどのように報告するつもりですか？」

「……」

「彼は必ずあなたが密告したと考えるに違いない！」

尹少卿は歯を食いしばり何も言わない。

「そもそも武元衡に賄賂を贈りにあなたを行かせたのは、淮西から撤兵するよう朝廷に遊説するためです。今ときたら、淮西を攻め続けようというだけではなく、成徳までも巻き込んだ。恐らく呉元済でもあなたを逃がすことはできないでしょう」崔淼は冷笑しながら言う。「そうだ、それから皇帝の追手もある。ああ、それがしが思うに、あなたは準備万端で、一生神殿の中で年を取っていくのでしょう。ああ、そうでなければさっさと拝火教に入信して、ペルシャ人になればいいじゃないですか」

尹少卿は怒りで顔を真っ青にしながら言った。「私、尹少卿は決して死を恐れ生にしがみつくような人間ではありません。そうでなければ一人宰相府に赴き武元衡に賄賂を贈ることなどできない。私が生きていなければならないのは、極めて重要な任務があるからなのです！」

「どんなことですか？」崔淼は眉を挙げ、狡猾で軽蔑するような独特の笑顔を見せた。

尹少卿は大いに屈辱を感じたが、耐えないわけにはいかなかった。もし崔淼が賈昌の死後に、すぐに彼を神殿に移して隠さなければ、今日、彼は張晏たちと一緒に大柳の下で首をはねられていた。そのうえ今、彼は神殿を離れることを急いでおり、崔淼にまだ手伝ってもらわなければならないのだ。この数日、尹少卿は崔淼という人をますます不可解に感じ、彼が結局何をしようと考えているのか完全に推測できないでいる。ただ目の前にすると、崔郎中の神通力は確かに尋常でない。

そこで彼は怒りに耐え言葉を飲み込み、説明した。「あの金縷瓶のためです。私はそれを持って帰らなければなりません」

「金縷瓶を？　あなたが武元衡に賄賂として渡した金縷瓶ですか？」崔淼は詰問する。

「彼は本当に受け取ったのですか？　それがしはまだ、あなたが彼に濡れ衣を着せていると考えています」

尹少卿は嘆いた。「天下の人々がみなそう思うことだけが恐ろしいのです。しかし、事実は正反対です。武元衡は確かに金縷瓶を受け取りましたが、働いてはくれませんでした」

「一体どんな金縷瓶なのですか？　そんなに貴重なのですか？」

「貴重なだけではありません。それは私の家に代々伝わってきた宝です！」尹少卿は突然興奮しだし、「藩帥は武元衡が風流ぶった人物であり、別の物を賄賂として送っても必ずしも効果があるとは限らないと考えました。だから仕方なく私は痛みをこらえて、金縷瓶を差し出して彼を罠にかけ、釣り上げたのです」

崔淼は楽しげにハハハと笑って「魚は釣り針にかかったのに、釣り餌と一緒に持ち去ってしまったのですね」

「だから憎いのですよ」

崔淼は笑って言った。「代々伝わる宝？　それはあなたの何代目の先祖が奪い取ってきたものですか？」

「でたらめを！　あれは太宗皇帝から賜ったものです！」

「太宗皇帝から賜った？」崔淼は尹少卿を注視している。「あなたの祖先は太宗皇帝から何かを賜ることができたと？　あなたの祖先は何者ですか？　太宗皇帝はなぜ恩賞を下賜したのでしょう？」尹少卿は顔色をころころと変え、「ああ！　百年以上も前のことは、私だってよくわかりません。要するに宝なのです。私はそもそも、あれを使って藩鎮のため手柄を立てようと思っていたのですが、うまい汁を吸おうとしてかえって損をしたのです。だから私はあれを取り返さなければならないのです！」

「どうするつもりですか？」

尹少卿は眉をひそめ苦しそうな表情を浮かべて言った。「正直に言いますと、私はここ数日ありったけの知恵をしぼっているのですが、良い方法を思いつきません。今日張晏たちの処刑を見に行ったのは、一つには同僚を見送るためで、二つにはやはり手掛かりを探すためでした」

「見つかりましたか？」

尹少卿は首を振って、「今日、私が神殿を出ると、すぐに無数の目が常に私を見つめていると感じました。私は誰かに見つかることを恐れ、現場で騒ぎが起こるとすぐに急いで走って帰ってきました。張晏たちの首が斬られるところも見ていないのです」

崔淼は思案顔で彼を見ながら尋ねた。「あなたは知人に会いましたか？」

「それは……なかったと思います」尹少卿の視線はふらふらと崔淼の顔の上にいくつもの円を描くと、結局は話を飲み込んだ。

「あなたが金縷瓶を武元衡に贈ったのは、いつのできごとですか？」

「三か月前です」尹少卿が言った。「長いこと待っても朝廷がまったく兵を退却させる兆候がなく、やっとあの男に騙されたことがわかりました」

「だから王承宗は皇帝に上書して武元衡を訴えたのですか？」

「そうです」

「ただし、彼は絶対に刺殺の手配はしていない」崔淼は冷笑しながら言った。「よくわかりました……すべてはあなたの悪巧みだったのですね」

「最初はただ武元衡を脅かしたいだけでした。あの男がここまで強情だと誰が知っていたでしょう」

崔淼は首を振り、「武元衡とはどんな人物なのでしょう。彼が金縷瓶を受け取ったからには、必ず他に意図があるはずです。あなたが恐喝し濡れ衣を着せることで物を取り返そうとした計画は、根本的に間違っていました。問題は、彼らが全て死んでしまい、あなたの糸口が全て断たれてしまったことではありませんか？」

尹少卿は心配そうな面持ちで言った。「私がずっと心配しているのは、もし武元衡が金縷瓶を皇帝に手渡していたら、ということです。そうであれば、もう全く希望はありません」

「あり得ますか？」

尹少卿は平身低頭して何も言わない。崔淼は彼のあごの傷痕を注視すると、突然言った。「そうとは限りません」

「そうとは限りませんか？」

崔淼は机上の筆を取り上げ、龍や鳳凰が舞い飛ぶように力強く自在に紙に書きだした。

「まずはこの詩を見てください」

尹少卿は彼の書いた一首の五言詩を見た。

段に克《か》ちて　弟愆《とが》に休し　　頴の諫めに　孝兄に帰す
惧恐す　流言の日　　誰か解せん周公の心
爛煸《らんはん》たり洛水の夢　　徒らに七歩の文を留む
蓬蒿　密にして間無く　　鯤・鵬　相逢はず
亮・謹　二主に分かるるも　　效あらず　仲謀の兒に
仃伶たり金縷子　　江陵に　只だ一人
観《まみ》えて盛徳の頌を呈するも　　豫章　金　菫菫たり
琳琅　太尉の府　　昆玉　竹林に満つ[1]

尹少卿は黙ったまま何度か読み返し、困惑しつつ尋ねた。「この詩はどこから来たものですか？」

「武元衡が作ったものです。彼はこの詩を非常にわかりにくいやり方である人に贈りま

1　原文：克段弟愆休，頴諫孝帰兄。惧恐流言日，誰解周公心。爛煸洛水夢，徒留七歩文。蓬蒿密無間，鯤鵬不相逢。亮瑾分二主，不効仲謀児。仃伶金縷子，江陵只一人。観呈盛徳頌，豫章金菫菫。琳琅太尉府，昆玉満竹林。

した。自身が死ぬ脅威に直面していると感じていたまさにその時に、です」

「その人は誰ですか？」

崔淼は微かに笑うと、「今はまだあなたに教えることはできません。しかし、あなたの判断によると、この詩と金縷瓶には関係があるでしょうか？」

尹少卿は眉をひそめてしばらく考えると、突然叫んだ。「あります！　絶対にある！」

「なぜそうだとわかるのですか？」

尹少卿は狡猾そうに笑うと、「崔郎中、一つ交換をしましょう。あなたが私にこの詩がどこから来たのか教えてくれたら、私はあなたにこれと金縷瓶のつながりを教えます」

崔淼も笑顔を浮かべた。二人がそれぞれ悪事をたくらんで笑い合っていると、突然、崔淼は紙を蠟燭の上へと差し伸べた。炎が瞬時に紙を燃やし始める。尹少卿が奪いに行こうとしたが、間に合うはずもなく、何片かの蝶のような灰が舞い散り、尹少卿は叫んだ。「私はまだ覚えきっていませんよ」

崔淼が窓の外に向かって言った。「隠れていないで、出て来なさい」

ペルシャ人の李景度は返事をして入ると、ぬけぬけと大口を叩いた。「二人とも見たものを忘れない能力をお持ちで、感服致します。しかし、崔郎中が我々と良い物を分かち合いたくないとは、結局他人行儀なのですね。ははは」

「見せたとして、あなたに理解できるのですか？」崔淼は彼の面子をいささかも立てない。

縮れたほおひげが李景度の顔のほとんどを覆っており、彼の顔色が変わったかどうかはわからない。彼はゆっくりと崔淼の近くまで歩いて来ると、尋ねた。「崔郎中は俺が外に隠れているのがどうしてわかったのですか？　俺の軽功は優れていると自認しております。それなのになぜ崔郎中の耳から逃れることができなかったのでしょう？」

「あなたを見つけるのに耳は必要ありません。鼻を使ったのです」

李景度は真に受けて自分の匂いを嗅いだ。「私は来る前にちゃんと着替えてきました。酒の匂いはありませんよ」

崔淼は良く通る声で大笑いした。「酒の匂いはなくとも、胡の匂いがあるのです！ははは、あなたがた胡人の纏うこの匂いは、脱げばもっと濃くなる！」

尹少卿はそれを聞くと恐れ慄き、心の中で、まずい、まずい！　と言った。案の定、今は縮れたほおひげでも李景度の顔に浮かぶ激怒の表情を遮ることはできなかった。彼は一度うなると、飢えた虎が獲物を捕らえるように崔淼に向かって猛然ととびかかっていった。二人は縺れながら争っている。李景度の右手の中には冷たい光がきらめき、明らかに刃物を握っている。

尹少卿は多少腕に覚えがあったが、今はどちらを助けても役に立たないので、急いでわめき散らした。「ああ、さっさとやめろ！　やめるんだ！」

二人は地面で一心不乱に縺れ合っている。李景度は崔淼より体格はいいが、酒を飲みすぎたために、一瞬気が緩み、手中のペルシャ短刀を崔淼に奪われてしまった。それに乗じて身を翻し、上になった刹那、崔淼はすでに刃先を李景度の喉に狙い定めていた。

李景度は荒い息で喘ぎながら言った。「貴様に俺が殺せるのか？」

「試してみたいか？」言う間に刃先はもう皮膚に入り込み、血がすぐに滲んできた。

「外はみな俺の手の者だ。神殿の外に逃げられると思うか？」李景度は変わらず強気に言った。

「それなら共に滅ぶまでだ」崔淼は歯嚙みして言った。「この崔某《なにがし》、死を恐れたことなどあるものか」そう言って刃先をまた少し深く進めた。ペルシャ人は痛みにハッとした。崔淼と向かい合って接近した時、彼はその双眸の中に激しく強烈な殺気をはっきりと見ることができた。崔淼がふざけているようには全く見えない。

李景度の酔いは驚きのために完全に覚め、全身の汗がだくだくと流れ出た。

尹少卿は側で懸命に言った。「崔郎、くれぐれもおかしなことをしないでください。李景度は酔っています、酔っているのですよ」

崔淼はついにゆっくりと短刀を緩めた。

李景度は心落ち着かない様子で首をさすり、しばらく話すこともできなかった。

崔淼はペルシャ短刀を目の前に引き上げると、「このナイフは素晴らしい。欲しくなりました」すぐに含み笑いをして、「あなたは尹少卿を長安城から送り出すのを承知しましたか？」

李景度は憎々しげに言った。「あなたがた二人が去る場所は遠ければ遠いほど良い」

「何ですか？」尹少卿は理解できず「私はなぜ長安城を去る必要があるのですか？　私はまだ探さなければ……」

「あなたは、長安に留まれば金縷瓶を探し当てることができると思っているのですか？」

良心から言えば、尹少卿は一対の翼を挿してすぐに長安城から飛び出したくてたまらない。京城に一日留まれば、彼の危険は一分増す。しかし、彼は金縷瓶を探し当てなければならず、尹少卿にとって、このことは生き延びるよりもずっと重要なのだ。

ところが、金縷瓶を探し当てることは、海に落とした針を探すようなものだ。今、崔淼は長安を離れることをまた提案しているが、これは大変に難しいことではないだろうか？　そのうえ、ひとたび長安を離れれば、もう一度戻る勇気を持てるはずもない。

崔淼は言った。「長安城中は耳目が多すぎる。やはり城を出るのが一番です」

「しかし、金縷瓶はここにあるのです！」

崔淼は思案顔で言った。「持ち出されていることもあり得ます」

尹少卿は無駄に目を見開いて崔淼を見たが、この整った顔からは結論が見て取れない。彼はあの武元衡の残したという詩のことを思い出した。あの詩は明らかに謎かけだ。ただ慌ただしく手にしただけだが、尹少卿はすでにその中から極めて優れた深意を感じ取っていた。あれは他の人には決して見抜くことはできないものだ。それが崔淼ほどの聡明な人であっても。

金縷瓶は、もしやこの詩と共に一人の人間の手中にあるのでは？

可能性は極めて高い！

尹少卿は突然悟った。崔淼もそう考えているに違いない。

尹少卿にはひどく不可思議に思えた。この崔郎中は本当に鬼神の能力を持っているのではないだろうか？　その金縷瓶を得た人が長安城を離れるだろうことが推測できているのでは？　もしあれが本当に長安から出ていたら、再び奪い返そうとすることはずっとたやすかった。

尹少卿があれこれと考えを巡らせながら算盤をはじいている時、崔淼はたった今死闘を繰り広げた李景度と熱く語り出していた。尹少卿はそれを耳にして、泣くことも笑うこともできなかった。なるほど、崔淼が先に李景度に腋臭を取る秘方を伝授し、双方のわだかまりを取り除くと、それから二人の話が盛り上がり、腋臭から胡の女に至るまでずっと話し続けた。淫らな言葉で艶っぽい話に花を咲かせると、すぐに手を取り合って平康坊へぶらつきに行きたくてたまらなくなったのだ。

これが崔淼なのである。たちまちのうちに別の顔へと変わることができるのだ。ただし、認めないわけにはいかない。彼の一つ一つの顔は全て異なった魅力を持っており、知らず知らずのうちに甘い言葉に惑わされるように、彼に操られてしまうということを。

そうして三人はまた親友同士のように一緒に座り、杯を酌み交わし、仲睦まじく長安を出るための計画について話し合い始めた。ペルシャ人の李景度に言わせれば、金で解決できることはまったく厄介事などではなく、疑わしい人物を隠して運び京城を出ることも、この類に属するという。

最後に崔淼が尹少卿を見つつ、笑いながら言った。「あなたはまず先に髭を蓄えることから始めましょう。長安から出た後に人に見破られる恐れがないように」

5

刺されて重傷を負い、ほぼ死にかけてから十日も経たないうちに、裴度は床を離れた。名医の治療で回復したとも言えるが、意志の勝利であると言う方が良いだろう。しばらくの間、参内し政務を行うことができなかったとしても、これは明らかに皇帝にとって大きな励ましであった。ここ十日ほど皇帝は続けて攻撃に遭っており、まるで日々火の上で焼かれているようであったが、ようやく待ち望んでいた良い報せが来たのだ。

裴府も正常な秩序を回復した。裴度は見舞いのために帰宅した何人かの息子を続々と遣わし、続いてすぐに裴玄静のことを段取りしようと考えた。

彼は姪をすぐに洛陽昌谷へと旅立たせることとし、出発を明日に定めた。

裴玄静自身の望みはもとより一つの方面であったが、裴度に決心させたのは、やはり近ごろ、裴玄静に頻繁に起こる事故の中から不吉の兆候を感じ取ったことである。

彼は、裴玄静がすでに巻き込まれるべきではない是非の中に深く巻き込まれており、表や裏の様々な勢力が、全て彼女を巡って騒ぎを起こそうとしていることに気づいた。その中に巨大な危険や恐ろしい陰謀が隠されているかどうか、裴度はまだ確定することができない。ただ彼は年長者であり、彼女にとってはこの世で唯一の近親だ。彼女を保護し、事故を未然に防止しなければならない。

最善の方法はすぐに裴玄静を行かせることである。長安というこの嵐の中心からさっさと遠く離れるのだ。たとえ裴度が、内心では裴玄静が李賀へ嫁ぐことに決して賛成していなかったとしても、実際、目下のところこれより良い方法はなかった。

裴玄静が叔父の決定を知った時、心中は一時悲しいとも嬉しいとも言い難い状況になった。

彼女はついに長吉と婚儀を済ませに行くことができるのだ。「男大なれば当に婚すべく、女大なれば当に嫁すべし」という、この世で最も原初的な道理は、彼女の身の上で実現しようとするとこれほどまでに難しい。ただどうであれ、彼女の執着には報いがあったのだ。

しかし、彼女は決して自分が想像していたように喜んではおらず、化粧箱と向き合ったままぼんやりしていた。現在、中に収められている物の運命は、彼女によって決定されなければならない。

残念ながら、王義と武元衡の依頼を、彼女はどちらも成功させることができなかった。裴玄静は、十分に無力さを感じていた。実際は、彼女は間違いなく最大限の努力を尽くし、さらには生命の危険も甘んじて冒したが、惜しいことに結局のところ力量が薄弱すぎたのだ。そして今、彼女には継続させる時間もなくなった。

どうしようか？

彼女は長いこと考え、阿霊を呼んだ。

裴玄静は王義の金簪を取り出し、再び絹でしっかりと包むと、それを西市の宋清薬鋪に届けて崔郎中に渡すよう、阿霊に命じた。

「これは……お嬢さま、あたしはどのように崔郎中に言えば？」

「何も言う必要はありません」

「え？」

崔淼の聡明さであれば、必ず彼女の意図するところを推測できると、裴玄静は信じていた。禾娘の現在の行方は誰にもわからない。聶隠娘はもう彼女を連れて長安を離れただろうか？　しかし、崔淼が銅鏡を頼りに禾娘を探し出すことができるのならば、もう一度彼女の行方を追おうとしたところで、やはり試みることができるのは彼だけなのではないか。王義に代わって娘を探すという一件は、崔淼がとうに裴玄静に請け合ってくれている。彼女が思うに、彼が断わるはずもない。そのうえ禾娘は崔淼にまだ特別な好感を抱いているため、現在の状況下では、金簪を手渡すよう彼に頼むのが最適だ。阿霊が去ると、裴玄静はまた引き続き悩みだした。禾娘のことは頼むことができるはずだが、武元衡の残した謎はどのように処理すれば良いだろうか？　これこそが本当に厄介なのである。

彼女はあの黒い布を持ち上げた。表面の食塩は今はもうなかった。彼女は思わず崔淼が「黒い布を蒸す」過程をまた思い起こした。隠された文字の跡が現れた時、裴玄静は驚喜し、彼にどうしてこの手を考えついたのかしきりに問いただした。

崔淼は彼女に、試験の不正をする方法から着想を得たと教えた。彼の話では、一部の受験者は白紙ににがりを使って「書抜き」を作る。試験場に持ち込んだ後で蠟燭の火で温めると、筆跡がすぐに現れるのだそうだ。武元衡の方法はさらにもう一段階保険をかけて、黒い布に食塩の水で文字が書いてあった。直接火であぶっても見えてこないので、白紙をもう一枚重ねなければならず、塩を溶かして紙に染み込ませ、再び過熱することでやっとその像が現れる。

一つ一つの環が繋がっており、どの細かい点を摑み損ねても、手掛かりが完全に破壊され得る。裴玄静はそれを聞いて感慨無量となり、また崔淼をからかってみたい気持ちを抑えられなかった。「崔郎中はそのような手段を知っているのに、なぜ高中進士にならずに、依然として医者を生業としているのでしょう？」

崔淼は顔色一つ変えずに答えた。「この手段を知っていたとして必ず使わなければいけませんか？　お嬢さんの言い方に照らせば、武相公の進士はまた一体どうやって手に入れたのでしょうね？」

裴玄静は彼によってすぐさま、顔が真っ赤になるほどむせることとなった。まったくの自業自得で、彼女はまた崔淼の犀利さと、彼の権力者に対する心の底からの蔑視を目にしたのだった。例えば裴玄静自身は、ただ武元衡に対する尊重から、絶対に彼の名誉を傷つけるような話を口にすることができない。この点において、崔淼は彼女とは明らかに違う。

そのため、裴玄静は黒い布の来歴は崔淼に教えたものの、金縷瓶の存在を隠した。金縷瓶は実際に影響が大きすぎるため、彼女は今なお誰に対してもその件を持ち出すことができなかった。

黒い布の文字が現れた後、崔淼はまた思いもよらないことをした。その時、裴玄静は白い紙の上の律詩を朗読しながら、詩の意味が晦渋難解なことを嫌がっていたところだった。突然崔淼が尋ねるのが聞こえた。「お嬢さんは覚えましたか？」

裴玄静は小さな頃から本の中で目にしたものは忘れなかったので、反射的に頷いた。

崔淼はさっと手を上げると、白い紙を側の小さい炉に投げ込んだ。

「え、それは？」

「証拠隠滅です」崔淼はまるで何事もなかったように言った。「武相公がこれほどの力を費やしてこの詩を隠匿する以上、知る人は少なければ少ないほど良いに違いありません。それがしはお嬢さんを手伝う気はありましたが、宰相の面倒事に巻き込まれる気はありません。お嬢さん自身が覚えておけばそれで良いのです」

左遷に遭い官途を奪われ落ちぶれた文士に対して、彼はまるで神と見なしているかのように敬意を払った。しかしすでに亡くなっている皇帝の寵臣の秘密については、彼は避けきれないことだけを気にかけ、不運が染み込むことをひどく恐れているようだ。

彼のようなただの俗世間の医者が、何のつもりで清廉ぶろうとするのか、全くわからない。

「お嬢さま——」裴玄静はもう少しで飛び上がりそうなほど驚いた。阿霊がこんなに早く戻るとは思っていなかった。

「あれは崔郎中に渡しましたか？」

阿霊は口をとがらせて言った。「できませんでした。崔郎中はいなくなったのです！会うこともできませんでした……」

「いなくなった？」裴玄静にも思いもよらぬことで、「どこへ行ったのです？」

「わかりません。薬局の人があたしに教えてくれたのですが、彼らの薬局ではもともと診療はしていなかったそうです。ただ崔郎中の医術が素晴らしいだけでなく、貧乏で苦しい人々を無料で診てくれたので、彼らのところの宋店主と特別に馬が合いました。それで、店主が彼を引き留めて臨時で何日か診察をしてもらっていたのです。昨日、崔郎中は店主に別れを告げて、他の土地へ放浪しながら診察をするつもりだと言って、今朝早くに荷物をまとめて出て行ったそうです」阿霊は話しながら顔いっぱいに落胆の表情を浮かべている。まるで崔淼が彼女の特別な人であるかのようだ。

崔淼は黙って立ち去ってしまった。

裴玄静は心の中が一瞬で空っぽになったことを感じた。もともと顔を合わせるのはいつも短い時間だったが、とうとう別れを告げるのさえ一種の贅沢か妄想となってしまった。

彼女息を吐いた。「あれを返してちょうだい」

金簪は再び化粧箱の中に戻った。

裴玄静にはどうしようもない。

夕食の前に、裴度夫婦は彼女に来るように言った。

叔母の楊氏は興奮しながら呼んだ。「玄静、おいで、私たちがあなたにかわって準備した嫁入り道具を見てごらん」長椅子の前には赤い漆で鳳凰が描かれた木箱が置かれ、蓋を開けると、中には箱一杯の絹帛と錦衣、それからいくらかの本、金銀の器や皿に装飾品が見えた。裴玄静は頭を垂れ、長い間何も言わなかった。

楊氏は意味を取り違えて、口ごもりながら言った。「時間が差し迫っていたし、あなたの叔父は普段から質素で……物を多くは持たないし……」

裴玄静はかすれた声で叫んだ。「叔父さま！　叔母さま！」数日前、彼女は嫁入りするという理由で永楽県を離れたのだが、誰一人として彼女に嫁入り道具を準備してはくれなかった。今この時、彼女が老いた二人の腕の中でひとしきり泣くことをどれほど望んでいることか。しかし、結局のところ彼らは本当の両親ではない。だから、彼女はあふれんばかりの涙を飲み込んで、深々と頭を下げることしかできなかった。

楊氏は袖を持ち上げて目尻を拭くと、「あなたの叔父と私にとって一生で一番残念なことは一人も娘を持つことができなかったことでしたが、今、自分の娘を嫁にやると考えれば良いですね」

「もうよい、もうよい」裴度は楊氏に手を振ると、裴玄静に自分の側に座るように促し、穏やかに言った。「玄静、お前はわしを助けてくれたが、わしはずっとお前に感謝したことがなかった」

裴玄静は話をしようとしたが、裴度の優しく知恵のある眼差しによって制止された。叔父の眼差しは、澄んでいて、沈着で、力に満ちており、とても重い傷がまだ癒えない老人のようには見えなかった。

「玄静よ」裴度は心のこもった様子で言う。「お前の本当にやりたいことをしに行きなさい。それと、一切の結果を引き受ける準備をしっかりするのだ。これがどうしてもわしがお前に言っておきたいことだよ」

裴玄静は我に返ると言った。「しかし叔父さま、玄静はどのような結果となるのか全くわかりません」

裴度は微笑んで言った。「結果は神のみぞ知ること。わしらはとにかくやってみるだけだ。全力で対処すれば、後悔することなどない」裴玄静は突然思った。実は叔父は全てを知っているのだ。そしてこの瞬間、長いこと彼女を困らせていた問題についに結論が出た。彼女は言った。「叔父さま、少しお待ちください。玄静は見せなければならない物があります」

裴度の驚きの視線の中、裴玄静は飛ぶような速さで去り、手に絹の包みを持って戻ってきた。

彼女は絹の包みを開くと、中のものを一つ一つ取り出した。一本の金縷瓶、一片の黒い布、半部の『蘭亭序』と一枚の白い便せん。それらを露店のように裴度の文机の上に一列に並べた。

花嫁を花婿の家まで送るため、従兄の裴識が特別に裴玄静と一緒に出発することになった。彼はまず裴玄静を長安城外の第一の宿場——長楽駅まで護送し、そこで別の人が引き継いで裴識の代わりに裴玄静の供となり、裴識は長楽駅からさらに自分の任地へと向かう予定だ。一か月のうちに、裴玄静は二度「生家」から嫁入りすることになる。

前回と比べると、天候は少し涼しい。裴玄静はまた黒い吉服を着ているが、前回のように背中が濡れるほど汗をかくことはなかった。

ただ一台の簡素な馬車である。裴玄静は車内に座し、後方の荷台には嫁入り道具と最低限の荷物が置かれている。馬車は御者が駆り、裴識は馬に乗って付き添う。「昏礼下達」の古いしきたりに従い、一行は暮れの三刻に裴府の脇戸を出ると、ひっそりと旅路へ踏み出した。

裴度は自ら送ることができず、楊氏だけが門の内側で彼らが去っていくのを目送した。阿霊は楊氏の側に立ち、裴玄静が彼女のために編んだ赤い房飾りを握りながら、はらはらと涙を落とした。

出発が夕方だったため、一行は遅れることはできなかった。とにかく急いで進み、暮れの太鼓の音と共に長安城を出た。

今回、彼らが通った通化門は、裴玄静が蒲州から来た時に通るつもりだった長安の東北の城門である。落日の光の下で城門を通過すると、そびえ立つ長安城郭はだんだんと後方へと遠のいていく。裴玄静が車内から顔を出して振り返って見ると、別世界のようであった。

彼女はこれほどはっきりと、人生の一幕がここで下りたと実感したことはなかった。あの変わらずに長安城の上に掛かる真っ赤な夕日のように、落ちるたびにまた昇っていく。生命はこのように循環し、往復しながら尽きるまで進んでいく。

人によっては永遠に今日の夕日を見ることはないのである。

長安から洛陽までは北路線と南路線の二本の道に分かれている。南路線の道程は比較的遠く夏には雨が多く降るため、この季節は北路線を行くのが普通である。通化門と春明門から長安を出れば、どちらも簡単に洛陽の官道に出ることができる。今回、通化門を通ることを選んだのは、一つには夜に長楽駅で宿泊するのに便利であるためである。そして、もう一つには、裴識と次の随行者が順調に引継ぎを行うためでもある。

通化門から東に向かって一時間足らずのうちに、長楽駅がすぐ目の前に現れた。

宿場は高くそびえる上の長楽坂の上に建てられ、広々とした平野は夕闇に覆われ、空は鍋蓋のように宿場の上を覆っている。夜風は広野を撫でていき、草木がさわさわと音を立てる。

「そこにいるのは裴兄さんですか？」一人と一匹の馬が坂の上から飛ぶように駆け下り、走りながら叫んでいる。

裴識も嬉しそうな表情で、大声で叫んだ。「はい、私です！」

「裴兄さん、私はここでずいぶん待ちましたよ！」

6

長楽駅は確かに長安城外最大の宿場の名にふさわしい。

たっぷり四棟ある大きな屋敷は、百頭の駅馬を受け入れられるだけの厩と同じように多くの馬車を停めておくことのできる裏庭があった。それだけの規模にもかかわらず、毎日宿泊客であふれかえっていた。韓湘が着いたのが早かったおかげで、彼らのための部屋を予約しておくことができたが、そうでなければ裴玄静一行は母屋に泊まることができなかったかもしれない。

韓湘こそが、裴識から花嫁の付き添い人を引き継ぐ人物である。彼の担当は長楽駅から始まり、裴玄静を洛陽昌谷の李賀の家までずっと護送する。

夜の闇の中で初めて韓湘の姿を見て、裴玄静はまた崔淼に会えたのだと勘違いした。同じようにあか抜けた青年で、白い衣服を身につけ、体格が良く、顔立ちはさっぱりとしていて美しい。性格までもが少し似ていて、聡明な中に少し洒脱な感じもある。もちろん、韓湘の背景は流浪の医者に比べるとずっと立派だ。彼は当時中書舎人であった大文豪韓愈の兄弟の孫だが、官職に興味がないために、働き盛りの年頃だというのに一日中道教の修行に忙しくしており、世事に疎い読書人である韓愈には好かれていなかった。今回、裴度が姪のために花嫁の付き添い人を一人探していると知って韓愈はすぐに姪孫の韓湘を薦めてきた。実は理屈は簡単で、他の人は全て用事があり忙しく、ただ韓湘だけがまともな仕事に就いておらず、いつでも時間を作ることができたのだ。

韓湘本人の話をすれば、裴玄静が名探偵であり、その上かつて道教の修行をしていたことを聞くと、すぐにこの役目を承諾した。彼はかねてからずっと終南山の中で修行をしており、長安城に帰るのも渋ったので、裴識と長楽駅で顔を合わせる約束をしたのだ。

裴識と韓湘はそもそも知り合いだったので、顔を合わせてからは非常に盛り上がった。三人は宿場の表の建物で特別室を借り切って、気持ちよく夕飯を食べた。韓湘は話が上手く、裴玄静は屈託がなく、道学の話になると共通の話題がたくさんあった。裴玄静をつつがなく韓湘に引き渡すと、裴識の任務は完了したと言える。彼はあくる日の早朝から道を急がなければならなかったので、先に眠るために部屋へ帰り、韓湘と裴玄静は自然とお互いを良く知るようにした。

裴玄静は少し興奮しており、そんなに早く眠りたいとは思わなかった。韓湘は彼女の考えを見抜き、笑いながら言った。「この中は息苦しくて暑くて騒がしいです。外へ行って歩く方が良いでしょう」

裴玄静には願ってもないことである。

二人は宿場の外に来た。夕暮れはほぼ終わりを迎え、満点の星の光が夜空から原野に降り注ぐ。夜風がそよそよと吹き、清々しい気分になる。

韓湘は尋ねた。「お嬢さん、あなたは懐風を見たことがありますか？」

「聞いたことはありますが、まだ見たことはありません」

韓湘は手を挙げて一振りすると「娘子見てください、この周囲はみんな懐風です」

裴玄静は辺りを見回した。すると坂や野原一面を満たす紫色の長い草が風に揺れ動いているのが目に入った。ぼんやりとした夜の闇の中でも、形容しがたい寂しげで静かな美しさを感じることができた。

この紫苜蓿《むらさきうまごやし》は、汗血馬のお気に入りの牧草であるため、漢の武帝により西域の大宛から移植された。また、その風に吹かれてゆらゆらと漂う美しい様子から「懐風」と呼ばれる。大唐の宿場には駅馬を飼育する役目があったので、宿場の周囲には必ず大きな駅田が開かれており、主に紫苜蓿が栽培されていた。また長楽駅はさらに高台の傾斜地にあるため、「懐風」が植えられている面積も広く、その風景は特に壮観だ。振り向いて眺めると、長楽駅の中でぽつぽつと灯る火は、まるで紫色の大海の上に浮いて揺れているようだ。広野の中ではただ力強いざわざわという風の音が聞こえるだけだった。まるで天地の反響のように。

突然――

紫苜蓿の草むらの奥から、一句また一句と吟詠する声が聞こえてきた。

「天馬　常に苜蓿《もくしゅく》の花を銜《ふく》み
胡人　歳ごとに葡萄の酒を献ず
五月　荔枝《れいし》　初めて破顔し
朝《あした》に象郡を離れ　夕べに函關……」

裴玄静と韓湘は互いに顔を見合わせた。吟詠はまだ続いており、激しい風の音に吹かれてとぎれとぎれだが、まだ聞き分けることができた。吟者は彼らに近づいてくる。

韓湘が前に半歩進んで、裴玄静を背後に隠し、大きな声で言った。「どなたがお楽しみなのでしょうか？」紫苜蓿が彼らの目の前で割れ、頭が一つ出てきた。

裴玄静はもう少しで叫び声を上げるところだった。

崔淼だったのだ！

　以前と変わらないそのあか抜けて自由な態度で、崔淼はゆったりと詩人の鮑防の作った『雑感』の最後の二句「遠物は皆重く　近きは皆軽し　雞　徳有りと雖も　鶴に如かず」[1]を吟じ終えた。やっと裴玄静に目を向けると、拱手して言った。「裴大娘子、お変わりありませんか」

　韓湘は驚いて言った。「お知り合いですか？」

「はい……こちらは崔郎中です」裴玄静はこのおそらくこの世で最も医者らしくない医者を紹介した。熱はもう頰まで駆け上ってきたが、それが驚喜なのか気まずさなのか恥じらいなのかはわからない。幸いなことに夜の闇は深く、他の人に気づかれることはない。

「崔郎中も長楽駅で宿泊するのですか？」

「そのとおりです」崔淼は韓湘に答えながらも、眼差しは依然として裴玄静の顔に向けたままで、「それがしは大娘子が嫁ぐところとは知りませんでした。おめでとうございます」

　彼は彼女の吉服を見たのだった。裴玄静は冷静になり、身をかがめて答礼して言った。

「ありがとうございます」

1　原文（最初の四句）：天馬常銜苜蓿花，胡人歳獻葡萄酒。五月茘枝初破顔，朝離象郡夕函關。
　原文（最後の二句）：遠物皆重近皆輕，鶏雖有徳不如鶴。

「知人なのですし、崔郎中も私たちと一緒に来て一杯飲むのはいかがでしょう？」韓湘はやはり情に厚い。

「謹んでお受けいたします」

三人は宿場に向かって歩いた。裴玄静は背中に薄ら寒さを感じていた。崔淼と会ったその瞬間、彼女は本当に心から驚喜した。それを否定することはできない。しかし、彼は結局何のために来たのだろう？　偶然居合わせたと言うなら、彼女を撲殺したとしても信じられない。崔淼を取り巻く神秘がまた突然濃くなった。そもそも彼は彼女にとって、霧中に花を見ているようなものであり、理解しがたく、捉えどころがない。

彼の目的が結局のところ何であっても、彼女はこの件は絶対に平穏にはいかないと予感していた。

宿場の前堂に戻ると、先ほどに比べ随分と静かになっていた。夏は太陽が高く上る前に出発する必要があるので、ほとんどの人はみな早々に部屋へ戻って休んでいて、ただ残った三つか四つの卓だけがまだ飲み食いしたり談笑したりしている。三人は先ほどまでいた個室に戻り、窓の側に座った。駅卒が運んできた冷えた葡萄酒は、心に深く染み入るような味であった。

韓湘が韓愈の兄弟の孫であると聞いて、崔淼は笑いながら尋ねた。「韓夫子はまだ至る所で誰かの墓誌銘を書くのに忙しくしているのですか？」

韓愈の文筆の評判は非常に高く、高官や貴人はみな彼の書く墓誌銘を誉れとしていた。韓愈は来る者は拒まず、明朗会計で墓誌銘を代筆した。墓誌銘を書くことによる収入は役人としての俸禄を遥かに超え、「諛墓（ゆぼ・おもねる墓）」と世間では嘲笑されている。

「忙しくないわけがないでしょう」韓湘はいい加減に答えた。「少し前に家中で盗みに遭ったのです。一人の食客に色々と盗られた上に多額の『揮毫料』を持って行かれてしまいました。彼を思うとひどく胸が痛みますよ」

「大丈夫、また何篇か書けばすぐに取り返せますとも」

二人は大笑いした。見たところ、なかなか気が合うようである。

裴玄静は心ここにあらずで、二人の会話を耳に入れることもなく、視線は心のままに店内を行ったり来たりしていた。急に、彼女は遠く離れた隅の方に、ある人が一人で座っていることに気がついた。頬ひげを除いて、彼の姿に目立つようなところはなく、完全に見知らぬ人である。

裴玄静の心臓が突然狂ったように跳ねた。

彼女がなんとか落ち着きを取り戻すと、傍らの二人が『逍遥游』について話し始めたのが耳に入った。

韓湘は明らかに飲みすぎており、大いに弁舌をふるい「荘子は『以て無窮に遊ぶ者、彼且つ悪に待たんや？』と言っている。つまり、本当に逍遥するならば、依る所もなく、自然と万物に従うということです。そうでありながら、前文では依るものがあれば、おのずとその楽しみを得ると言い、それも一種の逍遥としている。もしや荘子も自己矛盾しているのでしょうか？」

「そうではありません。これは実際には境界の違いなのです。ちょうど斥鴳《みそさざい》と比べた鯤や鵬のようなものです」崔淼は言った。「蓬《よもぎ》のように平凡なものは、草原の中で相互依存せざるを得ない。しかし、大きさや高さが極点に達すると、鯤鵬のようなものは互いに一体でありながら、併存することもできない。実はこの種の逍遥とは、抜きん出ることでありながら、悲しむべきことでもあるのです」

韓湘は酔っ払って頭を振りながら、「良く言った……」と言うが、彼は結局のところ賛成なのか反対なのかはっきりとしない。

裴玄静は無意識に崔淼を見つめた。彼は平然と彼女の注視を受け止め、悠々と言った。

「だから〝蓬蒿　密にして間無く　鯤・鵬　相逢はず[1]〟とあるのです」

これは正に武元衡が塩で黒い布の上に書いた詩の中の一句だ！　目にしたものを忘れないでいられるのは裴玄静自身だけではなかったのだ。

裴玄静は床を蹴って立ち上がった。「申し訳ありません。眠たくて耐えられませんの

1　和訳：蓬は隙間なく密生し、鯤鵬は出逢わない。

で、先に戻ることをお許しください」

韓湘はぶつぶつと言った。「やはり、わ、私が部屋まで送りましょう」

「必要ありません。どうぞごゆっくり」

裴玄静はあたふたと自室に向かって歩いて行った。他のことなど構っている暇はない。なぜなら、先ほど、隅にいたあの頬ひげの男性がいなくなったことに気づいたからだ。

部屋に入ると、彼女はすぐに裏窓が大きく開いているのが目に入った。離れるときにはしっかりと閉じていたのを覚えている。

この時、裴玄静はむしろ落ち着いていた。まず裏窓をしっかりと閉め、それから表の入り口も施錠した。やっと衝立ての後ろに回り込み、一目見ると、荷物と嫁入り道具を入れた二つの箱の上の錠がどちらも落ちていて、中の物がめちゃくちゃに引っ繰り返されていた。

彼女は箱の前にしゃがみ、ゆっくりと整理した。彼女の思った通り、やってきた人は何も盗んではいない。王義の金簪はいくつかの金銀の装飾品の中に混在しており、まったく目を引かない。武元衡の書いたあの半部の『蘭亭序』は一山の巻物のなかに挟んであり、開けられてさえいない。明らかに、侵入者の目的は別だ。

誰が自分の部屋に侵入したのだろうか？　彼は何を探し出したかったのか？　まさか金縷瓶？　もしや誰かがすでに彼女が、武元衡の金縷瓶を隠していることを知っているというのだろうか？

「お嬢さん！　ご無事ですか？」入り口の外で誰かが大声で騒いでいる。その声を耳にすると、すぐにひどく酔っ払った韓湘だとわかった。

裴玄静は答えた。「わたくしはもう床に就きましたので、郎君、ご心配なく」

崔淼が扉の向こうで言った。「韓郎は酔っていて、お嬢さんのご機嫌を伺いに来ないわけにはいかなかったのです。お邪魔しました。それがしはこのまま彼を送って部屋に戻って寝ます」

「ありがとうございます。崔郎も早めにお休みくださいね」

裴玄静は足音が聞こえなくなるまで待ってから、やっと長椅子に座った。扉も窓もきつく閉じられ、部屋の中は耐えられないほど蒸し暑いが、我慢することしかできない。うとうととしていると、扉を叩く低い音が響いた。

「玄静、寝ましたか？」

裴玄静はすぐに座り直した。従兄の裴識の声だ。

彼女は急いで扉を開けに行った。「お兄さまはもう寝たのではなかったのですか？」

「私は大丈夫。明日で別れるし、静娘に少し挨拶しておきたいと思って」裴識は身を翻して部屋に入ると、気遣って尋ねた。「韓湘は問題ないかな？」

「叔父さまが手配してくれた人ですから、信頼しています」

裴識は頷きながら言った。「当初、韓愈夫子はあなたのこの婚礼の仲人だったので、彼が推薦する人は、父にとって断るには都合が悪かったのです。韓家のことはよく知っていて、私と韓湘も旧知の仲です。だからこそ、安心してあなたを彼に引き渡しました。しかし、もしあなたが不適当だと感じるようなら、私があなたを連れ帰るよう、父は別れ際にわざわざ私に言い含めたのです」

裴玄静はぎょっとして、慌てて言った。「韓郎は良い方ですし、お兄さまはご安心ください」

裴識が去る時、窓の外でちょうど拍子木の音が鳴りだした。もう二更だ。裴玄静は長椅子に戻った。叔父が自分のためにそこまで周到に考えてくれていたことを思って、彼女の心はひとしきり温かくなった。しかし叔父さま、今回、玄静は絶対に後戻りできないのです。

自分の推測は間違っていない。金縷瓶に隠された秘密は生命に関わる。そうでなければ誰かが後を追って来て、取り返そうとするなどということは起こりえない。

裴玄静は枕の下から匕首を出し、ここ数日と同様に、それを胸の上に置いた。冷たい圧迫感はいつも彼女の気持ちを落ち着かせる。彼女は、自分が今真相にかなり近づいていると予感していた。だから、この先が剣の山や火の海であったとしても、彼女は突っ切っていく必要がある。

翌日の朝、韓湘と裴玄静が動き出した時には、裴識が去ってからすでに一時間あまりが経っていた。

出発の時には崔淼にも会わなかった。韓湘は言った。「崔郎中はきっと死んだように寝ているのです。昨夜は彼が一番たくさん飲みましたから」

しかし、裴玄静は心の中で思った。あの神出鬼没の人物はどんな悪巧みをしているかわからない、と。いずれにしろ、この道中彼はつかず離れず自分についてくるだろうと彼女は考えていた。

果たして、数里の道を歩いた後、前方に一頭の驢馬が現われた。あのゆらゆら揺れながら驢馬の背中に乗っているのは、崔郎中ではないか？

韓湘は急いで馬に追いつくよう促して、笑いながら呼びかけた。「先ほど静娘と話していたんです。今回は崔郎中を置いてきてしまったのではないかと。先に出発していたなんて知りませんでした」

崔淼は灰色の驢馬に乗って、鷹揚に左を見たり右を見たりして、笑いながら言った。「それがしは早くに出発したのではありませんよ、ただこの驢馬が少しばかり足が速かったので、いくらも経たないうちにあなたたちを追い越しただけに過ぎません」

「崔郎中はふざけているのですね。私たちはずっとあなたのことを見ていませんでしたよ。あなたはどうやって私たちを追い越したのですか？」

その時、裴玄静の馬車も追いつき、ちょうど崔淼と並んだ。美しい陽光が木陰に遮られながら照り、崔淼の顔は影に覆われて、二つの目がまるで深い池のように一層清冽に見える。彼はその美しい目で裴玄静を見ると、にっこりと微笑んで言った。「韓兄さんはまさか聞いたことがないのでしょうか。張果先生の白い驢馬は日に数万里行くことができます。それがしのこの驢馬はそれほど珍しいものではありませんが、日に千里行くくらいは問題ありません。ついさっき……それがしはあなたたちの頭の上を飛び越していったのです」

裴玄静は声を出して笑った。彼女は気づいた。自分がその場にいれば、崔淼は誰と話していても、実は全て自分に話して聞かせているのだと。たとえ驢馬が飛ぶなどというくだらない話でも。

韓湘は言った。「しかし、張果先生は小生の道教の仲間です。私の知る限り、果先生のは一頭の紙の驢馬で、普段は畳んで袋の中にしまってあります。必要な時には、氷を吹きつけると、驢馬に戻るのです。まさか崔兄さんはそれほどの神通力を持っているというわけではありませんよね」

「神通力がないところなどありません」崔淼は真面目くさって答えた。「韓兄さんは道教を良く知る人でありながら、そんなこともわからないのですか？」

韓湘は大笑いした。「崔郎中は本当に知らないものがないのですね。医者をしているのは実に勿体ない。私が見るに、この医者はね、全くのインチキですよ！」

崔淼は少しも弱腰にならずに、「韓兄さんは仙道を志すと自称していますが、それがしが見るにやはり全くの偽物ですよ！」

談笑の間に、二人とも才気をひけらかした。

崔淼の驢馬はとにかく歩みが遅く、数回のやりとりの間に、裴玄静の一行は彼を抜いてしまった。

韓湘は後ろを振り向いて言った。「我々俗人は一歩先に行きますよ。崔兄さんはどうぞごゆっくり。あなたが雲に乗り霧を操るのを見るのを楽しみにしていますよ。あ、いや、雲に乗り驢馬を操る——」

崔淼は驢馬の背の上で微笑みながら拱手した。

裴玄静はもう振り返って見ることはなかった。ただ崔淼が詩を吟じる声だけが追いついて、彼女の車両の中を長いことぐるぐるとしていた。

彼が吟じていたのは、「爛煸《らんはん》たり洛水の夢　徒らに七歩の文を留む」。やはり武元衡が塩を使って黒い布に書いた一句である。

午の刻が過ぎたばかりの頃、裴玄静たちは官道脇にある茶屋でしばらく休憩した。韓湘は茶、酒と簡単な食事を注文した。彼は酒を嗜んだが生臭物には手を出さず、精進料理と果物だけを食べる。

数杯痛飲してから、韓湘は笑いながら言った。「崔郎中が詠んだ詩はどうも少し奇妙ですね。彼自身が作ったものでしょうか」

「わかりません」裴玄静はそわそわしながら答えた。「わたくしがわかるものですか」

「洛水の夢だとか、七歩の詩だとか、典故が乱れてめちゃくちゃですよ」

「どこが乱れていますか？」

韓湘は言った。「前の一句〝斕煸たり洛水の夢〟は、曹植が甄妃を愛し彼女を娶ろうとして、結局兄の曹丕に先手を取られたことを指しているはずです。その後、甄妃が亡くなり、曹植が曹丕に謁見した時、曹丕は甄妃の使っていた金縷玉帯枕を持ち出して彼に見せたのです。曹植はそれを見て故人を思い出し、傷心に泣き崩れ続けた。曹丕の子の曹叡は、叔父が本当に甄妃を恋しく思っているのを目にして、あっさりと枕を彼に贈ります。曹植は枕を持って任地に帰る。洛水に差し掛かった時、甄妃が密会に来る夢を見ます。曹植は感じたことを発して、絶唱『感甄賦』を書き上げたのです。曹叡は即位した後、このことを思い起こして、『感甄賦』を『洛神賦』としました。『洛神賦』は現在まで伝わっています」

ここまで話して、韓湘は裴玄静を見ながら、意味深長に言った。「この一句だけを見ると、あたかも愛しているのに得られない残念さを訴えているようです」

裴玄静は目を落として、韓湘の視線を避けた。「……でも次の一句は違います」

「確かに。次の一句の〝徒らに七歩の文を留む〟は、曹丕が曹植に七歩で詩を作らせた典故を使っています。語られていることは曹氏兄弟の往時の出来事ですが、権力争いのために兄弟が殺し合うことの諷刺になっています。だから私はこの詩の典故がめちゃくちゃだと言ったのです。彼が一体どんなことを表現したいと思っているのかわかりません」

裴玄静は考えながら言った。「曹叡はなぜ叔父である曹植の文章の名を改める必要があったのでしょう？」

「洛神で甄妃を喩えることで、一方では叔父の作品を守り、一方では父の略奪愛と弟を殺した残忍な行為を隠そうとしたのでしょう」

「その話で正解ですね」裴玄静は韓湘に向かって嫣然と笑うと、「この聯の典故に問題はありません。上下の句がどちらも権力争いを巡る残酷さと偽りです。その上ほら、その父の曹丕の卑劣な悪行をごまかすために、曹叡は史伝の文章さえ改名することができたのです。だから今の人が読んでいる史書には、どれだけ信じきれることがあるのでしょう」

韓湘は聞きながらぎょっとして言った。「裴相公があなたを重用するのも無理はない。お嬢さんはやはり見識が非凡です。しかし、あの崔淼はなぜこんなものを詠んだのでしょう……」

「彼が心のままに詠んだ詩ですし、真面目に考える必要はないでしょう」

再び進みだすと、裴玄静の心は長い間平静を取り戻すことができなかった。韓湘との何気ない会話で、武元衡の詩に立ち込めた濃霧を突き破ったのだ。まるで一筋の微光が胸中に差し込んできたかのようだった。

彼女は深い思考に入った。

馬車が再び止まると、裴玄静は御簾を持ち上げて外を眺めた。空はまだ暗くなってはいない。

今夜、彼らは潼関駅に宿をとる。

7

潼関駅は官道沿いで最大の市場に隣り合っているため、長楽駅ほどの風格はなくとも、あらゆる職業の人々でごった返しており、その盛況ぶりは勝りこそすれ劣ることはない。

夏は日が長く夜が短いので、夕方時分はいっそう涼しく、理屈の上ではもうしばらく進むこともできる。しかし、近くには潼関駅というこの大きな宿場が一つあるだけだった。また常に客であふれているが、それでも二つの部屋を勝ち取ることができたのは実に運が良かったと言える。裴玄静は焦っており、昼夜兼行してさっさと昌谷県に入れないことがもどかしかったが、韓湘の計画に従うほかなかった。

夕食の時に韓湘は言った。「崔郎中はずいぶんと大きなほらを吹きましたが、彼のあの驢馬はどの仙山に飛んで行ったのでしょうね」

昨日、長楽駅で崔淼に出会った時、彼は洛陽へ行って医者をすると言い、裴玄静たちとずっと同行すると表明したのに、意外にもたった一日で遅れてしまった。

崔淼の他にも、裴玄静は群衆の中に別の人影を探し求めている。例えば長楽駅で見かけたあの頰ひげの男性だ。奇妙なことに、会いたい人も会いたくない人も、どちらも一斉に消え去ってしまったようだ。

部屋へ帰ると、裴玄静は扉と窓を固く閉じた。部屋の中は蒸し暑く息もつけないほどだ。

彼女は目を閉じると、突然大きく見開いた。

室内は一面真っ暗で、宿場全体が音もなくひっそりとしており、夜はもうだいぶ深いはずだ。

しかし、彼女ははっきりと感じとった。室内には一つの尋常ならざるものが存在しており、その上、目と鼻の先で彼女に向き合っている。彼女はその抑制されたわずかな呼吸の音さえ聞き取ることができた。

裴玄静は胸に置いた匕首をしっかりと握り、全力で振り上げた。

彼女は低い叫び声を耳にしたような気がした。誰かが高く飛び上がったに違いない。突然「バン」と音がして、裏窓が外に向けて押し開けられた。淡い夜色が入ってくると同時に、一つの黒い影が身を翻して出て行った。

裴玄静は追いかけて窓の前まで突進したが、ただ真っ白な月光が、生い茂る木に遮られ、地面いっぱいに砕け散っているのを目にしただけだった。

古い木の窓枠の上には、一片の引き裂かれた布が掛かっていた。裴玄静は注意深くそれを取ると、一目見てそれが、先ほどの人物の黒装束が引っ掛かったものだとわかった。先刻起こった迅急で、奇異で、その上ひどく危険な一切の出来事は、全てこの布切れで実際に起きたことだと証明された。そうでなければ、彼女はきっと自分がまた悪夢を見たのだと考えただろう。

彼女は狂ったように跳ねる心臓を強く抑え込み、再び窓を固く閉じた。しかし効果は全くなく、この部屋はもう彼女にほんの少しの安心感も与えてはくれなかった。寝る前にも彼女は扉と窓を固く閉じたのだが、誰かに思うままに出入りされた。裴玄静は気づいた。自身が直面している脅威はますます阻止しがたくなっているのだ。

裴玄静はそわそわと落ち着かず、この先続く長い夜をどのように耐えていくべきかわからなかった。

すると、彼女は扉の上で奇妙なカサカサという音がするのを耳にした。

扉の外の長廊に掛かる提灯は、客が夜に便所に行く時のために宿場が灯している照明であり、夜通し消されることはない。深紅の灯りが一晩中、扉の隙間から差し込んでくるのだが、今は何かに遮られていた。

裴玄静はこれ以上とどまることができなかった。座して死を待つなどというのは彼女の性に合わない。それに、このように為す術もなくただ危険が押し入ってくるのを待つよりも、自分から打って出る方が良い。

彼女は匕首をしっかりと握り、猛然と部屋の扉を押し開けた。

外の人物は虚を突かれ、防ぐ暇もなく、「わっ」と一声出して後退する。裴玄静は匕首を持ち上げ突っ込んでいった。

「静娘！　それがしですよ！」

彼女の手首が必死の力で握り止められると、すぐさま激痛が走った。彼女は思わず手を緩め、匕首は相手の胸の寸前で地に落ちた。

崔淼の顔色は真っ青で、明らかに彼女によってひどく驚かされてもいた。

「どういうつもりですか！　驚きのあまり死ぬかと思いましたよ！」彼は声を低く抑えて言った。

「あなたでしたか。わたくしはまた……」裴玄静の体から力が抜けた。崔淼は急いで彼女を支え、匕首を地面から拾い上げると、なんとか彼女を抱えながら部屋の中へと戻った。

　彼が蠟燭を点けると、すぐに広々とした明るい部屋となった。裴玄静は弱々しく彼に向かって笑った。「ごめんなさい。傷つけてはいませんね」

「危ないところでした。静娘は暑すぎるからと、それがしの背筋を凍らせようとしてくださったのですね」崔淼は冗談を言いながら、周囲を見回して言った。「どうしてこんなに蒸し暑いのですか？　窓を開けましょう」彼は立ち上がらないうちに、すぐに裴玄静に引き留められた。

「行かないで！　あちらには人がいます」

「どんな人ですか？」

　裴玄静は今夜のことを一通り話した。

「先ほどのあなたの慌てぶりも無理はありませんね」崔淼は眉をひそめて言った。

「わたくしは扉の下からあなたの影が見えたので、またあの侵入者が扉の前まで回って来たのかと思ったのです」

「静娘、何者だと思いますか？」

　裴玄静は見当がつかない様子で、首を振った。

　崔淼は言った。「さあ、分析してみましょう。まず、その人は決してあなたの生命を脅かすのが目的ではない」

裴玄静は同意した。もし侵入者が彼女を殺そうとしているのであれば、彼女は先ほど夢の中であの世行きとなっていたはずだ。

「ということは、何か探し物があるのでは?」崔淼は思案しながら尋ねた。「お嬢さん、あなたのところに何か特別に貴重な物があるのではありませんか?」

裴玄静は少しためらってから答えた。「特別なものなどありません」

崔淼の視線は彼女の顔の上で行ったり来たりしている。「そうなると推測しにくいですね」

裴玄静は彼に尋ねた。「崔郎、あなたはいつ潼関駅に着いたのですか?」

「少し前に着いたばかりです。時間が遅すぎて、帳場には人影もなく、満室の札まで高々と掲げられていて……あ、それがしはあなたの部屋を先に探そうと思ったんです。それがしが何を見つけたかわかりますか?」この人は本当にもったいぶるのが好きだ。状況もことの軽重も関係ない。結局のところ彼が無邪気なのか、それとも計算高いのか、はっきりとわからせてはもらえない。

裴玄静は怒った表情で言った。「あなたの驢馬が飛んだとか?」

崔淼は手を伸ばすと裴玄静を引き起こした。「来て。見ればわかりますよ!」

彼は扉の前まで来ると、まず耳をそばだてて外の様子を探り、異常がないことを確認すると、注意深く扉を押し開いた。

がらんとした一本の長廊下には、数歩おきに掛けられた提灯の仄暗い赤い光だけがあった。崔淼は自分についてくるよう裴玄静に示唆すると、二人は前後に続いて部屋から出た。向き直ると、崔淼が裴玄静の耳元でそっと言った。「見て」

彼女は見た。

裴玄静の部屋の扉の上、ちょうど目の高さに一枚の黄色い絹布が張られていた。布の上には、字に似て字ではなく、絵に似て絵ではない記号が、墨汁ででたらめに書かれている。筆画は曲がりくねっていて難解で、全く識別することができない。

裴玄静は手を伸ばしてその黄色の絹布を外した。

崔淼は怪訝そうに言った。「娘子？」

「あなたは先ほどわたくしの部屋の入り口でこれを見たのですか？」

「そうです。それがしがちょうど調べているときに、思いがけずあなたがナイフを持って飛び出してきたのです」

裴玄静はひさしの下に座ると、長くため息をついた。部屋にあれほど長く閉じこもっていたので、戸外へ出ると格別に爽やかに感じられた。「調べるべきことなどありません。これは魔除けの平安符です」道教の秘文には大きな派閥がいくつかあるが、形式上変化したところで本質は変わらない。裴玄静の学識をもってすれば十分に識別することができた。

崔淼も彼女の側に腰を下ろし、怒った様子で言った。「それがしだって符であることはわかります。でも、あなたはなぜ、これがどうやってここに来たのかを考えないのですか？　宿場の中にはこれだけ多くの部屋があります。なぜあなたの部屋の扉にだけこれが貼ってあるのでしょう？　誰が貼ったのでしょう？」

裴玄静は声を出さなかった。実際、答えはこれ以上なく明らかだ。宿場全体の中で符を作ることができるのは、裴玄静自身を除けば、恐らく韓湘しかいないだろう。

彼女は言った。「……彼は好意でしたのです」

「そうでしょうか？」

裴玄静は尋ねた。「どういう意味ですか？」

崔淼はもっともらしくまくし立てた。「これだけ大きな宿場で、もし心づもりのある人物に簡単に探し当てられるように、あなたの部屋を明示して、その上疑いをかけられないようにしようとするなら、この方法は悪くないですよ」

裴玄静は目を見開いて彼を見た。しばらくしてからやっと「ククク」と笑って、「あなたは、韓郎がわたくしの部屋の扉に符を貼ったのは、悪人を引き入れるためだったと言いたいのですね……普通なら思いもよりませんよ」彼女はしきりに首を振って、「彼は何の必要があってそうしたのですか？わたくしは信じません」

「あなたは韓湘をそれほど信頼しているのですか？」

「わたくしには彼を疑う理由がありませんよ」

崔淼は何も言わなかった。裴玄静の胸中は落ち着かなくなってきた。彼女は思い出した。裴識が別れる前に韓湘の話を持ち出した時、確かに話には言外の意味がある様子だった……。

「お嬢さん、本当に韓湘があなたを洛陽に送って行くと思っていますか？」

裴玄静は勢いよく顔を上げ、言った。「当然です。たとえ彼が送ってくれなくとも、わたくしは一人でも行きます」

「李長吉に嫁ぎに行くのですか？」

「そうです」彼女はきっぱりと答えた。

「それがしは彼が死にそうだと聞きました」

裴玄静は一語ずつ話した。「彼の状況は彼の問題であって、行くか行かないかはわたくしの問題です」

「あなたは、自分がこの道を無事に歩き終えられると確信できるのですか？」

裴玄静は崔淼を凝視した。ちょうど一陣の風が吹きすぎ、提灯の赤い光が風に揺られ、彼の顔にゆがんだ陰影を映し出した。彼の凛々しく朗らかな容貌は、突然見知らぬ凶悪なものへと変わった。

彼女は立ち上がり、上半身をかがめて礼をしながら言った。「崔郎のここ数日のご配慮、玄静は生涯忘れません。今後はもうご面倒はおかけしません」

崔淼も立ち上がり、上半身をかがめて答礼し、何も言わなかった。

裴玄静は部屋に戻り、扉を閉めた。

この郊外の宿場では、水時計の音も聞こえず、彼女がだんだんと慣れていった朝の鐘と暮れの太鼓もない。しかし、時間の経過はどんな環境で比べても明晰で、絶対的で、冷静だ。

裴玄静は暗闇の中で大きく目を見開いた。一本の線香が少しずつ灰になるのが見えたような気がした。それはどんな人の力でも捕まえられず、留めおくことができないもの——生命は消えていっているのだ。

彼女はびっしょりと汗をかいて寝床から飛び起き、全身の力を使って裏窓を押し開けた。

星は四方で高い。万里の大空にはただ一つ明るい月だけが残り、清らかな光をあまねく振り撒いている。

数歩離れた外で、崔淼は一本の柳の木に寄りかかり、両目を軽く閉じてあぐらをかいて座っていた。月の光はあたかも薄い霜のように彼の顔を覆い、その表情に少年のような強さと脆さを浮かびあがらせている。

これはどうあっても愛するものを守り抜くという執着だ。このような執着を彼女は持っている。彼も持っている。

裴玄静はそっと両開きの窓を閉じた。

朝日が昇り始める頃、潼関駅はすでに人の声で沸き立っていた。誰もが馬車を仕立てたり荷物を運んだりするのに忙しく、早く出発するための準備をしている。裴玄静たちの馬車も全てをしまい終えたところで、韓湘は裴玄静に向かって言った。「静娘、悪い報せがあります」

裴玄静は尋ねるような表情で韓湘を見た。彼女は昨夜起こった一切の出来事について一言も口に出していない。韓湘もまるで崔淼のことなど全く頭にないようだ。宿場の中では人々が賑やかに行き交っているが、あの瀟洒な人影はなかった。

韓湘は眉をひそめながら言った。「北路線は進めなくなりました。私たちは南路線を行くよう変更する必要があるでしょう」

「何かあったのですか？」

「その……追いはぎが出るという話です」韓湘はこの話の間、裴玄静の目を見ることができないでいる。

彼女は心の奥に隠したフクロウが鋭い鳴き声を上げたのを聞いたようだった。彼女は尋ねた。「強盗はどこにいるのですか？」

「うん、私たちの予定していた経路だと、次の宿場は陝州です。途中で通らなければならない硤石堡の周囲は、山が高く、道も険しいです。最近は強盗も頻繁に出没します。だから……安全のために、南路線を行くことを考えましょう」

裴玄静は依然として非常に落ち着いたまま尋ねた。「南路線をどのように進んでいくのですか？」

「何も特別なことはありません」韓湘は気まずそうに笑って、「でも、南路線は何本も川を渡らなければなりません。私たちは車を捨てて船に乗る必要があります。もし雨が降って洪水が起きたら、さらに何日か遅れるかもしれません」

「何日遅れますか？」

「長くて三日か五日でしょう」

「それは、三日ですか？　五日ですか？」

「ああ、私が言っているのは、北路線を行くよりも三日から五日多くかかるということです」

裴玄静はきっぱりと答えた。「駄目です」

韓湘は決まり悪そうに言った。「静娘、もし強盗にあったら、三日や五日遅れるどころの話ではなくなってしまいます。だから……」

裴玄静は彼を遮って、「韓郎は魔除けの符を書いたり呪文を唱えたりすることができるのではないのですか？　敵や賊を追い払うことができるはずです」

韓湘の顔色がガラリと変わった。しばらくして、躊躇いながら言った。「こうしましょう。私はもう一度様子を聞いてきます。静娘はここで待っていてください」

裴玄静は庭で立ったまま待ちながら、意味もなく車馬の賑わいや、短くなっていく影を見ていた。長く待っても韓湘が戻らないので、彼女の胸中の焦りは今にも爆発しそうだった。

「静娘！」彼女がほとんど絶望しかけていた時、呼びかける声が耳に入った。崔淼は木の陰から出てくると、彼女を呼び寄せた。「早く来て。見てください」

裴玄静は詳しいことは聞かずに、崔淼の後にぴったりとついて宿場の外の階段を上った。宿場の地勢は高く、二階から俯瞰すると、薇草の生い茂る白鹿原全体が目前に展開した。遥か遠くを見渡す。風は優しく、雲も伸びやかだ。起伏のぼやけた秦嶺山脈が東に向かって真っすぐ伸びている。しかし、崔淼が裴玄静に見せたのはすぐ近く――宿場の裏口からそう遠くない、塀の下の二つの人影だった。

韓湘は一人の人物と向かい合って立ち、何か議論している。

裴玄静は一目ですぐにその頬ひげを認識した。

彼女の身体は思わず震え出した。

「どうしたのですか？」崔淼は彼女の耳元で尋ねた。「あの人を知っているのですか？」

「一日目に……長楽駅で見ました……」

ったのです」

「ええ、それがしもぼんやりとあの人に見覚えがあって、だからあなたに見せようと思ったのです」

「あ、あの人がわたくしの部屋に入って……」裴玄静は歯さえも震えだし、言葉が声にならない。

「昨夜ですか？　確信していますか？」

裴玄静は頷き、また首を振った。「それから、長楽駅でも……」

恐れ、疑い、そして絶望が一気に押し寄せてきて、彼女はこの暑気が和らぎ、爽やかで過ごしやすい早朝に、天地がひっくり返るのを感じた。旅の出発から、彼女は合わせて数時間も寝ることができていないのだ。裴玄静は欄干にもたれかかって、なんとか身体を支え、顔を上げて崔淼に向かって言った。「崔郎、わたくしは洛陽に行かなければなりません」

「どうやって行くのですか？」崔淼は軽く首を振り、「韓湘はあなたを簡単に洛陽へは行かせてはくれないでしょう。彼が陰で何を企んでいるのかはまだわかりませんが……」

「え？」

裴玄静は彼を遮った。「わたくしにはわかるかもしれません」

「でも、彼の思い通りにはなりません」

崔淼が裴玄静を見ると、その黒いガラス玉のような瞳にはもやがかかり、目の下は二つの深く青い影に囲まれている。しかし、瞳の中の賢さ、強さ、勇ましさは依然として彼を驚かせ、魅了した。

彼女は言った。「行きましょう。今すぐ行きましょう！」

崔淼はもう長い間待っていたかのように、考える間もなく応えた。「よし！」

二人は宿場から駆け出した。御者はまだ韓湘の指示がないので、宿場の門前で座って待っていた。裴玄静はすばやく馬車に乗り、崔淼は御者がいないのをいいことに、自ら御者台に飛び乗り「行け！」と一声、馬車を出し、前に向かって疾駆した。

御者がやっと反応し、叫びながら宿場から追いかけてきたが、追いつくはずもなかった。韓湘も声を聞いて出てきて、この状況を目にすると追いかけようとしたが、どんなに探しても自分の馬を見つけることができなかった。彼は焦って宿場の前でうろうろとし、瞬く間に裴玄静の馬車の後姿は官道の向こうへと消え去った。

もうもうと上がる一面の土煙に向かって、韓湘は地団駄を踏みながら叫んだ。「ああ、やっちまった！　やっちまった！」

ひと息に数里も駆けると、崔淼はやっと速度を少し落とした。裴玄静もやっとゆっくりと呼吸して、車窓からの景色を見た。

長安から洛陽までの官道は全長八百里あまりで、道中には土を盛り上げた「里割柱」

という標識がある。五里ごとに一つの柱、十里ごとに二つの柱がある。裴玄静が窓の外を眺めている時、ちょうど一つの「里割柱」が目の前をかすめていった。広く青々とした原野は「里割柱」とともに後方へと置いていかれた。空では、一羽の白い隼が長く鳴きながら青空へと飛び込んでいった。

そもそも、大唐の国土は果てしなく広く、山河もまた壮麗である。ここは詩人が口中で長歌に託して悲憤した故国なのである。すべての盛衰と哀歓を受け止めることができ、彼女に一生の自由を与えることもできる。彼女のような小さな女性も、この帰郷の道を辿りながら、心の中の最も広大な理想を追い求めることができる。

「崔郎」裴玄静は、車の前方でまっすぐにのびる後ろ姿に向かって言った。「あなたの驢馬はどこへ飛んで行ったのですか？」

彼は振り向きもせずに答えた。「崑崙の頂、白雲の深い所です」

裴玄静はわずかに笑った。

8

夕方近く、澠池《べんち》駅を通過した。崔淼と裴玄静は話し合い、進み続けることに決めたが、これを逃すことでもう宿屋を見かけることがなくなるとは考えなかった。明月が昇り始めてから、彼らはやっと官道脇の原野にぽつぽつと小さな灯りを見つけた。ぼんやりとした建物の影はどうやら人家のようだ。

崔淼は、やはりどこかで宿を借りようと提案した。夜間の移動はとにかく危険であり、馬にも食事と休息が必要である。

裴玄静は同意した。どれだけ急いだところで、この一時を急ぐことはない。

曲がって官道を下り、馬車は揺れながら広野を抜けた。あの小さな灯りは近づいているように見えるが、歩くならまだいくらか距離がありそうだ。やっとその庭の外に着いたとき、山門は固く閉じられていた。門の上高く掛けられた額に書かれていたのは「霊空寺」という三つの文字――なるほど、ここは寺院だったのだ。

長いこと門を叩いて、やっと小沙弥（子供の修行僧）が門を開けにきた。宿を借りに来たと聞くと、小沙弥は何も言わずにすぐ寺の中に引き入れてくれた。

寺院はかなり大きく、小沙弥は彼らに馬車を庭にある井戸の近くに繋がせ、二人を西側の棟へと連れてきた。彼らのために灯りを一つ点けると、言った。「水がいるときには自分で井戸に汲みに行ってください。この廟には何も食べるものはありません。四更の時に粥を作りますので、もしあなた方のお腹が空いているようでしたら、来て一緒に食べてください」――言い終わるとすぐに離れていった。

そもそも僧とはこのようにおおらかな――事情も問わず、警戒心も全くないものかと、呆気に取られて顔を見合わせる裴玄静と崔淼とが残された。

二人は非常に疲れてもいたので、すぐにおのおの筵に腰を下ろした。屋外のひゅうひゅうという風の音の中に、だんだんとぱらぱらという音が混ざって響くのが聞こえた。

「雨が降っているようですね」崔淼が小さな声で言った。

口を開く者はいない。示し合わせたわけでもないのに、彼らは初めて出逢ったあの晩を思い出していた。昨日がまた来たように、今日が今まさに音もなく昨日へと変わっていくように、すぐさま彼らを連れて記憶の中に共に消え去り、永遠へと沈んでいく……。

どれほどの時間が過ぎたのか、裴玄静が沈黙を破った。「あら、壁の上に誰かの書いた詩が？」

すでに崔淼の目にも入っていた。様々な色の入り混じった漆喰の壁には少なくない詩が入り乱れて書かれており、筆跡の深さや筆致を見ると、異なった人々が異なった時期に書き記したに違いない。どうやらこの寺院には以前から多くの人が宿泊してきたようだ。屋内に漂う微妙な雰囲気を解消するためにも、二人は興味津々といった様子で一つずつ詩を読みだした。

ほぼ全てが凡庸な作品であったが、最後にやっと「空海『離合詩』を作り土僧の惟上に贈る」という題の少し面白そうな五言絶句を見つけた。

「離合詩？」裴玄静は独り言を言った。「ばらばらになった文字を組み合わせる謎解きの詩ね。こんなところで目にするなんて」

　崔淼は興味深そうに尋ねた。「ばらばらになった文字を組み合わせる謎解きの詩って何ですか？　それがしは聞いたことがありません。どうやって遊ぶのですか？」

「崔郎、この詩を読んでください」

「磴危く　人行き難し　石嶮しく　獣昇る無し
　燭暗く　前後に迷ひ　蜀人も　過ぐるを得ず」

　崔淼は一通り読み上げると、尋ねた。「どこに謎があるのですか？」

　裴玄静は堂々と話した。「離合詩はばらばらになった文字を再び組み合わせる遊びです。漢魏六朝の時期にはすでに存在していました。最もよくある形式は、四句ごとに一つの文字をばらばらにするものです。つまり、次の句の最初の文字と前の句の最初の文字が互いに関わっていて、一つの文字、あるいは一つの偏旁や部首、あるいは一つの筆画に分けられています。そして、次の二句でばらばらになって出てきた文字、偏旁、部首、筆画と組み合わせてもう一つの文字を作ります。六句で一つの文字に合わせるものもあります」

「とても複雑なように聞こえます」

「実際は難しくありません。最も古い離合詩は後漢の孔融が作った『離合郡姓名字詩』であるはずです。

〝漁父　節を屈し　　水に潜りて方を匿す
時と進止し　　出行弛張す
呂公　磯に釣り　　口を闔《と》ざす　渭の旁
九域に　聖有り　　土の王あらざるは無し。
好むは是れ正直　　女《なんぢ》　匡に回《かへ》る
海外　有截たり　　隼逝き　鷹揚がる
六翮　奮はず　　羽儀　未だ彰かならず。
龍虵の蟄　　也た忘る可から俾めんや
玟琁　曜を隠し　　美玉　光を韜《かく》す
名も無く　誉も無く　　放言して　深く蔵《かく》る
轡を按じて安行すれば　誰か謂はん　路長しと〟[1]

全体で『魯国孔融文挙』の六文字ができあがります」

崔淼は眉をしかめて思案しながら、口中で何やらつぶやいた。「漁父　節を屈し　水に潜りて方を匿す。うん、『魚』が出てきた。時と進止し　出行弛張す……『日』が出

1　原文：漁父屈節，水潜匿方。与旹進止，出行施張。呂公磯釣，闔口渭旁。九域有聖，無土無王。好是正直，女回於匡。海外有截，隼逝鷹揚。六翮将奮，羽儀未彰。虵龍之蟄，俾也可忘。玟璇隠曜，美玉韜光。無名無誉，放言深蔵。按轡安行，誰謂路長。

てきて、それから合わせてみると『魯』になる！　面白いですね」彼は目を輝かせて裴玄静を見て、心から賛辞を贈った。「お嬢さんは本当に知らないことはないのですね。感服しました！」

裴玄静は口をすぼめて少し笑うと言った。「それでは、崔郎は空海のこの詩から出てくるものを当ててみてください」

「お嬢さんはそれがしを試すつもりですか？」崔淼はますます興が乗ってきた。どうして彼女の前で失態を演じることができるというのか。この種の謎解きは規則さえ把握してしまえば、絶対に彼を困らせることはない。「磴危く　人行き難し　石嶮しく　獸昇る無し……『登』の字が出てきた。燭暗く　前後に迷ひ　蜀人も　過ぐるを得ず……出てきたのは……『火』、だから合わせると『燈』！　『燈』……」崔淼は再三咀嚼すると、思わず手を打って讃えた。「この離合詩はよくできています。謎の答えと詩の意味が互いに響き合って趣となっていて、その上しっかりと隠されている。ハハ、この空海は一体何者でしょう？　名前からしても和尚のようですが」

扉の外で誰かが応えた。「和尚は和尚でも、日本の和尚ですよ」二人が声の方へと目を向けると、一人の僧が扉の前に立って微笑みながら合掌していた。「施主お二方、貧僧惟上がご挨拶申し上げます」

惟上法師は少し南方訛りがあるが、非常に口達者であった。古刹の孤灯に三人は円座し、会話を楽しんだ。開け放った扉の外では夜の雨がしとしとと降り、夏の蚊は微かな光の中をくるくると舞い飛んでいる。

貞元二十年に福州で出会った日本からの遣唐僧である空海を思い出し、惟上法師は依然として止むことのない感慨を覚えていた。異国の人でありながら、空海は漢学に対する造詣が極めて深く、ただ彼の作ったこの離合詩が精巧かつ精緻であるのを見るだけでも、惜しくてたまらないような気分にさせられる。惟上が故郷の福州を離れて「霊空寺」まで行脚して住職になるという時に、この短い詩を記念として壁に書き残していったことをまだ忘れていない。

「しかし、貧僧がここで宿を貸した通りがかりの人の中に、お二方のようにこれほど速く詩の中の手がかりを見つけられた人は、そう多くはありません」惟上は笑いながら言った。「離合詩が結局あまり見られないのは、上手く書こうとするとますます難しくなるからです」

裴玄静は賛同した。「これまで謎解きの詩では折句や回文が用いられたものが多く、離合を熟知している人は実際少ないのです」

惟上は言った。「ただお一方、権徳輿すなわち権相公が、都を離れて東都留守に赴任する際に、こちらでしばらく過ごされたのですが、彼も離合詩をよく理解していらっしゃいました」

惟上法師が言及したその権徳輿相公も、本朝では大いに名の通った大人物だ。彼は政治的な経歴において、武元衡と同列に論じることができるばかりか、その上、文壇を長年掌握しており、劉禹錫、柳宗元といった格別の才子でさえも、その門下へと投稿し、意見を求めなければならなかった。元和元年からずっと権徳輿は宰相を担当し、三年前にやっと皇帝にその任を解かれ、東都洛陽留守に任じられた。

権徳輿の名前を聞いて、崔淼は何気なく尋ねた。「それがしどもも東都へ急いで行くところなのですが、その権徳輿相公が通って行ったのも同じ道ですか？」

惟上は言った。「そうですよ、お二方はご存じなかったのですか？　拙寺から東都までは一本の近道なのです」

近道？

期せずして、裴玄静と崔淼の目が共に光った。

惟上法師は流れるように言った。この「霊空寺」の裏門から出て、広野を抜けると、そこは峭山で、峭山の下には一本の緩やかな谷川があり、谷川の流れに沿って半日ほど進むと、河陰県に到着する。

河陰県は、大唐にとって非常に重要な場所の一つである。開元二十二年（七三四）に、朝廷は食料運搬の利便のために、河陰を特別に選んで大倉を建て、江淮地区から汴渠《べんきょ》（黄河と淮河を結ぶ運河）を経て運んできた食糧だけをそこに収めた。その後、さらに黄河、渭水を経由して長安へと運んだ。これにより、長期にわたって西京を困らせて来た食糧不足の問題は完全に解決された。元和以来、削藩部隊の糧秣《りょうまつ》の供給を保障するために、皇帝は運ばれてきた食糧のほとんどを河陰倉に保管するよう厳命し、戦況に応じて柔軟に活用した。

河陰県から東都洛陽までは、車で一日足らずの道のりだ。河陰倉は大唐にとっての意義が大きく、また洛陽から近いため、東都に編入され一緒に管理されている。

惟上の話によれば、三年前に権徳輿が宰相の任を解かれ、東都留守を任ぜられた時に、特別に河陰を通ってから洛陽に赴いて役目に就くことを選んだのも、ついでに河陰大倉を視察するためであった。

まさに突然訪れた驚喜だ。偶然にも近道を進んでいたとは、思いもよらなかった。もし惟上の言っていることが事実ならば、合わせて一日半という時間で洛陽に着くことができるのだ。当初の計画よりもさらに半日早めることができる。

崔淼は興奮して裴玄静に尋ねた。「静娘、明日河陰からのこの近道を行きましょう。どう思いますか?」

裴玄静は軽く頷いた。微かな蠟燭の火が彼女の双眸を、どんな時よりも奥深く映していた。

崔淼は思わず彼女の視線を避け、顔を背けて唯上法師と雑談し始めた。

「権徳輿が宰相の任を解かれたことは、数日前に暗殺された武元衡相公と関係があると聞いたのですが」崔淼が言った。「法師は権相がそのことについて話すのを聞いたことがありますか？」

「聞いたことがありません」

崔淼が言った。「それがしも噂を耳にしただけで、真偽はわかりません。ひとまず法師に楽しんでもらおうかと。聞くところによると、朝廷の宰相である李吉甫と李絳の二人は年中仲が悪く、ことの大小に関わらず言い争いが止まず、聖上はその煩わしさに耐えられないとか。権徳輿相公は二人の間で中立を守っており、結果、聖上は彼に八つ当たりをして、権相が是非や決断を下さないことを責め、そのことを理由に宰相の任を解いたのです。ほどなくして、武元衡が朝廷に戻りました。李吉甫と李絳の二人が口論するたびに、同じように意見を言わなかったのに、聖上は武相公が正直で温厚で徳が高いと讃えて、かえって大いに可愛がったそうです。腹が立たないわけがないです」

惟上は話を聞いて大笑いした。「それは聖上が武相公をよほど気に入っているということで、権相は実際及ばないところがあるということですね」

「皇帝の恩がどれほど大きかろうと、武相公もやはり不慮の出来事に遭いましたがね」

崔淼は習慣的に一言皮肉を言った。

惟上は言った。「武元衡相公の話が出て、貧僧は思い出したのですが、権相が拙寺に宿泊された時に、確か武相公に関する興味深いことがらが一つ話題に上がりました。しかも、それは離合詩と関係があります」

もともと権徳輿はかつて離合詩を一首作ったことがあった。それは秘書監の張薦に贈ったものであった。非常に素晴らしく書けていたため、当時、朝廷の中の多くの人が興趣を引き出され、次から次へと離合詩を創作しては互いに比べ合っていた。ただ武元衡だけは動かず、周囲の人がどれほど焚きつけても手を出そうとしなかった。それはきわめて高慢に見え、また、権徳輿の面子を失わせた。

崔淼は言った。「そのようなことを気に掛ける価値があるでしょうか？　大僚たちの心が狭すぎるように思います。それがしに言わせれば、武元衡相公はまったく離合詩を作ることができないのだということです。権相はそんなにも気にする必要があったでしょうか」

「阿弥陀仏」惟上は笑って言った。「随分遅くなりました。お二方は明日の早朝から道を急がなくてはなりません。貧僧はこれ以上のお邪魔は致しません」

崔淼が法師を扉の外まで送った。振り返ると、灯影の中で裴玄静の目が星のように明るく光り輝いているのが見えた。

彼は彼女の側に来ると、尋ねた。「どうしましたか？」

彼女は一文字一文字考えながら言った。「武相公は……離合詩を作ることができたのです」

「あなたは何を思いついたのですか？」

「あの詩に対して、わたくしは回文と折句それから反切と、すべて試してみましたが、解くことができませんでした」裴玄静は頭を振って苦笑した。「わたくしはずっと離合詩のことを思いつかなかったのです。正に愚の骨頂です」

崔淼は腕が鳴った。「今からでも遅くはありませんよ！」

この小屋は粗末だが、机の上には筆と墨がある。通りすがりの客人が詩を書き残していくように、惟上法師が特別に提供しているのに違いない。崔淼は筆を取り上げたが、墨はつけず、傍の湯飲みに手を伸ばして浸すと、机の上に書きだした。

――「段に克《か》ちて　弟愆《とが》に休し　潁の諫めに　孝兄に帰す
　惧恐す　流言の日　誰か解せん周公の心」[1]

彼はまだ書き続けようとしたが、裴玄静が遮って言った。「四句で一組ですから、まずこの四句で何が出てくるか見てみてください」

「前の二句の最初の文字は『克』で、最後の文字は『兄』ですね。これは簡単です。『十』が切り離せました！」崔淼は手振りをしながら言った。「後の二句は最初の文字が

1　離合詩の原文は三六六ページを参照。

『惧』で、最後の文字は『心』なので……切り離せるのは『具』でしょうか。『十』に『具』を合わせると、どんな字でしょう?」

裴玄静は小さな声で言った。「『真』ですね」

「そのとおり!」崔淼は待ちきれない様子で後の四句を書いた。

──「斕斒《らんはん》たり洛水の夢　徒らに七歩の文を留む

蓬蒿　密にして間無く　鯤・鵬　相逢はず」

「『斕』と『文』で、切り離せるのは『闌』という字のはずです。『蓬』と『逢』で切り離せるのは……『艹』です。合わせると『蘭』という字でしょうか」彼は裴玄静を一目見ると、続けて書いた。

──「亮・謹　二主に分かるるも　效あらず　仲謀の兒に

仃伶たり金縷子　江陵に　只だ一人」

今回はもっと順調に解くことができた。崔淼はほとんど考えもせず、すぐに言った。

「この四句の詩で切り離すことのできるのは『亭』です。亭?」彼はまた困惑して、再び裴玄静を一目見たが、彼女は目を伏せたまま沈黙を保っている。

そこで崔淼は水を墨の代わりにして、最後の四句の詩を書いた。

「観《まみ》えて盛徳の頌を呈するも　豫章　金　菫菫たり

琳琅　太尉の府　昆玉　竹林に満つ」

だんだんと薄くなっていく水をしげしげと眺めながら、崔淼は小さな声で言った。

「前の二句で切り離せるのは『見』で、後の二句で切り離せるのは『王』で、合わせると『現』になります。だから……この離合詩の答えは――『真蘭亭現』です」少し考えてから、結論を出しかねて言った。「当たっていますか？」

裴玄静はとうとう瞼を上げて、崔淼を眺めながら頷いた。

「でも……『真蘭亭現』とはどういう意味でしょうか？」

彼女はゆっくりと言った。「わたくしが思うにこの蘭亭というのが指しているのは、書聖王羲之の古くからの名筆である一帖――『蘭亭序』であるはずです」

「お嬢さんはなぜそのように確信を持っているのですか？」

「なぜならわたくしの荷物の中に、武相公からいただいた半部の『蘭亭序』があるからです」裴玄静は言った。「彼がわざわざ臨書したもので、わたくしの新婚の祝いとして贈ってくれました」

崔淼は突如悟り、すぐさま疑いながら言った。「しかし、ここで言われているのは真蘭亭ですし、何を指しているのでしょうか？」

「思ったのですが……『蘭亭序』の真筆ということはありませんか？」

「真筆ですか?!」崔淼は目を真ん丸に見開いて、「しかし、それがしの知る限りでは、『蘭亭序』の真筆は太宗皇帝の昭陵に埋葬されているのでは？」

「わたくしも同じように聞いています。だからわたくしたちが今日見ることができるのは『蘭亭序』の臨書だけで、真筆は跡形もなく消え去っています」

「まさか武相公のこの離合詩は……彼が『蘭亭序』の真筆を発見したということを言っているのですか？」崔淼は大きく驚きながら言った。

「静娘、彼があなたに贈った祝いの品が真筆ということはありませんよね？」

「もちろん違います」裴玄静はむしろ十分に冷静だった。「紙と墨はどちらも真新しく、かなり急いで書かれており、一目見て臨書だとわかります。その上……半分しかありません。だから決して『蘭亭序』の真筆ということはあり得ません」

「それでは納得がいきません。武相公はこんなにも大きな労力を費やして、『真蘭亭現』などという謎かけを作って、結局何がしたかったのでしょうか」

裴玄静はまた沈黙した。武元衡が自分に残したこの謎は、ここにきて新たな段階に入ったようだ。

彼女は一度、金縷瓶の中に刺殺事件の真相が隠されていて、祝いの品である半分の『蘭亭序』はただ彼女に金縷瓶を探し当てさせるためだけのものであると考えた。しかし、今考えてみると、そんなに単純なことではないようだ。

武元衡が苦心惨憺して配置した一切は、王羲之の『蘭亭序』の上に再び戻り、彼女に更に大きな困惑をもたらした——真蘭亭現。

貞観年間の『蘭亭序』の模写は現在から百五十年隔たっているために、もうすでに極めて価値の高い骨董である。五百年前に作られた『蘭亭序』の真筆となれば、言うまでもなく、値段のつけようもない宝である。

仮に、『蘭亭序』の真筆がこの世に再び現れたとしたら、それは今どこにあるのか。武元衡は裴玄静がそれを探し当てることを望んでいるのではないか。彼はなぜ彼女がそのような能力を持っていると考えたのか。彼は彼女に、さらにどのような手がかりを残していったのだろうか。

天下の人々はみな『蘭亭序』の真筆は昭陵に埋葬されていることを知っている。なぜ再び世に現れることができるというのか。まさか当初から高宗皇帝はそもそも太宗皇帝の遺旨に従っていなかったのだろうか。あるいは誰かが真筆を昭陵から盗み出してきたのか。

まさか、武元衡は殺されてもなお『蘭亭序』の真筆と関係しているというのか。

これら一切が錯綜していて全く見通すことができない。

裴玄静は考えながら言った。「優れた離合詩は、謎かけの題とその答えとの寓意が交わって互いに引き立つようになっているはずです。だから、やはり表面的な詩の意味から考える必要があります」

「それはむしろ難しくありません。この詩は一句一句に典を用いていますから、典故を一通り考えていくだけです」崔淼は言った。「頭の二句〝段に克《か》ちて　弟愆《とが》に休し　潁の諫めに　孝兄に帰す〟で用いられているのは春秋の典です。『春秋』の第一則『鄭伯段に鄢に克《か》つ』は、鄭荘公が非常に狡猾で、弟の共叔段と母の武姜を故意に放任し、共叔段に好き勝手させることで君主の位を奪おうとしたことが語られています。荘公はこれを理由に弟を討ち、殺害後に、荘公は母親の不公平を恨み、彼女を潁へと移らせて、黄泉へ行くまでは二度と母親と顔を合わせることはないと誓ったのです。後に孝子潁考叔の忠告を受けて、やっと地下道に母親を迎えに行き、母子は良い関係に戻ったのです。この典故は、王家の骨肉の争いを皮肉ったもので、手段は隠されており悪辣です。その後、鄭荘公は悔いるところがあり、母親を連れ帰って孝道を全うしました。しかし、彼は母親の最愛の小さな息子を殺しました。どうしようとも母親の子を失った痛みを埋め合わせることはできません。ここで言われている〝孝帰兄〟というものは、表面的な文章でしかありません」

「〝流言日〟と〝周公心〟の聯については、白楽天《バイ・ローティエン》[1]が一つ似た詩を書いているのを覚えています。たしか〝周公惧恐す　流言の日〟とか何とか。合っていますか、お嬢さん？」崔淼は滔々と絶え間なく一息に話すと、突然、裴玄静がもうしばらく発言してい

1　原文：周公恐惧流言日。（白居易「放言五首・其三」）

ないことに気づいた。

彼女はひざを抱えて明かりの下に座り、油が尽きかけている時の微かな光が、漆黒の双眸の中で不安定に揺らめいている。

その部屋は近くとも、その人は甚だ遠い。

崔淼は密かに嘆息すると、小さな声で言った。「お嬢さん疲れたでしょう。まず休んでください。それがしどもは明日また謎解きを続けましょう」

彼が扉の辺りまで歩いていくと、裴玄静はやっと夢から覚めたばかりのように尋ねた。

「崔郎はどこへ行くのですか?」

少なくとも、彼は彼女の口ぶりに恋着を聞き取った。もしかしたら彼女自身はまったくの無意識であったかもしれないが。

「それがしはすぐ外にいますから、早く寝てください」崔淼は軒に寄りかかって座った。

第五夜——彼は自身に向かって言った。これは彼らが一緒に過ごす五回目の夜であった。


（下巻に続く）

著者 **唐隠**（とう・いん）

一九七〇年代に中国上海で生まれる。二〇一〇年にデビュー。一五年に「当当年度影響力作家賞」、一六年にアマゾン中国が選ぶ「新鋭作家賞」を受賞。台湾・誠品書店が頒布した「二〇一七年度閲読報告」にて、「二〇一七年十大ベストセラー作家」と「最も受けのよい作家」に選ばれた。代表作・四部構成の「大唐懸疑録」シリーズは、台湾（繁体字版）、日本、タイ、ベトナム、韓国への版権輸出を果たし、うち『蘭亭序之謎』が「海外館蔵影響最広的中文図書（海外の図書館が所蔵した、最も影響の大きい中国語書籍）」ランキングに入選。同シリーズの有料オーディオブックは再生回数が三千万回を超え、ドラマ版の制作も鋭意準備中である。

監訳
訳者 **立原透耶**（たちはら・とうや）

大阪府生まれ、奈良県育ち。北海道在住。日本ＳＦ作家クラブ会員。一九九一年、『夢売りのたまご』でコバルト読者大賞を受賞し翌九二年デビュー。二〇〇〇年までは「立原とうや」名義で活動。小説家としての作風はファンタジー、ＳＦ、ホラーなど多岐にわたる。華文ＳＦの翻訳も手掛け、『三体』シリーズでは日本語版監修を担当する。大学教員の顔も持つ。

訳者 **大恵和実**（おおえ・かずみ）

一九八一年生まれ。中華ＳＦ愛好家・翻訳家。編訳書に、武甜静・橋本輝幸・大恵和実編『中国女性ＳＦ作家アンソロジー　走る赤』（中央公論新社・二〇二二年）、大恵和実編『中国史ＳＦ短篇集　移動迷宮』（中央公論新社・二〇二一年）がある。翻訳に、梁清散「夜明け前の鳥」・万象峰年「時の点灯人」（立原透耶編『宇宙の果ての本屋』新紀元社・二〇二三年）などがある。

訳者 根岸美聡（ねぎし・みさと）

北海道生まれ。京都府在住。中学生の頃に中国へ派遣されたことから中国語との縁が始まる。最も興味のある領域は現代中国語方言。現在は近畿圏の大学で教壇に立ちつつ、中国語小説の翻訳を行う。

訳者 柿本寺和智（かきもとじ・かずとも）

浅学非才の漢学徒。

蘭《らん》亭《てい》序《じょ》之謎《コード》 ㊤

２０２３年８月２日初版第一刷発行

著者　唐隠
監訳　立原透耶
訳者　立原透耶　大恵和実
根岸美聡　柿本寺和智（漢詩部分）
編集　張舟　秋好亮平

発行所　（株）行舟文化
発行者　シュウ ヨウ
福岡県福岡市東区土井２-７-５
HP　http://www.gyoshu.co.jp
E-mail　info@gyoshu.co.jp
TEL　０９２-９８２-８４６３
FAX　０９２-９８２-３３７２

印刷・製本　シナノ書籍印刷株式会社
落丁乱丁のある場合は送料小社負担でお取替え致します。
ISBN 978-4-909735-17-1　C0197
Printed and bound in Japan
大唐悬疑录
兰亭序密码 by 唐隐

行舟文庫　目録

＊二〇二三年八月現在

変格ミステリ傑作選【戦前篇】	竹本健治選
変格ミステリ傑作選【戦後篇Ⅰ】	竹本健治選
蘭亭序之謎㊤（本書）	唐隠著／立原透耶など訳
蘭亭序之謎㊦	唐隠著／立原透耶など訳